星をなくした夜

サンドラ・ブラウン
霜月 桂 訳

THE DEVIL'S OWN
by Sandra Brown
Translation by Kei Shimotsuki

mira

THE DEVIL'S OWN

by Sandra Brown

Published by K.K. HarperCollins Japan, 2024

星をなくした夜

おもな登場人物

ケリー・ビショップ――教師
リンカン(リンク)・オニール――フォトジャーナリスト
ジョー――ケリーの教え子
ライザ――ケリーの教え子
ケージ・ヘンドレン――ケリーの友人
ジェニー・ヘンドレン――ケリーの友人。ケージの妻

1

その男は酔っており、酔っているからこそ彼女の眼鏡にかなっていた。

カウンターの前に座って飲んでいる男を、彼女は酒場に立ちこめる煙ごしにじっと観察した。グラスは欠けていて、中に入っている濃い琥珀《こはく》色の液体はにごって見える。だが、男はそれに気づいたようすもなく、先刻から何度もグラスを口に運んでいた。膝を広げ、肩を落とし、あぶらじみたカウンターに両肘をついて、深くうつむいている。

店内は、兵士とその兵士を二階に誘いこもうとする娼婦《しょうふ》とでいっぱいだ。天井では扇風機がきしんだ音をたててものうげにまわっているが、空気はほとんど動かず、たばこの煙が重苦しくよどんでいる。甘ったるい安香水の匂《にお》いが、ジャングルで風呂にも入らず日々を過ごしてきた男たちの体臭と入りまじっている。

笑い声はいたるところであがっているけれど、店内の雰囲気は決して明るいとは言えない。兵士たちの目は笑ってはいないのだ。彼らの酒盛りにはどこか捨てばちなところがある。兵士たちは、遊びかたもほかのあらゆるやりかたと同様荒々しかった。

大半はまだ若い。毎日生死の境目で綱渡りをしている、屈強で気の荒い男たちだ。また、ほとんどが現体制の軍の制服を着ている。だが、この国の兵士だろうがよその国から来た傭兵《ようへい》だろうが、その目に暗い影を宿していることには変わりない。皆、不信と猜疑《さいぎ》に心をすさませている。どの笑顔にも警戒心が影を落としていた。

ケリー・ビショップが目をつけた男も例外ではなかった。彼はラテン系ではない。見た目からしてアメリカ人と思われる。まくりあげた袖《そで》が筋肉質のたくましい腕にロープのように食いこんでいる。黒っぽい髪はシャツのカラーにかかるほど長い。

顎には数日分の無精ひげが伸びている。それはケリーの計画にとって、プラスにもなればマイナスにもなるだろう。ひげで人相がごまかせるのはプラスだが、政府軍にそう何日もひげをそらずにいる士官はいないということを考えたらマイナスだ。この国の〝大統領〟は士官の身だしなみにやかましいのだ。

だが、ここは思いきってあの男に賭《か》けるしかない。あまたいる兵士の中で、彼が一番有望なのだ。ほかの誰より酔っていそうだし、ほかの誰よりうさんくさい――飢えていて、無節操で、主義も信念もなさそうだ。しらふになったら簡単に買収されてくれるだろう。

ケリーは店の奥へと歩きだした。

まず彼を外に連れださなければならない。エンジンキーをさしっぱなしにして軍のトラックを置いていった運転手は、いつトラックに戻るだろう？　いまにも戻ってきて、キーがなくなっていることに気づくかもしれない。

そのキーは、いまカウンターの男に近づいていくケリーのポケットの中で、かちゃかちゃ音をたてている。騒々しい音楽にあわせて踊っているカップルをよけ、そちこちからかかる誘いの声を無視し、人目もはばからずラブシーンを演じている男女から目をそむけて、ケリーは店内を進んでいった。

モンテネグロに一年近く滞在すれば、もうたいていのことには驚かなくなる。この国は血なまぐさい内戦のさなかにあり、戦争はおうおうにして人間をけだものに変えてしまうものだ。だが、それでもあまりにあけすけな男女の行為には、見ているケリーのほうが赤面してしまう。

ケリーは表情を引きしめ、ここに来た目的だけに気持ちを集中して、目当ての男に近づいていった。近づくにつれ、彼こそうってつけの人材だという確信が深まっていく。近くで見ると、遠くから見ていたときよりもさらにすさんだ感じがする。彼の飲みかたは、怒りに任せて酒を喉の奥に放《ほう》りこんでいるかのようだ。味わいながら楽しんで飲んでいるのではない。彼がそこにいるのは楽しむためではなく、怒りを発散させるためだ。おそらく鬱憤《うっぷん》を晴らすため？　雇い主に裏切られたのだろうか？　裏切られ、だまされた？　約束の金をもらえなかった？

だとしたらますます結構。金に困っているなら、わたしが持ちかける取引に応じる気にもなるだろう。

作業ズボンのウエストのところには拳銃《けんじゅう》がつっこまれている。腿には地元民の使うケース入りの長い鉈《なた》が立てかけてある。足もとにはキャンバス地のバッグが三つ。どれもぱんぱんにふくらんで、縫い目がほころびそうだ。その中につまっている兵器の破壊力を想像し、ケリーは思わず身震いした。あれがあるから彼は誰にも邪魔されることなく、ひとりで飲んでいられるのだ。こういう店では、血の気の多い好戦的な男たちのあいだでよく喧嘩《けんか》騒ぎが起きる。だが、カウンターの一番奥に座った男に話しかけたりからんだりする者はひとりもいなかった。

あいにく彼の席は店の出口から一番遠い。出口はひとつだけだから、裏口から連れだすという手は使えない。店の中を通って出口まで連れていかねばならないのだ。外に連れだすには、よほどうまくやらなくては。

ケリーは深呼吸して覚悟を決め、さらに距離をつめていくと、彼の隣のスツールに腰かけた。男の横顔は険しい山並みのようにいかつく厳しかった。優しさや思いやりをうかがわせるところはまったくない。

ケリーははちきれんばかりの不安をこらえて話しかけた。「ねえ、一杯おごってくれない、セニョール？」

心臓は早鐘を打ち、口の中は綿を押しこまれたようにかわいていた。それでも精いっぱい甘い笑顔を作り、彼の左手に自分の右手を重ねる。

ひょっとして聞こえなかったのだろうか？　男は空のグラスを見おろしたまま返事もしない。だが、ケリーがもう一度同じ言葉を繰りかえそうとしたとき、彼はわずかに頭を動かし、自分の手の上に置かれた手をじっと見おろした。

彼の手はケリーの手よりもはるかに大きかった。幅は左右が一センチ以上も広く、長さも彼女の指先が彼の第一関節にやっと届く程度だ。手首には腕時計がはまっている。まるい大きな文字盤にいくつもの目盛り盤や装置がついた黒い時計だ。指輪ははめていない。

永遠とも思われるほど長いあいだケリーの手を見つめてから、彼はおもむろに視線を腕のほうにあげた。腕から肩、肩から顔にとその目が動いていく。すねたような唇のあいだにはさんだたばこの紫煙をすかし、ケリーの顔をしげしげと見る。

ケリーは酒場に出入りする女たちに少しでも似せるため、鏡の前でほほえみかたを練習しておいた。目を半分閉じ、唇を半開きにした笑顔。この蠱惑《こわく》的な笑顔をちゃんとマスターしておかなければならないことはわかっていた。自分をいかにそれらしく見せるかで、すべてが決まってしまうのだから。

だが、せっかく練習した媚《こ》びるような笑顔も、実際に利用するにはいたらなかった。彼が目をあわせてきたとたん、そんな演技をすることなど頭から抜け落ちてしまった。濃く口紅を塗った唇は確かに半開きになったが、それは自然とそうなってしまっただけで、意図してやったわけではない。まつげをしばたたいたのも媚態《びたい》としてやってみせたのではなく、思わず視線を奪われただけだ。

男の顔に心底驚かされたのだ。醜い顔を予想していたのに、彼はかなりのハンサムだった。たび重なる戦闘活動で無残な傷痕《きずあと》だらけになっていると思っていたのに、この男は左の眉の上に小さな傷がひとつあるだけだ。それも無残というよりは味わい深い。残忍さの証《あかし》などどこを探してもなく、ただむっつりと不機嫌なだけ。それに、唇は薄くもなく冷酷そうでもなくて、ふっくらとして官能的だ。

目も決してうつろとは言えない。金で雇われて人殺しをする傭兵はうつろな目つきになりがちだが、この男の目は、アルコールでぼんやりしてはいるものの、内に炎が燃えている。その目は、生気のないうつろな目よりもケリーを落ち着かない気持ちにさせた。それから彼は汗くさくもない。ブロンズ色の肌はうっすら汗ばんで光っているけれど、ほのかな石鹸《せっけん》の匂いを漂わせている。きっと体を洗ったばかりなのだろう。

驚きと狼狽《ろうばい》を抑え——彼がふつうの傭兵らしくないというだけで、ケリーはいっそう不安になっていたが——相手の怪しむようなまなざしをしっかりと受けとめた。何時間もかけて練習してきた微笑をなんとか顔に張りつけ、彼の手を握りしめて繰りかえす。「一杯おごってよ、セニョール」

「うせろ」

そのあまりに邪険な返事にびくっとし、ケリーはビニールを張ったつるつるのスツールからあやうくすべり落ちそうになった。男は再び前を向き、彼女の手の下からぐいと手を抜きとった。口にくわえたたばこをとり、吸い殻のあふれかえった灰皿でもみ消す。

ケリーは言葉を失った。わたしはそんなに魅力がないのだろうか？　傭兵というのはけだもの並みの欲望を持っているのではなかったの？　特に女に対しては貪欲《どんよく》なはず。この国の父親たちは不測の事態を恐れて娘を傭兵の目から隠している。夫たちも妻を守ることに一生懸命だ。

なのに、わたしがこうしてわが身をさしだしているのに、この男は〝うせろ〟と言い捨ててそっぽを向いた。きっとわたしは自分で思っている以上に見苦しいのだ。ジャングルで一年近く過ごしたつけが知らぬ間にまわってきているのだろう。

実際、わたしの髪はトリートメントといった贅沢《ぜいたく》を久しく忘れている。マスカラや美容液も別世界のものになっている。でも、女に飢えた野獣を誘惑するのに、いったいどれほどの魅力が必要だというのだろう？

ケリーは自分のとるべき道を考えた。わたしの計画はひいきめに見ても無謀としか言いようがない。成功する確率はきわめて低い。条件がすべて揃《そろ》ったとしても、危険を伴う。これからスカウトする〝新兵〟が協力してくれなければ、まず間違いなく失敗に終わるだろう。今夜とりかかることをやりとげるには、誰かの協力が必要不可欠だ。

ケリーはちらりと店内をうかがった。隣の男はあきらめて、別の候補者を探すべきだろうか？　いや、それは無理だ。与えられている時間は限られており、時は刻々と過ぎていく。外にトラックを置いていった人間がいまにも戻ってくるかもしれない。トラックのキーがないことに気づいたら、店じゅうの者の身体検査をするかもしれない。あるいはスペアのキーを持っているかもしれないが、いずれにしろその前にわたしはあのトラックで逃げなくてはならないのだ。あの車は隣の男に劣らず重要なもの。なんとしても盗みださなければならないし、盗むとしたらいましかない。

それに、隣の男はわたしの手の届く範囲内では一番望ましい候補者だ。彼はすべての条件を満たしている。酔っていて、無節操で、運に見放されている。

「お願い、セニョール、おごってよ」

ケリーは思いきって男の腿に手をかけた。彼は何やらつぶやいた。

「何《ケ》？」ささやくようにききかえすついでに、彼のほうに身を寄せる。

「時間がないんだ」

「そんなこと言わずに、お願いよ《ポルファボール》」

彼がまたこちらを見た。ケリーは頭から肩にかけていたスカーフをずり落とすように身をくねらせた。スカーフをとるのはあくまで最後の手段と前もって決めてあった。酒場の女が着るような服を探してくるようジョーに頼んだときには、あの子がここまで気がまわ

ると は思わなかったけれど。

ケリーがいま着ているのは、ジョーがどこかの物干し綱から盗んできたドレスだ。着古されたものらしく、色あせて生地が薄くなっている。赤い花模様は派手なばかりで品がない。持ち主はケリーよりもサイズが大きいらしく、うっかりするとすぐに皺《しわ》くちゃの肩ひもがさがってくるし、胸もとはだぶついてあいてしまっている。

ケリーは胸もとをかきあわせたいのをこらえ、じっとしていた。むきだしになった肩からサンダルばきの足へと這《は》っていく男の目に、身をかたくして耐える。彼は時間をかけて品定めした。胸もとからのぞいているバストの谷間や膝をあからさまにじろじろ眺め、それから形のいい脚を爪先《つまさき》まで見おろす。

「一杯だけだぞ」ようやく彼がしゃがれ声で言った。

安堵《あんど》のあまりその場にへなへなとくずおれそうになりながらも、ケリーは官能的にほほえんでみせた。彼は不機嫌なバーテンダーに声をかけてグラス二杯の酒を注文した。バーテンダーがグラスと強い地酒の瓶を持ってくるまで、二人は見つめあっていた。バーテンダーが酒をついだ。男はケリーから目をそらすことなくズボンのポケットを探り、紙幣をカウンターにたたきつける。バーテンダーはその金を持って離れていった。

男はグラスをとり、ケリーのほうに乾杯のしぐさをしてみせると、中身を一気に飲みほした。

ケリーもグラスをとった。そのグラスがきちんと洗ってあったとしたら幸運と思わなければならない。だが、そのことはつとめて考えないようにしてグラスを持ちあげ、ひと口すする。殺菌剤のような味だ。隣の男の荒削りだがハンサムな顔に向かって噴きださずにいるためには、途方もない意志の力が必要だった。やっとの思いで飲みこんだが、喉が激しく抵抗している。仮に画鋲《がびょう》をのみこんだとしても、これほど苦痛ではなかっただろう。目に涙がにじみだす。

隣の傭兵が不審げに目を細め、そのせいで目尻の皺が強調された。「きみは酒飲みではないな。なのにどうしてこんな店に来た？」

ケリーは彼の英語がわからないふりをした。笑顔で再び彼の手に手を重ね、黒っぽい髪がむきだしの肩にかかるよう小首をかしげてみせる。「あなたが気に入ったわ」

彼はそっけなく鼻を鳴らしただけだ。その目がすっと閉じられた。眠りこんでしまうのではないかと思ってケリーは慌てた。

「ここ、出ない？」片言の英語で言う。

「出る？　二人で？　だめだ。言っただろう？　たとえそうしたくても時間がないんだ」

ケリーは困惑して唇を湿らせた。いったいどうしたらいいの？「お願い《ポルファボール》」

彼はとろんとした目をケリーの顔に、特に彼女が舌でなめた唇に向けていた。それからおもむろに目線をさげ、胸のあたりでぴたりととめた。自分の使命を果たせなくなるかもしれないという不安と緊張で、ケリーは悪趣味なドレスに包まれた胸をせわしなく上下させていた。

彼の目が熱を帯びたのがわかったが、それを喜ぶべきなのか怖がるべきなのかはわからない。彼が片手で腿をさすりはじめたところを見ると、ケリーに触れたくなっているらしい。そういった無意識のしぐさは彼がその気になりつつあることを示している。そしてそれこそケリーの狙《ねら》いだったのに、いざこうなってみると恐ろしかった。わたしは火をもてあそんでいる――気をつけないと、この火は手に負えないほど激しく燃えあがってしまうだろう。

そう思ったとたん、彼の手が伸びてきてケリーのうなじをつかんだ。不意をつかれたケリーは抗《あらが》う間もなくスツールから引きずりおろされ、彼のほうにたぐりよせられた。

彼は膝を開いており、その膝の上にケリーは抱かれる格好になった。それでも彼女のバストは彼の胸の中ほどまでしか届かない。彼の胸は見た目どおりにがっちりしていた。何かかたいものが下腹部に当たっている。それがウエストにさした拳銃の握りであることをケリーは切に願った。

何がどうなったのか、驚きに息をのむより早く、唇が彼の唇でおおわれた。彼は飢えたように唇を動かした。無精ひげが唇のまわりのデリケートな肌をこすっているが、さほど不快ではない。

それでもとっさに抵抗しそうになったけれど、理性がその衝動を押しとどめた。わたしは客を探しに来た娼婦なのだ。かもになってくれそうな男のキスをいやがっては娼婦らしくない。

だからケリーはされるがままになっていた。

だが、彼の舌が唇を割って入ってきたときの衝撃は、理性の限界を越えそうになったほどだった。それは何かを探し求めるように深く侵入してきた。そのあまりにエロティックな動きに、ケリーは思わず彼のシャツを両手でつかんだ。男はケリーのウエストを強く抱きすくめ、彼女が息を切らして背中をそらすまでキスを続けた。

ようやく唇が離れていったと思ったら、今度は喉もとに押しつけられた。ケリーはのけぞって天井を見た。ゆるゆるとまわっている扇風機が、ただでさえくらくらしている頭をいっそうの混迷に引きずりこむ。ゆったりした翼の回転に巻きこまれ、その渦の中心まで行ったら体がこっぱみじんになりそうな気がした。だが、そこから逃れる力はいまのケリーにはない。

男の手が動き、片方は大胆にも彼女の腰を撫《な》でた。もう片方はバストの横を愛撫《あいぶ》している。ケリーはその愛撫に必死に耐えたが、呼吸は浅くなっていた。彼が何かセクシャルな言葉を、それもはなはだ具体的な言葉をつぶやき、ケリーはそれが聞こえなければよかったのに、と思った。

彼は耳の下の感じやすい部分に顔をすりよせてきた。「わかったよ、セニョリータ。きみの客になろう。で、どこに行く？　二階かい？」

そう言うと男はよろめきながら立ちあがった。ケリーの体もふらふらしており、ちゃんと立つためには互いにつかまってささえあわなければならなかった。

「わたしの家《ミ・カーサ》」

「きみの家？」彼は不満そうだ。

「ええ《シ》」ケリーは大きくうなずいた。相手に文句を言う隙《すき》を与えまいと、身をかがめて彼のバッグをひとつとる。バッグは腕が抜けそうなほど重かったが、なんとか持ちあげて革のストラップを肩にかけた。

「それはここに置いていけばいい。あとで――」

「だめよ！」もうひとつとろうとかがみながら、早口のスペイン語で〝ここは泥棒が多い、武器が敵の手に渡ってしまったらどうするのか〟とまくしたてた。

「やめてくれ、何を言ってるんだかさっぱりわからない……。ああ、やっぱりやめた。時間がない」

「大丈夫よ。すぐに戻ってこられるわ」

ケリーは男が最後のバッグを持ちあげるのを手伝いながら、大きく開いた胸もとに彼の目がとまるのを見た。そして顔を真っ赤にしながらも誘いかけるような笑みをうかべ、彼の腕に腕をからませた。娼婦が客にするようにバストを男の二の腕に押しつけると、彼は素直に歩きだした。

二人はますます混みあってきた店内をよろよろと歩いていった。男は酔って千鳥足になっている。ケリーも彼の重みと肩にかけたバッグの重みでふらついている。あとの二つのバッグは彼自身が肩にかけているが、その重さに気づいてもいないようだ。

ようやく出口の近くまで来たとき、ニトログリセリンを離乳食にして育ったような凶暴な風貌の兵士がケリーの腕をつかみ、スペイン語で野卑なことを言って誘ってきた。ケリーは強くかぶりをふり、隣の傭兵の胸に手を当てた。兵士は気色ばんで何か言おうとしたが、傭兵の目に燃えさかっている炎に気づいて賢明にも思いとどまった。

ケリーはいい男を選んだと自分自身をほめた。この傭兵はここで一番気の荒い男にさえも恐怖心を抱かせたのだ。店を出る二人に声をかけてくる者はほかにいなかった。

外に出ると、ケリーは空気を求めてあえいでいた肺に思いきり酸素を送りこんだ。熱帯地方の空気はじめじめしているが、酒場の中の空気に比べればずっとすがすがしい。おかげで頭がすっきりした。ここでひと休みして快哉《かいさい》を叫びたかった。だが、この先まだたいへんな仕事が自分を待っている。これからすべきことに比べたら、傭兵を引っかけることなど簡単なことだった。

よろめいている男を引きずるようにして軍用トラックに近づいていく。幸いトラックはまだアーモンドの暗い木陰にとまっていた。ひとまず傭兵をトラックに寄りかからせ、助手席のドアを開ける。このトラックはもとは果物商のものだったようだが、いまでは農場のロゴの上に政府の記章がかぶせられている。

ケリーは泥酔した傭兵を助手席に押しこめ、彼が落ちてこないうちに急いでドアを閉めた。ちらちらと周囲をうかがいながら、兵器のつまった三つのバッグを無蓋《むがい》の荷台にのせる。いまにも機関銃の音が聞こえ、弾丸が体に撃ちこまれるかもしれない。モンテネグロの兵士はまず発砲し、それから尋問するのだ。

荷台のバッグに防水シートをかけ、ケリーは運転席に乗りこんだ。傭兵はこのトラックが政府軍のものであることに気づかなかったのか、あるいは気づいても気にならなかったようだ。ケリーがドアを閉めると、さっそく抱きついてキスをしてきた。

彼の欲望はおさまってはいなかった。それどころかいっそう強まっていた。ケリーの頭を冷やしてくれた外の空気は、彼に対しても同じ効果を与えたらしい。今度のキスは酔っ払いのでたらめなキスではなかった。自分のしていることがわかっていて、またそのうまいやりかたもわかっている男のキスだ。

ケリーの唇をこじ開けるようにして舌をからめ、両手はせわしなく動きまわっている。彼の愛撫に、ケリーはショックと怒りで息をあえがせた。

「ねえ、お願い」彼の口を避け、手を払いのけながらかすれ声で言う。

「なんだ?」

「ミ・カーサ。早く行きましょう」

ケリーはポケットからキーを出し、彼が執拗《しつよう》に首筋にくちづけるのを無視してエンジンをかけた。肌に軽く歯を立てられ、蒸し暑いにもかかわらず腕があわだつのを感じる。

トラックをバックさせ、居酒屋の前から走りだした。がたのきている店の建物は、耳ざわりな笑い声ややけたたましい音楽で、それ自体が震動しているかのようだ。ケリーは銃声や怒声を覚悟したが、トラックは持ち主に気づかれることなく通りに出た。

ヘッドライトは消したままにしたかったけれど、やはりつけることにした。軍のトラックがヘッドライトもつけずに町を走っていたら、たちまち怪しまれてしまう。それに戦闘の残骸《ざんがい》が散らばった道を無灯で走るのは危険だ。ヘッドライトをつけると、光の中に戦争の爪痕もなまなましい商店や民家がうかびあがった。夜のとばりに包まれていても、この首都のありさまは見るからに無残だった。

いかにして町から出るかという問題については、ずいぶん頭を悩ませた。町を出入りするには必ず軍の検問所を通らなければならない。何度か下見した末に、ケリーは今日通る検問所を決めてあった。そこは一番混みあうというのが理由だった。すいたところではチェックも厳しくなるだろう。軍のトラックを女が運転してきたら、車内を調べられるに決まっている。だが、混んだところなら通りいっぺんの質問をされるだけですむはずだ。少なくともケリーはそう期待していた。

　頭の中で自分の言うせりふをもう一度おさらいしてみる。だが、ひとつのことに集中するのは難しかった。彼女が引っかけたのは喧嘩っ早い酔っ払いでも陽気な酔っ払いでもなく、好色な酔っ払いだった。時間がないなどとつぶやきながら、ケリーの喉もとや首に唇を這わせてくる。

　彼の手がスカートをくぐって膝のあいだに入ってくると、ケリーはあやうくハンドル操作を誤りそうになった。だが、膝を閉じてはアクセルやクラッチの操作ができなくなる。力強い手が膝の裏のなめらかな肌を愛撫するのをそのまま許しておく以外、どうしようもなかった。

　その感触にようやく慣れてきたとき、彼の手がさらに奥へと進みはじめた。驚きに心臓がいきなり下に沈みこんだ。内腿を軽くつかまれ、一瞬ぎゅっと目を閉じた。ドレスのスカートは膝の上までずりあがっている。

「ちょっと、セニョール」ケリーは彼の手からなんとか逃れようとした。

　彼は〝女がほしいんだ〟とつぶやいたようだが、よくは聞きとれなかった。問題の検問所が数ブロック先に迫ってきたので、ケリーは車を路肩に寄せて停止させた。

「悪いけど、これを着てちょうだい」エンジンをかけたまま、シートの下からジャケットとキャップをとりだす。このトラックを見つけたときにシートの上にあったものを、隠しておいたのだ。

彼はケリーの英語が急に上達したことにもスペイン語なまりがまったくないことにも気づかず、困惑した。「え？」

ケリーは軍のジャケットを彼の肩に着せかけた。ジャケットはがっしりした彼の体にはあわなかったが、検問所の監視員に士官の階級がわかればいいのだ。ケリーは袖に不器用に縫いつけられた記章がよく見えるようにした。それからキャップを傭兵の頭にのせたが、そのあいだにも彼はケリーのドレスの肩ひもをしきりにおろそうとする。

「もう」ケリーは肩ひもをあげながら不満もあらわにつぶやいた。「あなたってけだものね」そう言った次の瞬間、娼婦は男の傍若無人なふるまいには慣れているのだということを思い出した。彼の頬に手をやり、あとでゆっくりねという意味をこめてにっこり笑いかける。スペイン語で〝あなたはいやらしい豚〟と言ってやったが、それも相手には甘い誘いの言葉としか聞こえないようなささやきかたにした。

それから再び車を発進させ、検問所のゲートに向かって走りだした。

前には二台車がいる。先を行っているほうの車の運転手が、監視員と何やら言い争っていた。ありがたい。監視員はいざこざを起こす心配のない軍のトラックを歓迎してくれるだろう。

「何事だい？」

傭兵が頭をもたげ、目をしばたたいて汚れたフロントガラスごしに前を見ようとした。ケリーは片手で彼の頭をまた自分の肩に引きよせ、あと少しだから万事こちらに任せてと言って、検問所にトラックを進めた。

せいぜい十六ぐらいにしか見えない監視員が、運転席側から懐中電灯でケリーの顔を照らした。ケリーは作り笑いをうかべた。「こんばんは《ブエナス・ノーチエス》」声を落とし、セクシーにかすれさせて言う。

「こんばんは」監視員はいぶかしげな顔で応じた。「大尉どのはどうなさったのかな？」

ケリーは舌打ちした。「飲みすぎてしまったのよ。かわいそうに、勇敢な戦士だけど、お酒には弱いみたい」

「これからどこに？」

「放っておけないから、わたしのうちに連れていこうと思って」ケリーは監視員にウインクした。「ひと晩慰めてほしいって頼まれたしね」

監視員はにやりと笑った。そしてケリーに寄りかかっている男に目をやり、完全に正体をなくしているようだと確かめてから言った。「この世に男は彼ひとりじゃないよ。本物の男を試してみる気はない？」そのあと自分の持ち物のサイズに関し、露骨なせりふを続けた。ケリーはあきれると同時にぞっとした。

それでも笑みをうかべ、まつげを伏せて言った。「悪いけど、もう大尉からお金をもらってあるのよ。また今度。また今度ね」

「ああ、また今度」監視員はきどって言いかえした。「ぼくにあんたを買えるくらいの金があったらな」

ケリーは彼の手をそっとたたき、残念そうに顔をしかめてから手をふって、ギアをローに入れた。若い監視員は相棒にゲートをあげるように言い、ケリーは無事そこを通過した。しばらくはハンドルを握りしめたまま、バックミラーばかり見ていた。誰も追ってこないことがはっきりすると、いまさらのように体が震えだした。

ついに検問を突破したのだ！

監視員と話をしているあいだは傭兵もおとなしくしてくれた。おかげで追われることもなく、こうして目的地に向かうことができる。ケリーは町を大きくまわりこみ、ジャングルに直結する脇道《わきみち》に入った。間もなく木々の枝が道の上でからみあい、緑のトンネルを作りはじめた。

道は狭く、進むほどにでこぼこが多くなった。胸にもたれかかっている傭兵の頭が重い。ケリーの右半身に彼の体重がかかっているのだ。何度か押しかえそうとしたが、彼はぴくりとも動かない。ついにケリーはあきらめた。こちらに寄りかかってでも眠っていてくれたほうが、しつこくさわられるよりはまだましだ。

予定していた地点よりも手前で車をとめようかと思ったが、結局とまらないで進むことにする。今夜のうちに傭兵をできるだけ町から遠ざけたほうが、明日の交渉が有利に運ぶだろう。だから彼の頭が胸の上ではねても辛抱し、悪路をひたすら走りつづけた。

そのうちケリーも眠くなってきた。ヘッドライトの中をどこまでも続く密林は催眠効果をもたらした。頭がぼうっとして、曲がるべき場所で曲がりそこねそうになる。木々の壁がわずかにとぎれているところに気づくと、慌ててハンドルを左に切り、トラックを停止させてエンジンをとめた。

木々に翼を休めていたジャングルの鳥たちが、深夜の闖入者《ちんにゅうしゃ》にひとしきり抗議の声をあげ、やがてまた静かになった。闇《やみ》が黒いベルベットの手のようにトラックを包みこんでいる。

ケリーは疲れたように吐息をつき、もたれかかっている傭兵を押しのけた。背中をそらし、凝った筋肉を伸ばし、首をまわす。ここまで来られたという安堵が心を満たしていた。あとは夜が明けるのを待つ以外、何もすることはない。

だが、傭兵には傭兵の考えがあったらしい。

ケリーが心の準備をする間もなく、彼はいきなり抱きついてきた。ひと眠りしたおかげでまた元気になったようだ。それまで以上に熱っぽく唇を貪《むさぼ》ってくる。舌をケリーの唇の上で躍らせながら、大きすぎるドレスの胸もとをさげ、手を入れて胸のふくらみをすくいあげた。

「やめて!」ケリーは彼の肩に両手を当てて力いっぱい突きとばした。彼は引っくりかえってダッシュボードで頭を打ち、横向きにずるずるとくずおれた。そのまま床に落ちてしまわなかったのはひとえに体が大きかったおかげだ。広い肩がダッシュボードとシートのあいだでつかえているのだ。

それっきり彼は動かなくなった。声もたてない。

ケリーはぎくりとして、片手で口をおおった。息をこらして様子を見るが、彼は微動だにしない。

「ああ、どうしよう。殺しちゃったわ」

ケリーは運転席のドアを開けた。車内灯がともった。目が突然の明かりに慣れてくると、傭兵をじっと見おろした。おそるおそるつついてみる。彼はうめき声をもらした。

恐怖にゆがんでいたケリーの表情はいまいましげなものに変わった。この男は死んではいない。ただ泥酔して気絶しているだけだ。

ケリーはシャツのカラーをつかんで引っぱりあげようとした。だが重くて持ちあがらなかったため、今度は自分の体をてこがわりにし、彼のわきの下に手を入れてぐいと引っぱった。ようやく彼の体が助手席側のドアとシートの角におさまった。

彼は片方の頬を肩につけて深くうつむいていた。そんな格好では朝までに首の筋を痛めてしまうだろう。いい気味だ。前後不覚になるほど飲んだらそのくらいの報いを受けて当然。

でも、そういう姿勢をとっている彼は、少しも脅威を感じさせない。男らしい顔だちに似あわず、長いまつげがカールしている。車内灯の下で見ると、濃いブラウンの髪はところどころ赤くなっており、頬のあたりにはそばかすが散っている。

彼はわずかに口を開け、深々と呼吸していた。こんなふっくらとした唇にキスされたんだもの、わたしでなくたって……。いや、こんなことを考えてはいけない。

ケリーは明朝の彼がどんな反応を示すかということに頭を切りかえた。彼はわたしにスカウトされたのを快くは思わないかもしれない。どことも知れぬ場所に連れだされたのを知って、わたしが取引を持ちかける間もなく暴れだすかもしれない。傭兵というのは概して短気なものだ。

ケリーは彼の鉈に目をやった。気が変わらないうちにさやから抜き、長い刃を出す。五十キロもありそうな重さだ。自分の腿をまっぷたつにしそうになりながらも、なんとか鉈をドアの外に捨てた。

次は拳銃だ。

ケリーはしばらく拳銃をじっと見つめていた。胸がざわざわ騒いでいる。武器はしっかりとりあげなくてはならない。でも、拳銃がささっている場所を考えると……。

いいえ、そんなことで怖《お》じ気《け》づいてどうするの？　ここまでやってきたことを考えたら、この期に及んでひるむなんてばかげている。

ケリーは拳銃に手を伸ばしかけた。が、しりごみしてすぐにその手を引っこめた。大仕事に臨む金庫破りのように、かたく手を握りしめ、また開いてみる。

再び手を伸ばした。今度は臆病風《おくびょうかぜ》に吹かれる前に思いきりよく拳銃の握りをつかみ、引っぱった。もう一度、前より強く。だが、拳銃はズボンのウエストから抜けなかった。

ケリーは手を離し、ほかに方法はないものかと考えた。だが、やはり自分の手で抜きとるしかない。彼が目を覚まさないように、そっと。

彼がしめているベルトは織りひもでできている。ケリーは目をつぶり、唇を舌で湿らせて勇気を奮いおこした。不安をこらえ、ベルトのバックルに手を伸ばす。人さし指の先で小さな真鍮《しんちゅう》の突起を押し、バックルの裏でベルトを押さえている歯をうかそうとした。わずかに歯がういた。さらに強く押す。かちっという小さな音とともに、歯がはずれた。

そのとき傭兵が深く息を吸い、ため息にして吐きだした。ケリーは凍りついたように動きをとめた。それからまたそろそろと手を伸ばし、ベルトの端をバックルから注意深く引きぬいた。

だが、それで喜んではいられない。難しいのはこれからだ。

ズボンのウエストボタンに手を触れる。彼は鼻を鳴らし、脚を動かして片方の膝をシートにのせた。これですべてがもとのもくあみだ。拳銃はズボンと彼の体のあいだに前よりもきっちりとはさみこまれてしまった。

ケリーの手のひらは汗ばんできた。

いま彼が目を覚まし、わたしがズボンの前をいじっていることに気づいたら、いったいどうなるだろうか？　拳銃をとろうとしていたのを見抜かれたら、わたしは撃たれるだろう。一方、違う目的だと誤解されたら……。そちらの場合に関しては考えるのも恐ろしい。

ケリーは再びボタンに手をかけ、今度は彼がもらしたかすかな声にもしりごみしなかった。指が思うように動かないし、生地がかたいうえにボタンホールが補強されているため、ボタンをはずすのは楽ではなかったけれど、それでも最後にはうまくはずせた。拳銃を握りしめてとろうとしたが、まだ抜けない。

ケリーは小声で悪態をついた。

下唇をかみ、親指と人さし指でファスナーのつまみをはさむ。三回引っぱってやっとファスナーが動いた。だが、ほんの数センチ開けるだけのつもりだったのに、勢いあまって下まで開いてしまった。ぎょっとして、つまみにかみつかれたかのようにぱっと手を離し、拳銃をとる。

彼がまた身動きしたが、目は覚まさなかった。ケリーは生涯かけて探し求めてきた聖杯を抱きしめるように、拳銃を胸に抱きしめた。もう体じゅう汗びっしょりだった。

男は何も知らずに眠りつづけている。この銃でわたしが身を守る必要はなさそうだ。そう判断し、ようやく拳銃を外に放る。銃は鉈にぶつかってがちゃんと音をたてた。ケリーは有罪の証拠を隠すように、急いでドアを閉めた。その音に鳥たちがまた抗議しはじめ、やがて静かになった。

ケリーは闇に沈んだ車の中で考えこんだ。

ひょっとしたらこの傭兵を選んだのは間違いだったのかもしれない。こうも簡単に武器をとりあげられてしまうなんて。

とはいえ、いまの彼は酔っているんだし、これから自分たちが行くところではアルコールなど手に入れようがない。彼はあの獰猛《どうもう》そうな兵士をひとにらみで引きさがらせた。体格からしても、これからやってもらう仕事にはぴったりだ。今夜間近に接してそれがはっきりした。引きしまった筋肉質の体は、腕力と体力に秀でた男だけが持ちうるもの。それに、彼はこうと決めたら強固な意志をもって必ずやりとげるだろう。ダッシュボードに頭をぶつけなかったら、いまもわたしを執拗な愛撫で攻めたてていたに違いない。

もう彼のことを考えるのはよそう。ここまで来られたのは上出来だ。やはりこの男にしてよかったのだ。

そう自分に言い聞かせ、ケリーは運転席側のドアに寄りかかると、開けはなした窓に頭をもたせかけた。そして彼の規則正しい寝息を子守り歌に、眠りに落ちた。

だが、ちょっとうとうとしたところで、公衆トイレの落書きでしかお目にかかったことのない言葉の羅列で目が覚めた。罰あたりな言葉にかぶさって、隣で動きだした気配がする。

けだものが目覚めようとしていた。

2

ジャングルの動物たちがこぞって起きだそうとしていた。葉ずれの音は爬虫類《はちゅうるい》や齧歯類《げっしるい》が動きはじめた証拠だ。こずえでは鳥が鳴きかわしている。小さな猿がきいきい叫びながら、朝食を探して蔓《つる》から蔓へとぶらさがって移動している。

だが、そうした騒ぎもトラックの中で吐き散らされている呪《のろ》いの言葉に比べればつつましやかなものだった。

ケリーは運転席で身をすくめ、傭兵《ようへい》がおとぎばなしの鬼のようにユーモラスな目覚めかたをするのを見守った。実のところ彼は子どものころに絵本で見た鬼によく似ていた。髪が四方八方に突っ立ち、口のまわりには無精ひげが濃い影を作っている。しかめっつらでぶつぶつ文句を言いながら、膝に両肘をついて頭をかかえこんでいる。

しばらくすると彼は首をめぐらし――それだけの動きでもひどくつらそうだが――血走った目をケリーに向けた。白目には、東の空と同様、赤い筋が何本も走っている。彼は何も言わずにドアハンドルを手探りし、ドアを開けてころがるように外に出た。

草でおおわれた柔らかな地面に降りたつと、またひとしきり、豊かな創造力を発揮して呪いの言葉を並べたてた。その声で野生のけだものたちがまたかしましく騒ぎだした。彼は両手で頭をはさんだ。頭を押さえているのか、それとも首からはずそうとしているのか、どちらともつかないしぐさだ。

ケリーは運転席のドアを開けた。蛇がいないのを確かめ、下草の生い茂った地面にサンダルばきの足をおろす。彼の武器、鉈《なた》か拳銃《けんじゅう》を拾いあげようかとも思ったが、いまの彼は一番無防備な動物にさえも危害を加えられるような状態ではなさそうだ。

その判断に自分の身の安全を賭《か》け、ケリーはトラックの前をそっとまわりこんで男のほうをうかがい見た。彼は体を二つに折り、腰だけ車体につけて寄りかかっていた。地球からふり落とされまいとするように両足を踏んばって身じろぎもしない。両手は相変わらず頭を押さえている。

下生えを踏んで近づいてくるケリーの柔らかな足音に気づくと――過敏になっている彼の耳にはそれが軍隊の行進のように聞こえただろうが――首をひねって彼女を見た。

ゴールデンブラウンの鋭い目ににらまれ、ケリーは立ちどまった。

「ここはどこだ?」たばことアルコールで痛めつけられた喉に引っかかり、声が聞きとりにくくなっている。

「モンテネグロよ」ケリーはおずおずと答えた。

「今日は何曜だ？」

「火曜日」

「ぼくが乗る飛行機はどうなった？」

男はケリーに目の焦点をあわせるのに苦労しているようだ。もう太陽は木々の上にまであがり、日ざしがまぶしくなっている。彼の目は閉じそうなほど細められていた。頭上でひときわやかましい鳥が鳴き叫び、彼はぎょっとして低く悪態をついた。

「飛行機？」

「飛行機だよ、飛行機。空を飛ぶ飛行機だ」

ケリーが不安になって見つめかえすと、彼はシャツのあちこちについているポケットをばたばたと探りはじめた。ようやく胸ポケットから航空券と出国ビザらしきものが出てきた。モンテネグロ政府は気まぐれで、ビザをなかなか発行してくれない。だからビザは純金よりも価値が高く、莫大《ばくだい》な金を積まなければ手に入らなかった。

そのビザと航空券を、彼はケリーに向かってふりまわした。「ぼくはゆうべ十時の飛行機に乗る予定だったんだ」

ケリーは唾《つば》をのみこんだ。彼は怒っている。きっといまにも癇癪玉《かんしゃくだま》を破裂させるだろう。覚悟を決めながらも、彼女は顔をあげてきっぱりと言いはなった。「残念ね、乗りそこなってしまって」

男はゆっくりとケリーに向き直り、肩でトラックに寄りかかった。激しい怒りをみなぎらせたその目に、ケリーは内心ぞくっとした。

彼は脅しつけるような低い声で言った。「きみが乗りそこねるように仕向けたのか?」

ケリーは警戒して一歩さがった。「あなたが自分の意思でわたしについてきたのよ」

男は一歩つめよった。「きみを絞め殺す前にきいておきたい。なぜぼくを誘拐した?」

ケリーは彼に人さし指を突きつけた。「あなたは酔っ払っていたのよ!」

「そのことについてはぼくも死ぬまで悔やみつづけるだろうよ」

「あなたがゆうべの飛行機に乗るつもりだったなんて、わたしにわかるわけないでしょう?」

「ぼくがそう言わなかったか?」

「言わなかったわ」

「いや、言ったはずだ」と彼は首をふる。

「ほんとうに聞いてないもの」

彼はケリーをにらみつけた。「きみはただの娼婦《しょうふ》じゃない、嘘《うそ》つきの娼婦だ」

「わたしは娼婦でも嘘つきでもないわ」ケリーは顔を紅潮させて言いかえした。

珍しい瑪瑙《めのう》のような目が彼女の頭のてっぺんから爪先《つまさき》まで見おろした。だが、ゆうべの値踏みするようなまなざしとは違い、その目には嘲《あざけ》りがこめられている。ケリーはほんとうに嘘つきの娼婦になったような気がした。サイズのあわない薄っぺらなドレスを着て朝日にさらされていてはなおさらだ。

彼は冷たく笑って言った。「種明かしをしろよ」

「種なんてないわ」

「アメリカが不景気だから、この国に出稼ぎに来ているのか?」

ぎゅっと盛りあがった彼の腕の筋肉を恐れる気持ちがなかったら、ケリーは前に出て平手打ちを食わせていただろう。体の脇《わき》で両手を握りしめ、いまにも歯ぎしりしそうな口調で言う。「わたしは娼婦じゃないわ。娼婦を装っていただけよ。酒場に入って、あなたを引っかけるためにね」

「男を引っかけるのは娼婦のすることだろう?」

「いい加減にして!」彼の言葉だけでなく、品定めするような目つきにも腹が立っている。「あなたにちょっと仕事をしてもらいたい事情があるの」

彼はファスナーが開いて腰までずりさがっている自分の作業ズボンをちらりと見おろした。「ぼくの体はすでにひと仕事させられたんじゃないかな?」

ケリーの体はかっと熱くなった。全身の血が頭に集まって、頭蓋骨《ずがいこつ》の中でどくどくと脈打つ。男と目をあわせられず、地面に視線を落とすと、彼は小馬鹿にしたような笑い声をあげた。「ぼく自身は覚えてないけどね。どうだった? よかったかい?」

ケリーはぴしゃりと言った。「あなたって最低ね」

「そんなに荒っぽかったのかい？」彼は顎をさすった。「覚えてないのが残念だな」

「わたしたちは何もしていない」

「ほんとうに？」

「あたりまえよ」

「ぼくの体を見ただけで、さわりはしなかったというわけかな？」

「見るつもりだってなかったわ！」

「それじゃ、なぜファスナーが開いているんだ？」

「拳銃をとるために開けなくちゃならなかったのよ。あなたに殺されたくなかったから」

彼はちょっと考えこんだ。「拳銃を奪っても、殺される可能性がなくなったわけじゃない。銃なんかなくても、きみひとりくらいわけなく殺せるからな。だが、その前になぜぼくをゆうべの飛行機に乗せなかったのか、わけを聞かせてもらおうか。きみはモンテネグロ政府に雇われているのか？」

そんなことを考えつくなんて信じられず、ケリーは彼をまじまじと見た。「あなた、気は確か？」

男はあたたかみのかけらもない声で笑った。「確かにそれは疑問かもしれないな。大統領がいくら腰ぬけでも、アメリカ人娼婦をスパイに雇うとは考えにくい」

「大統領が腰ぬけだというのは同感だけど、わたしは彼に雇われてはいない」

「それじゃ反乱軍側か。反乱軍のために出国ビザを盗むつもりだったんだな?」

「違うわ。わたしは政府や反乱軍のために働いているわけじゃないのよ」

「それじゃ誰に雇われた? CIAってことはないよな。きみ程度の人材しかいないとなったら、CIAもおしまいだ」

「わたしはわたし自身のために働いているの。だけど、ご心配なく。あなたの言い値は払うわ」

「ぼくの言い値? どういう意味だ?」

「あなたを雇いたいのよ。いくらだったら雇われるか言ってみて」

「IBMにだってそんな大金はないだろうよ、レディ」

「わたしがいくらでも払うわ」

「わかってないんだな。ぼくはもうモンテネグロで働くつもりはないんだよ。早くここから逃げだしたいんだ」彼はいきなり近づいてきた。「きみのおかげでとんだことになったけどね。政府はゆうべの飛行機を最後に、この国への出入りをいっさい禁止している。ぼくがこのビザを取得するのにどれほど苦労したかわかるかい?」

そんなことはわかりたくもない。彼がさらに距離を縮めてきたので、ケリーは早口で言った。「埋めあわせはするわ。ほんとうよ。それに、わたしに手を貸してくれれば、必ず出国できるわ」

「どうやって？　いつ？」

「金曜日に。つまり三日後にはたんまりお金を持ってアメリカに帰れるってこと」

その言葉に興味を引かれたらしく、彼はしげしげとケリーを見た。「どうしてぼくを選んだんだ？　酔っていて引っかけやすかったという以外に？」

「経験者が必要なのよ」

「経験者なら、まだそこらに何人もいる。ゆうべのバーにも数人はいた」

「あなたが一番……適任のように見えたのよ」

「どういう仕事をさせたいんだ？」

ケリーはその質問にはっきり答えようとはしなかった。まずはあと数日この国にとどまることを承知させなくてはならない。「きつい仕事だわ。自分の兵器を持っている人でなければだめなの」彼の虚栄心に訴えるつもりで続ける。「むろん、いざというときにその兵器を使えるだけの度胸と経験も必要だし」

「兵器？」彼は当惑したように首をふった。「ちょっと待ってくれよ。ぼくを傭兵だと思っているのかい？」

ケリーは返事をしなかったが、その表情はイエスと答えていた。

男の顔がみるみるほころびだしたのを見て、ケリーはとまどった。彼は声をあげて笑い、しまいには苦しそうに咳《せ》きこんだ。そしてまた悪態をついたが、それまでほどひどい悪態ではなかった。額をこすり、両手で顔を撫《な》でおろす。それからトラックに寄りかかり、天をあおいで大袈裟《おおげさ》に吐息をついた。

「どうかした?」ケリーはそう尋ねたが、返事が聞きたかったわけではない。彼の笑いは皮肉っぽいばかりで、楽しげなところなどまるでなかった。

「きみは引っかける相手を間違えたんだよ、レディ。ぼくは傭兵ではない」

ケリーはぽかんと口を開けた。「嘘よ」そんな言い逃れで、わたしをだませると思っているの?「大統領のことを腰ぬけだと言いながら、あなた自身も困難な仕事から逃げようとしているんだわ」

「ぼくが腰ぬけだというのはそのとおりだよ」彼はどなった。「英雄をきどるつもりは毛頭ない。ああ、確かにぼくは臆病《おくびょう》な腰ぬけさ。だが、ぼくがプロの兵士じゃないというのはほんとうだ」

ケリーは男の剣幕にたじろいだ。「だったら拳銃や鉈を持っているのは——」

「自衛のためさ。獣から身を守るすべも持たずにジャングルに入るばかがどこにいる?四本足だけでなく二本足の動物だって油断ならないんだからな」彼はまた一歩ケリーに近づいた。「ここは紛争地区なんだぞ、レディ。いったいどういうゲームをやっているのか知らないが、ぼくはいますぐ町に戻り、大統領のお慈悲にすがるよ。たぶんまだ出国させてくれるだろう」そう言うと、ケリーのもつれた長い髪やぺらぺらのドレスに目をやった。「大統領は女の話が好きだから、この国でひとりの美女に誘惑されて帰国のチャンスを逸してしまった話を聞かせてやろう。きっと面白がるだろうよ」

そしてケリーの横をすりぬけて運転席のほうに歩きだした。

ケリーは必死の思いで男の袖《そで》をつかんだ。「信じて。これはゲームなんかじゃないの。あなたを行かせるわけにはいかないのよ」

「とめられるものならとめてみろ」彼はケリーの手をふりほどいた。

「あれは兵器でしょう?」ケリーは荷台を指さして言った。

彼は背をかがめて鉈を拾い、刃をさやにおさめた。「ぼくの兵器とやらを見たいかい? いいだろう」

トラックの後部にまわり、防水シートを勢いよく引きはがして重いバッグをひとつとる。「さがってろ」芝居がかった口調だ。「いきなりどかんときて、きみの頭が吹っとんだらたいへんだ」

バッグのファスナーが、さっと開かれた。爆弾か何かが出てくると思っていたケリーは、中身を見てあっけにとられた。

「カメラだわ」

彼は辛辣《しんらつ》な表情で言った。「ばか言っちゃいけない」再びファスナーを閉め、バッグを荷台に戻す。「ただのカメラじゃない、ニコンF3だぞ」

「バッグの中身はすべてカメラだということ?」

「カメラにレンズにフィルムだ。ぼくはフォト・ジャーナリストなんだよ。名刺をあげたいところだが、一週間ほど前、ゲリラの一団と煮炊きをする焚《た》きつけにしてしまったから、もう一枚も残っていない」

ケリーはまだバッグを見つめていた。あの中に国外脱出を保証してくれる武器や弾薬がつまっていると思いこんだのはとんでもない勘違いだったのだ。その致命的なミスに茫然《ぼうぜん》とし、自分に残された選択肢を検討しながらしばらくバッグをにらみつける。それから不意にさっと向きを変えた。彼は木立の中に入っていこうとしていた。

「どこに行くの?」

「用を足しに行くんだよ」

「ねえ、確かにわたしは誤解していたけど、それでもあなたと取引したいのよ」

「ぼくはしたくない。これからまた大統領と取引しなくちゃならないんだから」彼は拳《こぶし》で腿をたたいた。「ちくしょう、あの飛行機に乗りそこなうなんて自分のばかさ加減が信じられない。いったいどうやってぼくを連れだしたんだ? 酒に麻薬でもまぜたのか?」

ケリーはむっとして、その言いがかりには返事もしなかった。「あなた、わたしが見かけたときにはもう酔っていたわ。そんなに飛行機に乗りたかったのなら、なぜあんなに飲んだの？」

「祝杯のつもりだったんだよ」

歯を食いしばった彼の表情を見て、痛いところを突いたのがわかった。彼はケリーだけでなく、自分自身にも腹を立てているのだ。

「このいまいましい国から早く出たくて、航空券を確保するのに何日も駆けずりまわってきたんだ。ビザを発行してもらうかわりにぼくが何をさせられたかわかるかい？」

「わからないわ」

「大統領と愛人の写真を撮らされたんだ」

「何をしているところを撮らされたの？」ケリーはせせら笑うように言った。

彼は怖い顔でケリーをにらみつけた。「タイム誌にでも掲載できるような、まっとうなポートレートだよ。だが、きみのおかげでアメリカに帰ることさえかなわなくなりそうだ」

「わたしの話を聞けば、あなたにもわかるはずだわ。どうして傭兵が必要なのか、なぜあそこまでして傭兵を雇いたかったのか」

「だが、ぼくは傭兵じゃない」

「見た目はそう見えるわ。なぜわたしがあなたを選んだと思う？」

「考える気にもならないね」

「あなたがあの店で一番いかがわしく、一番危険そうに見えたからよ」

「ありがたいこった。それじゃ、ぼくはちょっと失礼して——」

「商売道具が機関銃でなくカメラだとしても、あなたは危険をかえりみず戦地におもむく兵士たちと同じ種類の人間だわ」傭兵でなくても、この男は使える。こちらが間違えたくらいだから、ほかの人にも兵士で通用するだろう。「あなたはより高く買ってくれる雑誌社に自分の作品を売りつけている。わたしもあなたの価値に見あうだけの額は払うわ、ミスター……」彼の名前がわからず、黙りこんで顔を見つめる。

「オニールだ」男がかたい声で言った。「リンク・オニール」

リンカン・オニール！　その名前はケリーも知っていたが、しかし彼女は驚きを顔に出すまいとした。リンカン・オニールは世界に名だたる気鋭のフォト・ジャーナリストだ。ベトナム撤兵のときに名をあげ、以来世界じゅうの紛争や災害を三十五ミリフィルムに記録してきた。その作品はどれも高く評価されているが、胃の弱い人にはなまなましすぎ、心臓の弱い人には残酷すぎる。

「わたしはケリー・ビショップ」

「きみの名前なんてどうでもいいよ、レディ。さあ、ぼくのズボンの中身を見たいわけではないのなら、これ以上引きとめないほうがいいぞ」

そのあけすけな言葉に、ケリーはひるむどころかいっそう決意をかためた。リンク・オニールは彼女に背を向け、木立のほうに歩きだしたが、ケリーもサンダルばきのおぼつかない足どりながら、藪《やぶ》をかきわけてあとを追った。

再び彼の袖をつかみ、今度はそのまま放さなかった。「わたしに国外に連れだしてもらうのを待っている九人の孤児がいるの」ひと息に言う。「わたしはアメリカの、ある慈善グループの手伝いをしているのよ。三日後には子どもたちを国境まで連れていかなくちゃならない。金曜日にそこまで自家用機が迎えに来るの。そのときわたしたちがそこにいなかったら、飛行機はそのまま飛び去ってしまうわ。密林の中を八十キロ進むのに、どうしても助けが必要なのよ」

「そうか、せいぜいがんばるんだな」

彼がそう言ってまた歩きだそうとしたので、ケリーは驚きの声をもらした。袖をいっそう強くつかむ。「わたしの言ったことが聞こえなかったの?」

「よく聞こえたよ」

「なのに平気で見捨てるつもり?」

「ぼくには関係のないことだ」

「あなただって人間でしょう?　まがりなりにも、いちおう人間のはずだわ」

「ああ、なんとでも言ってくれ」

「相手は子どもなのよ!」

彼の顔つきが険しくなった。彼を傭兵と思いこんだのも無理はない、とケリーは思った。この男は何を言われてもこたえないのだ。筋金入りの無情さだ。

「ぼくは何百人もの子どもが爆弾に吹っとばされるのを見てきたんだ。栄養失調で腹が風船のようにふくらんだ子どもや、傷だらけの体にしらみや蝿《はえ》をたからせた子ども、目の前で親を惨殺されて泣き叫ぶ子どももね。確かに痛ましいことだ。胸の悪くなるような悲惨さだ。だが、そういう子は世界のいたるところにいるんだよ。だからぼくが九人の孤児の身の上を思って身も世もなく苦悩するなどとは思わないでもらいたい」

彼の非情さがいまわしい伝染病であるかのように、ケリーはぱっと手を離した。「血も涙もないのね」

「そのとおり。ようやく意見が一致したね。だいたい、最良の状況下でも、ぼくの精神構造は九人の子の面倒を見られるようにはできてないんだ」

ケリーは毅然《きぜん》とした態度で胸をそらした。どんなにいやな男でも、この男が最後の頼みの綱なのだ。町に戻ってかわりを探してくる時間はない。「仕事だと思ってくれればいいのよ。報酬はちゃんと払うわ」

彼はかぶりをふった。「ぼくがこの国で撮った写真で得られるほどの額は払えないだろうよ」

「たかが三日よ。三日であなたの写真の価値がさがるわけではないでしょう?」

「だが、三日も自分の命を危険にさらすつもりはないんだよ。フィルムと同じくらい命も大事なんでね。もう十分危険な目にあってきたんだから。そろそろ引けどきだと第六感が言っている」彼はひたとケリーを見すえた。「きみが誰で、何をしているのか知らないが、ぼくにはまったくかかわりのないことだ。無事に脱出できるよう祈ってはやるが、巻きこまれるのはごめんだよ」

そう言い捨てると向きを変え、小さな空き地から密林の中に入っていった。ケリーはがっくりと肩を落とした。

のろのろとトラックのところに戻る。地面に放《ほう》りだされたままの拳銃が目にとまると、思わず身震いがした。あの男は傭兵ではないかもしれないが、傭兵並みに冷酷で無神経だ。人間らしい心などすっかりすり切れてしまって、小指の先ほども残っていない。救いを待っている子どもたちに背を向けるなんて、どうしてそんなことができるの?

拳銃を見おろし、彼に銃口を突きつけて協力させることはできないだろうかと考える。だが、そんなばかばかしい考えはすぐに捨てた。幼いライザを片手に抱き、もう一方の手でマグナムを持ってジャングルを進むなんて。

目的地にたどり着く前に、自分のほうが寝首をかかれておしまいかもしれない。

ケリーは腹立たしげに向きを変えた。その目が今度は荷台のバッグに向けられる。カメラ。カメラを兵器と間違えるなんて、わたしもばかだった。カメラは彼の商売道具かもしれないが、わたしにはなんの役にも立たない。

孤児たちの命より撮影ずみのフィルムのほうが大事だなんて、よくもそこまで人間らしさを捨てられるものだ。人でなし。利己的な冷血漢。あの男にとって他人は直接かかわりあう対象ではなく、撮影の対象でしかないのだ。人の命よりも一巻きのフィルムのほうがたいせつなのだ……。

フィルム。

フィルム。フィルム。フィルム。

ケリーの心臓がどきりと打った。不意に天啓を得て、キャンバス地のバッグを凝視する。それから自分のやろうとしていることがいかに深刻な結果を生むかは考えないようにして、素早く荷台に乗り、ひとつめのバッグのファスナーを開けた。


リンクは最悪の気分だった。

コンゴウインコが発声練習をするたびに、その声が槍《やり》のように頭に突きささる。胃はむかむかして、ちょっとでも刺激を与えられたらぶざまに中身をぶちまけてしまいそうだ。歯はひと晩で苔《こけ》が生えたかのよう。首は寝違えるし、髪さえもが痛い。

どうして髪なんか痛むのかと思いながらそっと手を触れると、痛みのもとは髪ではなく原因不明の大きなこぶだと判明した。

だが、一番の癪《しゃく》の種は……ビショップとかいうあの女だ。なんとかビショップ。キャロルだっけ？　キャロリン？　くそ、思い出せない。思い出せるのは、名前を聞いたとき、素手で彼女を絞め殺して墓石にその名をきざんでやろうと思ったことだけだ。

あの女のせいで飛行機に乗りそこなった！

それを考えるたびにリンクは歯がみしたくなった。自分のうかつさを直視したくなくて、怒りをもっぱら彼女に向けている。

そもそもモンテネグロで何をしているんだ？　しょせんはおせっかいな善人きどりにすぎないじゃないか。九人の孤児？　そんなお荷物を連れて、このジャングルの中、八十キロはおろか、八キロだって進めるものか。しかも目的地で飛行機に乗ることになっているだと？

ばかばかしい。まるでB級映画のシナリオだ。うまくいくわけがない。非現実的だ。不可能だ。

しかもそのために、写真はもちろん命までも危険にさらして協力しろって？　とんだお笑いぐさだ。こちらは善行を施すことで生きのびてこられたわけではない。

ぼくを知る人間にきいてみるがいい。誰もがリンク・オニールは自分の利益だけを追い求める男だと言うだろう。人から好かれもし、尊敬もされている。酒場で他人におごるぐらいの気前のよさだってある。だが、いざというときに頼ってはいけない。なぜなら、いざとなるとリンク・オニールは他人のことよりまず自分の身の安全を考えるからだ。ぼくが忠誠を誓っているのは自分自身に対してだけだ。

用を足し終えたリンクは、そう自分に言い聞かせながら空き地に戻っていった。ビショップなる女がだいぶ落ち着いたのを見て内心ほっとする。彼女はトラックに寄りかかって髪を三つ編みに編んでいた。黒い豊かなロングヘアを片方の肩にかけ、リンクの手首ほどもある太い三つ編みに器用に編んでいる。

あの髪。あれもゆうべぼくを引きつけた要因のひとつだ。ああ、女なんか必要なかったのに。いや、確かに女はほしかった。モンテネグロにもう六週間も滞在しているのだ。だが、夜ごと政府軍と反乱軍の両方の兵士に身を任せる娼婦たちに欲望を静めてもらうほど無節操にはなれなかった。そこまで飢えてはいなかった。

ゆうべだって、女だけでなく男の飲み仲間さえ避けていたのだ。頭にあったのは予定の飛行機に間違いなく乗りこむことだけだった。モンテネグロから早く遠ざかりたくて、アルコールの麻酔効果をひたすら求めていたのだ。

だが、強い酒をあおっても、この国で目撃したさまざまな残虐行為の記憶を洗い流すことはできなかった。だから延々と飲みつづけた。そしてその酒が、記憶をおぼろにすることはできなかったくせに、判断力だけはすっかり鈍らせてしまったのだ。

黒い髪の女が近づいてきたときには、店のぼんやりした照明の下でさえ光り輝いていたその姿に眩惑《げんわく》され、常識は熱くなった下腹部に屈してしまった。彼女の唇を一度味わっただけで、見た目どおりに甘美なその味についよろめいてしまったのだ。

いまは、ゆうべの自分が完全にどうかしていたわけではないとわかったのがせめてもの慰めだ。彼女は美しいし、身ぎれいにしている。ちょっと細めだが、スタイルもいい。着ているばかみたいなドレスが大きすぎるだけだ。ぼくも女を見る目はまだ確かだったわけだ。

だが、いったいどうして彼女を娼婦と思いこんでしまったのだろう？　ぼくが傭兵らしくないのと同様、彼女だってどう見ても娼婦らしくはない。髪の色は確かに地元の女と間違われやすいだろう。だが、空き地にさしている木もれ日の中で見ると、目はぼくが思っていたようなブラウンでないのがはっきりわかる。ダークブルーだ。それに肌の色だってラテン系にしては白すぎる。

何よりも、彼女には売春で生活している女たちに特有の、疲れきってすさんだところがまったくない。パン一斤の値段で身を売らねばならないモンテネグロの女たちは、ふけこむのが非常に早いのだ。

この女は若々しく健全な感じだし、昼間見ると明らかにアメリカ人とわかる。中西部郊外のしゃれた家に暮らして、ティーパーティでも開くようなタイプだ。なのに現実の彼女はきわどい冒険の末、ジャングルの中の空き地にああして立っている。リンクはいつの間にか興味をそそられていた。

「トラックはどうやって手に入れた?」

突然の問いかけに虚をつかれたらしく、彼女はためらいなく即答した。「盗んだのよ。酒場の外にとまっていたの。キーはささったままだったわ。あなたにはシートに置いてあった上着と帽子で将校のふりをさせたの」

「機転がきくんだな」

「それはどうも」

「ぼくを、自分がとった客のように見せかけて検問を突破したわけか」

「ええ」

リンクは彼女の頭のよさを認めてうなずいた。

「ぼくの頭にこぶができているが」

「ああ、それについては悪かったと思っているわ。わたしがあなたを……」彼女は言葉を切った。どうやら何か隠しておきたいこと、ぼくに知らせたくないことがあるらしい。

「ぼくをどうした?」

「あなた、頭をダッシュボードにぶつけたのよ」

「へえ」じろりと彼女を見たが、深くは追及しないことにする。もうこの女との冒険も終わりに近づいているのだから、いまさら詮索しても始まらない。ただ、ゆうべ彼女を抱かなかったことは確かだと断言できる。どんなに酔っていても、あのドレスの下の挑発的な体を抱いたら忘れるわけがない。

それ以上おかしな考えに引きずられないよう、リンクは町に着いてからのことを考えた。大統領の機嫌がいいときにつかまえられるといいのだが。「とにかくトラックがあってよかったよ。おかげで苦労せずに町に戻れる。きみも乗っていくかい？　それとも、ここでさよならするか？」

「その必要はないわ」

「え？」

「町に戻る必要はないと言っているのよ」

リンクはいらだたしげな態度になった。「ぼくの返事はもう聞かせたはずだ。ゲームは終わったんだよ、レディ。キーをもらってぼくは帰る」

「あなたはどこにも帰らないわ、ミスター・オニール」

「いや、町に帰るんだ。いますぐにね」彼は片手を突きだした。「キーだ」

「フィルム」

「え？」

彼女が顎をしゃくったほうに目をやると、無残にも南国の太陽に感光して無価値になってしまった茶色いフィルムが地面にのたくっていた。

リンクの叫びは首を絞められたような音となって喉の奥からのぼってきた。だが、口から出たときには激しい怒りのおたけびになった。彼女に突進し、のしかかるようにトラックのボンネットに体を押さえこむ。二の腕が彼女の首を押さえるかんぬきの役目を果たした。

「殺してやる」

「殺したいなら殺せばいいわ」ケリーは果敢にどなりかえした。「あとひとりぐらい殺したってどうってことはないものね？　あなたは自分自身の利己的な目的のために、九人の子の命を犠牲にできるぐらいなんだから」

「利己的な目的だと？　フィルムはぼくの生活の糧なんだぞ。きみは何万ドルもの金をふいにしてくれたんだ」

「わたしに協力してくれたらいくらでも払うわよ」

「笑わせるな！」

「いいから額を言って」

「協力なんかしないと言ってるだろう」

「ほかの人のことまで考えなくてはならないなんてまっぴらだというわけ？」

「そのとおりだよ！」

「いいわ。それじゃ、この仕事をあなたに都合よく利用する方法を教えてあげる。だから手を離して。痛いわ」

彼女はリンクにのしかかられたまま身をよじった。だが、すぐにまたおとなしくなった。腰を押しつけていたせいで、彼女がもがいたとたん強烈な感覚がリンクの体を貫いていた。彼女の一番柔らかく一番デリケートなところに押しあてた部分がかたくなってくる。ケリーがそれに気づいたと同時に、リンクも自分の体の反応を自覚した。だが彼女から離れるどころか、いっそう強く腰を押しつけ、腿のあいだに彼自身をぴったりとあてがった。嘲《あざけ》るように目をきらめかせ、熱い息を吐きかける。

「きみのほうから誘ったんだろう？　忘れてしまったのかい？」よどみない口調で言った。「せっかくのお誘いだから応じてもいいな」

「嘘」

彼はにやりと笑ってみせた。「嘘だと思うかい？」

「わたしがあなたを居酒屋から連れだしたほんとうの理由はもうわかっているはずよ」

「ぼくにわかっているのはきみにキスしたことと、今朝起きたらズボンのファスナーが開いていたことだけさ」

「でも、何もなかったのよ」彼女の声にはわずかに不安がにじんでいた。

「いまはまだね」リンクは思わせぶりにそう言うと、とりあえず体を離して彼女を立たせてやった。「だが、お楽しみの前に仕事の件を片づけよう。きみに協力することがどうしてぼくに都合よくなるんだい？」

ケリーは喉をさすりながら彼をにらんだ。「記事よ。九人の孤児の救出にあなたが直接かかわって、記事にまとめるの」

「救出してアメリカに不法入国させるんだろう？」

ケリーは首をふった。「入国管理局の許可は得ているわ。子どもたちは全員アメリカの家庭に養子として引きとられることになってるの」彼の怪しむような表情にわずかな変化が表れたのを見て、ケリーはさらに言った。「あなたも最後まで立ち会って、逐一フィルムにおさめるのよ、ミスター・オニール。きっとインパクトの強い記事になるわ。あなたがすでに撮ってある写真よりもね」

「すでに撮ってあった写真だ」

「ええ、すでに撮ってあった写真よりも」ケリーは良心のうずきを感じた。

二人は探るように見つめあった。

「子どもたちはいまどこだ？」長い沈黙を破ってリンクが言った。

「ここから五キロほど北に行ったところよ。昨日の午後、そこで隠れているように言ってきたの」

「そもそも、きみはこの国で何をしていたんだ？」

「その子たちの教師をしていたのよ。こっちに来て十カ月になるわ。彼らの親は全員死亡したか、死亡したとみなされている。一カ月前に村が焼き払われたの。以来わたしたちは食べ物を探しながらあちこちを転々としてきたわ。彼らをモンテネグロからアメリカに移す手はずが整うのを待ちながらね」

「手はず？　誰が手はずを整えたんだ？」

「ヘンドレン財団よ。十年ほど前にこの地で殺された宣教師ハル・ヘンドレンにちなんで、彼の遺族が設立した社会事業団」

「彼らがほんとうにその約束の場所に現れると思っているのかい？」

「もちろんよ。間違いないわ」

「そういう情報はどうやって入手するんだ？」

「スパイを使って」

リンクは吠《ほ》えるように笑った。「たったひと箱のラッキーストライクのために妹を売るような連中を使ったわけか。そういえば、ぼくもたばこがほしくなってきたな」あちこちのポケットをたたいてたばこの箱を探しだす。だが、中は空だった。「きみ、持ってないかい？」

「ないわ」

「だろうな」彼は悪態をつき、うんざりしたようにため息をもらした。「きみはそのスパイを信用しているのか？」

「九人の孤児のうち、二人が彼の妹なのよ。彼は妹たちを脱出させたがっているわ。父親は反乱軍のスパイとして政府軍に射殺され、母親は……。母親も最後には殺されたの」

リンクはトラックに寄りかかって下唇をかんだ。感光したフィルムの山に目をやる。まさしく覆水盆に返らず、だ。とても許せるものではないが、いまとなってはどうしようもない。

となると残された道は二つ。ひとつめは、町に戻り、大統領を自称する独裁者に慈悲を乞《こ》う。その場合にはたとえ出国できるとしても、手ぶらで帰らねばならない。もうひとつの道も同じくらい腹立たしい。この気まぐれなマタ・ハリと手を組む気には、やはりなれない。

「なぜぼくを拉致《らち》したんだ?」

「わたしが〝実はお願いがあるんだけど〟なんて事情を話して頼んだら協力してくれた?」

リンクは渋い顔をした。

「でしょう? どんな傭兵だって、子どもたちにわずらわされるのはいやがるはず」

「そのとおりだ。きっと前金をもらって隠れ場所までついていったら、子どもたちの喉をかき切り、きみをレイプしてから殺し、ああちょろい仕事だったと笑うんだろうよ」

ケリーは青くなり、わが身を抱きしめた。「そんなことは考えもしなかったわ」

「きみが考えもしなかったことはほかにもある。たとえば食糧のこと。飲み水のことも」

「そういう細かな問題はあなたに……協力してくれる相手に任せるつもりだったのよ」

「細かな問題じゃないよ」リンクは怒ったように言った。「避けて通れない基本的問題だ」

人をばか扱いしているようなその言いかたにケリーはかっとなった。「わたしは意気地なしではないのよ、ミスター・オニール。子どもたちを国外脱出させるためならどんな困難もいとわないわ」

「八十キロ先の国境にたどり着く前に、全員死ぬかもしれないんだぞ。その覚悟はできてるのか？」

「ここにいても死を待つだけだもの」

リンクは彼女の顔を見つめ、ひょっとしたらそれほどいい加減な気持ちではないのかもしれないと思いはじめた。彼女がゆうべやったことだけでも、生半可な気持ちではやりとげられなかったはずだ。「飛行機が来る予定の場所とはどこなんだ？」

ケリーの顔が喜びで輝いた。が、彼女はにこりともせずに向きを変え、空き地の端に走っていった。倒木のうろの中を棒でつつき、そこを暑さからの避難場所にしている蛇がいないかどうか確かめてから、手を突っこんでバックパックをとりだす。そしてバックルをはずしながらトラックのほうに戻ってくると、地図を出した。地図は日ざしに焼かれたボンネットの上に広げられた。

「ここよ」地図の一点を指さす。「そして、いまわたしたちがいるのがここ」

リンクはこの数週間、反乱軍の部隊と行動をともにしてきた。主な戦闘地区は頭に入っている。金色の目にかたい表情をうかべ、期待に満ちた女の顔を見おろした。

「そのあたりは密林のど真ん中で、しかも兵士どもがうじゃうじゃいる」

「わかってるわ」

「わかっていながらそこにしたのはなぜだ?」

「兵士たちの警備が厳重だからこそ、よ。人が多い分、国境沿いなのにレーダーはお粗末なものしか備えていない。だから飛行機が侵入しても見つかりにくいの」

「決死の任務だ」

「それもわかってるわ」

リンクは腹を立て、彼女に背を向けた。ちくしょう! ゆうべと同様、彼女はこっちの心をとろかすような目で見つめてくる。ゆうべはその目がダークブルーだとは気づかなかったが。このまなざしについ理性をかなぐり捨て〝常識がなんだ〟とばかり彼女についてきてしまったのだ。娼婦ではないにせよ、彼女は自分の魅力を熟知している。男の下半身をかたくすると同時にハートをとろかすすべを心得ているのだ。

ゆうべはしたたか飲んだものの、キスをして彼女にさわったことは覚えている。それが途方もない快感をもたらしてくれたことも。彼女は胆《きも》のすわった女だ。その根性には敬服せざるを得ない。だが、ぼくがほしいのは彼女の度胸ではなく、彼女の体だ。その形のいい脚に自分の脚をからませ、長いつややかな髪に包まれたいのだ。

心を決めながらも、リンクは自分の軽率な決断のつけがいずれまわってくるのを予感していた。

「五万ドル」

最初のショックから立ち直ってケリーは言った。「それがあなたの要求する額なの？」

「いやなら、この取引はなしだ」

ケリーはつんと顎をあげた。「いいえ、それで結構よ」

「そう結論を急ぐなよ。まだ条件があるんだ。引き受けるとなったら、ぼくがボスだ。きみは文句を言わずにぼくの言うとおりにすること。ぼくの指示には何も質問せずに従うんだ」リンクはケリーの鼻先に人さし指を突きつけて言葉のひとつひとつを強調した。

「わたしは一年近くこのジャングルで暮らしてきたのよ」ケリーは彼の指を払いのけたいのをこらえて尊大に言いかえした。

「子どもたちと、学校で、だろう？　これからは彼らを引き連れてジャングルの中を旅することになるんだ。軍の攻撃を受けなかったら、そのほうが奇跡だよ。その奇跡に賭けるには、すべてぼくの言うとおりにやるしかない」

「わかったわ」

「よし。それじゃさっそく出発だ。国境まで行くのに、三日という日数は決して長いとは言えない」

「いま着がえるから、そのあとすぐに子どもたちのところに行きましょう」ケリーはバックパックからカーキ色のパンツやシャツ、ソックスやブーツをとりだした。

「用意がいいんだな」

「水の用意もね」リンクに水筒を渡してやる。「よかったら飲んで」

「感謝する」

ケリーは着がえの衣類を胸にかかえて居心地悪そうにたたずんだ。「悪いけど、ちょっと服を着がえさせてくれない？」

リンクは水筒を口から離した。そして濡《ぬ》れて輝いている唇を手の甲でぬぐった。目はケリーに釘《くぎ》づけにしたままだった。「だめだ」

3

「だめだ？」

「ああ《イエス》」

「その〝ああ《イエス》〟はだめだ《ノー》って意味？」

リンカン・オニールは足首を交差させ、腕組みして首を片側に倒した。尊大そのものといった態度だ。「そうだ。きみが着がえたいからって、ぼくはここを動きはしないよ」

ケリーは耳を疑った。「着がえるあいだひとりにしてくれるほどの気配りもできないわけ？」彼は鮫《さめ》よりも冷酷な目で見かえすばかりだ。「ならいいわ」ケリーの口調はとげとげしくなった。「着がえは子どもたちの隠れ場所に着いてからにする」

「きみは意気地なしではないんじゃなかったのか？」

ケリーがぱっとふりかえったので、三つ編みが彼の顔を打ちそうになった。この男はわたしを試しているのだ。こんな冷笑的な目つきに挑戦されたら、受けて立たないわけにはいかない。それに彼はいまからでも取引を反故《ほご》にしかねない。良心などこれっぽっちも持ちあわせてはいないのだろうから。いまは彼のばかげたゲームにつきあう以外どうしようもなさそうだ。

「わかったわ、着がえるわ」

彼に背を向け、背中のファスナーに手をやる。

「ぼくがおろしてやろう」

リンクが近づいてきた。彼の手は大きくて男らしいが、精巧なカメラを扱えるくらいの器用さは備えているのだろう。女のドレスを脱がせることにも慣れていそうだ。ファスナー程度に手こずったりはしないはず。事実ファスナーはするするとおろされていった。

挑戦を受けて立つのと、実際にその行為をするのは別問題だ。彼の前で服を脱ぐのは海岸でラッシュガードを脱ぐのと変わらない、とケリーは思っていた。だが、まさか彼が脱ぐのに手を貸してくるとは思わなかったし、息が背中にかかるほど近づいてくるとも思わなかった。みぞおちのあたりがむずむずして、立っていられなくなりそうだ。彼に寄りかかりたいというばかげた欲望が胸に荒れ狂う。

ファスナーが開いていくにつれ、その部分が熱くほてりだした。日光にさらされていくせいもあるのだろうが、開いたところをたどる彼の視線の熱さのほうが強烈だ。ようやく一番下までおろされると、ケリーはつぶやいた。「ありがとう」

こんなうわずった声でなく、もっと毅然《きぜん》とした口調で言えなかったのが無念だった。ケリーはそそくさと彼から離れた。ちょっとためらったのちに、ドレスのストラップを肩からはずす。薄っぺらな生地がウエストまではらりと落ちた。それを下まで落として脱ぐ。これでショーツとサンダル以外、身につけているものがなくなってしまった。強い日ざしが肌を焦がし、屈辱が湿ったキスのように体に張りつく。周囲の木々にすむ野生動物がいっせいに沈黙し、ケリーのパフォーマンスを息をひそめて見守っているかのようだ。

震える手で素早くパンツをはいた。なんとかボタンをかけ、次はシャンブレー織りの半《はん》袖《そで》シャツに腕を通す。二つだけボタンをかけ、裾《すそ》はおなかのところで結ぶ。長い三つ編みをシャツの中から引っぱりだし、こんな状況でなかったら捨てていきたいドレスを拾いあげようと身をかがめた。

そのときリンクが背後から彼女のウエストを両手ではさんだ。

「さわらないで」ケリーは低い声で警告した。

「無理だよ、ダーリ……」

親しげな呼びかけが途中でとまったのは、ケリーが勢いよく上体を起こして彼に向き直ったときだった。彼女はリンクの拳銃《けんじゅう》を両手に握りしめ、彼の広い胸の真ん中にぴたりと銃口を向けていた。

「わたしはあなたに仕事を頼んだのよ、ミスター・オニール。仕事以外のことではあなたになんの興味もないわ。今度手出ししたら撃ち殺すから」

「そんなことがきみにできるのかな？」彼は平然としている。

「本気よ」ケリーは叫ぶように言って彼の胸に銃口を近づけた。「ゆうべはあなたのおぞましい手を仕方なく受け入れたけど、もう二度とさわらないで」

「わかった、わかった」

リンクは両手をあげて降参した――少なくともケリーは降参したのだと思った。が、次の瞬間、彼は目にもとまらぬ速さで無造作に彼女の手から重い拳銃をはたき落とした。銃は派手な音をたててボンネットにはね、それから地面にすべり落ちた。彼はケリーの腕を、片方は体の脇に押さえこみ、片方は背中にまわしてひねりあげた。

「二度とぼくに銃を向けるんじゃない。いいな？」手が肩甲骨に届くほど腕をねじりあげて言う。

「痛いわ」ケリーはかすれ声で言った。

「きみが引き金を引いていたら、ぼくはもっと痛い思いをしていた」

「ほんとうは銃の扱いかたなんか知らないのよ」

「だったら、なおさらあんなばかなことはすべきじゃなかったんだ」

「お願い、もう放して」痛みと屈辱で目に涙がこみあげる。彼はようやく力を抜いたものの、まだ解放してはくれなかった。

「ほんとうなら首の骨をへし折るところだ」リンクは言った。「だが、そのかわりに……」

ケリーの顔に顔を近づける。

「いやじゃないだろう」

「いや！」

今度のキスもゆうべのキスに劣らず強烈だった。彼の唇は貪欲《どんよく》で情熱的で容赦がなく、それでいて信じられないくらい柔らかい。舌が入ってきた。ケリーは身をこわばらせたが、彼は抵抗を許さなかった。ケリーの口を徹底的に貪《むさぼ》る。舌の動きは緩慢なのに、間違いなく彼がリードしている。ケリーはそれに引きずられるばかりだった。だが舌が触れあうと、彼女もわれ知らずリンクに同調しはじめた。

リンクが頭を起こした。ケリーは麻薬に酔ったようにのろのろと目を開けた。「ぼくの手がおぞましいって？」彼の目が意地悪くからかうような表情をたたえた。「ほんとうは、そうおぞましくもなかったんじゃないか？」

ぎょっとするような大胆さでケリーの胸のふくらみを片手に包みこみ、シャツの上から愛撫《あいぶ》する。

「だめ」ケリーは胸に広がる快感に思わず声をあげてしまいそうで、それしか言えなかった。

「なぜだめなんだ？」

「そんなこと、されたくないからよ」

「いや、それは嘘だ」リンクはぬけぬけと言った。「こうなると、これから始まる三日間の旅もなかなか楽しいものになりそうだ。ぼくたち両方にとってね。いまその下地を作っておいてもいいいな」

「お願いだからやめて」震えを帯びたケリーの声は、彼の親指が胸の頂に達するとあえぎ声に変わった。

「気持ちいいくせに」リンクは彼女の首に唇をつけてささやいた。

「よくなんかないわ」

「嘘つき」耳たぶを歯ではさんでそっと引っぱる。「さっきみたいに〝さわらないで〟なんて言ってみせたって、きみの体は反応してしまうんだ」腰の位置をちょっとずらしてケリーにまた声をあげさせると、彼は笑みをうかべ、誘いかけるように腰をこすりつけた。「この体は男にさわられると火がついてしまう。そうでなかったら、ぼくを酒場の外に連れだせたわけがない」

「ゆうべのあなたは酔っていたんだもの、どんな女にだってついてきたわ」

「そんなことはない。酔ってはいても、きみのクールな外見に隠された熱を感じとったんだよ。だいたいこのジャングルにいてクールでいられる人間なんていない。きみもそのうち熱くなる」

「やめて」ケリーは頼りない自分自身の気持ちが声に出ないよう、可能なかぎり強い調子で言った。

「今日のところはこのくらいにしておこう」リンクは彼女の胸からしぶしぶ手をおろした。「ぼくに銃を突きつけたきみへの怒りがまだおさまっていないんでね。じきにきみのほうからぼくをほしがって哀願するようになる」

その厚顔無恥な言い草がケリーにいい影響を及ぼした。彼を押しのける手に力がこもる。

「そんな期待は抱かないほうがいいわよ」

なんとか押しのけられたのは彼が抵抗しなかったからにすぎない。リンクは笑いながら身をかがめ、銃を拾いあげて作業ズボンのウエストに押しこんだ。ケリーはそれを見守っていたが、自分の視線が向いている先に気づいて慌てて目をそらした。

リンクは悠然とほほえんだ。「乗ってくれ。ぼくが運転する。ブーツは車内ではけばいい」

彼はもう主導権を握っていた。だが、いまのところはケリーもそれでよしとしなければならない。彼にキスされたせいで、まだ気が動転しているのだから。

この十カ月は子どもたちの教育に打ちこんで、身近に男性がいないのを寂しいとも思わなかった。アメリカに帰っても恋人が待っているわけでもない。異性とのかかわりがなかったせいで、リンク・オニールの突然の登場に心を揺さぶられているのだ。

彼は昨日のいまごろには存在もしていなかった飢餓感をケリーの内部にわきあがらせて

いた。それが彼女をときめかせもし、恥じ入らせもした。彼の男っぽさに恐怖を感じつつも魅了されている。彼は男という性を最もなまなましい形で体現していた。汗ばんだ肌の味や匂《にお》い、無精ひげのざらざらした感触、声のかすれ具合、すべてがケリーの感覚に強く訴えかけてくる。彼のたくましい体に抱きしめられると、自分が女であることを実感させられて血が騒ぎだす。

残念ながら彼の性根は腐っており、人間としてはろくでなしだ。孤児たちのことがなかったら、ケリーもいまのキスだけでプライドを傷つけられ、密林の中に逃げこんでいただろう。

卑劣な人間なら、ケリーの人生にすでにひとり存在していた。ここでもうひとりふえてほしくはない。父は卑劣で不実な人間だった。それに比べれば、リンク・オニールは正直なだけ、まだましかもしれない。自分の利益を再優先すると公言してはばからないのだから。父親の不正が発覚したとき、ケリーは恥の意識と父への愛情から黙って苦しみを受け入れた。でも、リンカン・オニールに対しては黙っているつもりはない。彼には五万ドルの報酬以外になんの借りも義理もないのだ。彼はわたしに共感も抱いていなければ敬意も払っていない。だからわたしの気に入らないことをしたら、こっちも遠慮なく拒絶してやろう。

だが、これほど反感を覚えつつも、彼が同行してくれるのはありがたかった。自分自身にさえ認める気はないが、ひとりで子どもたちを連れてジャングルの中を移動するのは不安でたまらなかったのだ。無事国境までたどり着いて国外に脱出できる可能性は低いけれど、リンク・オニールがいっしょならその可能性も少しは高まる。

「この先に狭い木の橋があるわ」そこでケリーは口を開いた。最初に道を教えてからは、彼女もリンクも黙りこくって車に揺られていたのだ。彼がいまなお二日酔いに悩まされているらしいのがわずかながらの慰めだった。「その橋を渡ってすぐのところに、左に入る細い道があるの」

「そこから密林の中に入るんだね？」リンクが前方を見ながら言った。

「ええ。数百メートル入ったあたりに子どもたちが隠れているわ」

リンクは指示に従ってトラックを走らせていったが、やがて密生する植物にはばまれてそれ以上進めなくなってしまった。「ここで降りないと」

「ええ。でも、ここまで来たら、あとひと息だわ」

トラックがとまり、ケリーは降りた。

「こっちよ」子どもたちの無事を早く確かめたくて、密林の中をどんどん歩いていく。長い三つ編みが木の蔓《つる》に引っかかり、顔には枝が当たり、腕は藪《やぶ》に引っかかれた。「あなたの鉈《なた》を使いましょうか」

「植物を切り払ったら通った跡が道となって残ってしまう。どうしても必要なところ以外、使わないほうがいい」

ケリーは自分の性急さを反省した。「そうね。そこまで頭がまわらなかったわ」

隠れ場所まで来ながら彼が気づかずに行きすぎようとしたときには、多少名誉を挽回《ばんかい》したような気分になった。立ちどまり、怪訝《けげん》そうなリンクを尻目にそっと声をかける。

「ジョー。ジョー。出てきても大丈夫よ」

リンクは物音のした左のほうを見た。鬱蒼《うっそう》と茂った緑が動き、二つに割れた。コーヒー色をしたいくつもの目が、パラソルのように大きなしゅろの葉の下から見つめかえしてくる。背の高いほっそりした少年が葉っぱのついたての陰から姿を現した。

年は十四ぐらいだろうが、ひょろっとした体つきに比べて陰鬱な顔はずいぶんおとなびている。リンクをにらんだ目には敵意と疑惑が入りまじっていた。

「こちらはリンク・オニールよ」ケリーが少年に言った。「彼が脱出を手伝ってくれることになったわ。リンク、この子は最年長のジョー」

リンクはちらりとケリーを見た。彼女は自分がいまぼくをファーストネームで呼んだことに気づいているのだろうか？　いや、そうは見えない。彼は少年に片手をさしだした。

「やあ、ジョー」

ジョーはリンクの手を無視し、ぷいと背を向けた。早口のスペイン語で隠れている子どもたちをそっと呼ぶ。子どもたちがしゅろの下から出てきた。年かさの女の子のひとりは幼児をおぶっており、ケリーのところにまっすぐ歩いてくると、その子をケリーの腕に抱きとらせた。

幼い女の子は嬉《うれ》しそうにケリーの首にしがみついた。ケリーはふっくらとした頬にキスをし、髪を撫《な》でつけてやった。

ほかの子も彼女のまわりに群がった。誰もがぜひともしゃべりたいことがあるらしく、競ってケリーの気を引こうとする。ケリーは選挙運動中の候補者のように、まんべんなく巧みに彼らの相手をした。

リンクは食事とトイレに困らない程度のスペイン語しか知らない。興奮してケリーに話しかける子どもたちのスペイン語にはとてもついていけなかった。ただひとことだけ、頻繁に繰りかえされる言葉が頭に引っかかった。

「エルマーナって？」

「シスターという意味よ」ケリーは上の空で答えた。

「なぜきみがシスターと……」

リンクの質問は途中でとぎれた。その顔にはっとしたような表情がうかび、次いで驚愕《きようがく》の表情が広がる。斧《おの》で首を切られても、これほど驚いた顔はできなかっただろう。

子どもの話に笑い声をあげながらケリーはちらっとリンクを見た。「ごめんなさい、いまなんて言ったの？」

「なぜきみがシスターと呼ばれているのかときいたんだ」

「ああ、そのこと。それは……」

再びリンクの顔を見た瞬間、その顔つきから彼がとびついた結論に思いいたった。リンクはシスター・ケリーという呼び名に宗教的な意味がこめられていると早合点したのだ。説明しようとして、すんでのところで思いとどまる。彼の思いこみをただす必要があるだろうか？　彼は偶然にも、その指をはねつける格好の口実を提供してくれたのだ。

誤解をとくべき理由があるかどうかを考えてみるが、そんな理由はひとつも思いうかばない。自分の良心にも問いかけたが、あまり深くは考えなかった。子どもたちのため、このままにしておくのだ。

良心が動機に疑問を投げかける前に、ケリーはしおらしく目を伏せてみせた。「なぜかは決まっているでしょう？」

リンクは神を冒瀆《ぼうとく》する罰あたりな言葉づかいで悪態をついた。

ケリーはとがめるように眉をひそめた。「言葉に気をつけてもらえない？」彼がもごもごと謝ったので、自分の策略が当たったのだとわかった。声をあげて笑いたいのをなんとかこらえる。「子どもたちを紹介しましょうか？」

「みんなジョー並みに友好的なんじゃないかい？」

「ぼくは英語がわかる」ジョーがぴしゃりと言った。

リンクは自分の失策にも平然として言いかえした。「だったら礼儀がなってないんだ」

ケリーがすかさず割りこんだ。「ジョー、悪いけど火をおこしてくれる？　出発前にみんなに食事をさせましょう」ジョーはリンクをにらみつけてから、言われた仕事をしに行った。「みんな聞いて」ケリーは子どもたちにスペイン語で言った。「こちらはセニョール・オニールよ」

「リンクでいいよ」とリンクは言った。

ケリーは改めて彼のファーストネームを教えた。八人の子どもが好奇心とわずかばかりの警戒心をにじませた目でリンクを見あげ、そのひとりひとりをケリーが紹介していった。

「そして、この一番のおちびさんがライザよ」

リンクは真面目《まじめ》くさってひとりひとりと挨拶《あいさつ》した。男の子とは握手し、女の子にはしゃちこばったお辞儀をしてくすくす笑わせた。ライザに対しては、抱いているケリーの体に触れないよう用心しながらちょんと鼻をつついた。

スペイン語でこんにちはを言うと、彼のボキャブラリーはもう底をついてしまった。

「ぼくが道中みんなの面倒を見ると言ってやってくれ」ケリーが同時通訳できるようにゆっくりと話しだす。「だが、みんなぼくの言うことを聞かなくてはならない」そこでケリーの顔を見て「それはきみも同じだ」と念を押してから、先を続ける。「静かに、と言ったら、静かにしなくちゃいけない。動いたり、しゃべったりしてはいけない。いつでもぼくの言うとおりにすれば飛行機に乗って……アメリカに行けるんだ」

最後の言葉に子どもたちが顔を輝かせた。

「それまでぼくの言うことを聞いていい子にしていたら……アメリカでみんなをマクドナルドに連れていってあげよう」

「なかなか気がきくのね」ケリーはやんわりと言った。「でも、この子たちはマクドナルドがどんなものかも知らないのよ。たとえ説明したって、想像もつかないでしょう」

「そうか」リンクは子どもたちの顔を見おろし、胸がしめつけられるのを感じた。「要するに、すてきなごほうびがあるってことだ」わざとつっけんどんに彼は言った。

豆と米をペースト状にした食事のあと、彼らは乏しい荷物をまとめはじめた。あとは子どもたちを乗せるだけになると、リンクがトラックからカメラバッグをとってきて写真を撮りはじめた。

「シスター・ケリー、よかったら――」

「ケリーでいいわ」

リンクはうなずいた。先刻ケリーの本来の職業を知って以来、まともに彼女と目をあわせていない。「集合写真を撮るから、子どもたちを集めてもらえないかな?」

「わかったわ」

すぐに子どもたちが集まって並んだ。みんな興奮してにこにこしている。ライザは親指をしゃぶっている。ジョーだけはレンズを見ずに、そばの木々のほうに暗いまなざしを向けている。ケリーの笑顔は作られたものだ。

「よし。それじゃ出発だ」リンクはレンズにキャップをはめて言った。首にカメラのストラップをかけ、肩にはジョーが近くの村からとってきた缶詰の入った袋を背負う。

「いつもは自然に動いているところを撮影するんでしょう？　なぜ集合写真を撮ったの？」ケリーがライザを抱いて密林の中を歩きながらリンクに尋ねた。

「道中、誰かが欠けてしまった場合に備えて撮ったんだ」

その答えに思わず立ちどまり、リンクに向き直る。「その可能性があるってこと？」

「きみの頭の中はどうなってるんだ？　脳みそは入ってないのか？　政府軍も反乱軍も、こんなところででくわしたら面白半分に子どもを殺しかねないんだぞ。ほんの座興のつもりでね」

ケリーはぞっとしたが、その気持ちをリンクには見せまいとした。「あなた、手を引きたいのね」

リンクは腰をかがめて彼女に顔を近づけた。「ああ、そのとおりだよ。きみだってまともな神経の持ち主だったら手を引きたがるはずなんだ。だが、どうやらきみの神経は尋常ではないらしい」

「手を引くわけにはいかないのよ」

リンクはひとしきり悪態をついたが、今度は謝らなかった。「行こう。時間の無駄だ」トラックに着くと、今日の旅を悲観して彼の表情がいっそう曇った。無蓋《むがい》の荷台に孤児たちが、彼の撮影機器や乏しいくせに場所ふさぎな食料とともに押しこまれ、最後にケリーも乗りこんだ。

「助手席に乗ってもらえなくて悪いね」リンクはライザを膝に抱き直しているケリーに言った。「途中で車をとめられたときに、ジョーならぼくの助手で通せるから」リンクはサファリスタイルの服に包まれていてもなお心を騒がせる彼女の体をちらりと見おろした。

「あのけばけばしいドレスを着てなくても、きみはやっぱり……あまりらしくは見えないよ。その、ええと……」

「わかってるわ」彼が口に出せずにいる〝尼僧らしく〟という言葉を、ケリーは頭の中で補った。「とにかく、わたしがいっしょにいれば子どもたちもおとなしくしているでしょう。もし兵士の姿を見かけたらすぐに教えて。みんなで防水シートをかぶるから」

「暑苦しくなるぞ」

「ええ、わかってる」

「トラックをとめられたら、子どもたちには息をひそめていてもらわなくてはならない」

「もう何度も言い聞かせてあるわ」

「よかった。水はあるね？」

「ええ。地図は持った？」

「行く先はわかっている」彼は真剣な面持ちでケリーと目をあわせた。「願わくは無事にたどり着きたいものだ」

彼女とひたと見つめあい、それからリンクは運転席に乗りこんでエンジンをかけた。

荷台はかつて経験がないほど居心地が悪かったが、ケリーは子どもたちのためにつとめてリラックスした表情をとりつくろった。ジャングルのでこぼこ道でトラックはがたがた揺れたけれど、始終揺られているおかげで、少なくとも巨大な蚊やぶよに体にとまられて刺される心配はない。

防水シートをかぶらずにすんでいるあいだも、日ざしは容赦なく彼らに照りつけた。木陰を通るときには、灼熱《しゃくねつ》の太陽のかわりにナイフで切れそうなほど濃密な湿気が襲いかかってきた。

子どもたちは喉の渇きを訴えたが、ケリーは水の消費には慎重だった。きれいな水は手に入りにくいし、飲ませる量を多くすると、リンクに車をとめてくれるよう頼む回数も多くなりかねない。できるものなら彼にはいかなる頼みごともしたくなかった。

リンクは日が傾いてジャングルに早々とたそがれどきが訪れても、トラックを走らせつづけた。完全に宵闇《よいやみ》がおりたころ、トラックは小さな廃村にさしかかった。前もってケリーに防水シートをかぶるよう指示したうえで、彼は村をひとまわりした。ほんとうに人っ子ひとりいないのを確認すると、一キロほど先の空き地にトラックをとめる。

「今夜はここで夜明かしだ」

ケリーはありがたく彼の手を借りて荷台から降りた。両手を背中に当てて体をそらし、かたまりかけた筋肉を伸ばす。

リンクは彼女の胸から目をそむけた。ストレッチ運動をすると、汗で湿ったシャツの生地がぴんと張りつめて形をうきあがらせ、あれが自分の手にいかなる反応を示したか、いやでも思い出してしまう。彼はぎこちなく咳《せき》ばらいした。「村まで歩いて偵察してきたいんだが、いいかな？」

「もちろん。火をおこしてもかまわない？」

「うん。ただしあくまで目立たないようにだ。村にはジョーを連れていく。ほら」拳銃を引きぬいてくるりと一回転させてから、ケリーに握りのほうを向けてさしだす。

ケリーは受けとった銃を不安そうに見おろした。「今朝言ったように、使いかたは知らないのよ」

リンクは使用法を説明してから言った。「撃つときには標的が今朝のぼくと同じくらい近づいてからにすること。そうすれば、はずす心配はない」皮肉っぽくにやりと笑う。ケリーも笑いかえした。そしてリンクはジョーとともに闇《やみ》の中に消えていった。

ケリーは年かさの女の子に小さい子の面倒を見るよう頼み、男の子には薪《まき》になる枝を探しに行かせた。リンクとジョーが戻ってきたときには小さなたき火ができあがっていた。ジョーは数枚の毛布を運んできた。リンクの手にはやせた鶏が二羽ぶらさげられている。

「申し分のないたき火だ」彼がケリーに言った。

「ありがとう」

「これでは足りないかもしれないが」と、すまなさそうに鶏を持ちあげてみせる。「ほかに食べられそうなものが見つからなかったんだ」

「野菜の缶詰を開けて、シチューを作るわ」

リンクはうなずいてそばを離れ、ありがたいことに鶏の羽をむしって調理できるようにしてくれた。

子どもたちは昼間荷台でうとうとしていたにもかかわらず、疲労が激しくて食欲もないようだった。ケリーはこれから二、三日はあたたかい食事がとれなくなるかもしれないのだからと、子どもたちを励ますようにして食べさせた。ようやく食事がすみ、子どもたちは荷台にしつらえた粗末な寝床に横たわった。

ケリーが消えそうなたき火のそばで貴重なコーヒーを飲んでいるとき、リンクがそばに来て自分のカップにおかわりをついだ。

「何か聞こえない？」ケリーは声をひそめて問いかけた。

「いや。しんとしすぎて不安なくらいだ。みんな、どこにいるのか知りたいものだよ」

「みんな?」

「ぼくたち以外のすべての人間さ」リンクはにっこり笑い、たき火の明かりがその屈託のない笑顔を照らしだした。

ケリーは目をそらした。彼の笑顔は不穏なほど魅力的だった。「あなたには驚かされた」

「どうして?」

「子どもたちにあんなに優しいなんて。ほんとうにありがとう」

「きみがアスピリンをくれたおかげさ。頭痛だけでなく、性格もよくなったんだろう」

「わたしは真面目に言ってるのよ。あなたの子どもたちに対する優しさにはじんときたわ」

「いままでかなりひどいこともしてきたが、子どもを虐待したことはないんだ」かたい声だ。リンクはコーヒーをすすり、長い脚を投げだした。

ケリーは子どもを虐待しそうなタイプだと言いたかったわけではなかったのだが、この話はもうやめたほうがいいと判断した。

「子どもたちの話を聞かせてくれ」長い沈黙の末にリンクが言った。「まずメアリーのことから」

「メアリーは父親の顔を知らないの」ケリーは答えた。「父親はメアリーが生まれる前に、反体制の宣伝活動に携わった罪で処刑されたのよ。母親も投獄され、獄死したと言われているわ」

「マイクは？」

ケリーはアメリカに着くまでに子どもたちを慣れさせておこうと、すでにひとりひとりにアメリカ人ふうの名前を与えてあった。マイクの身の上についても説明する。

「それからカーマンとカーラは例のスパイの妹なの。お兄さんの名前はファーン」

「次はライザだ」

ケリーはほほえんだ。「かわいい子でしょう？　あの子の母親は十三のときに反乱軍の兵士にレイプされたの。彼女はライザを産んだのち、自ら命を断ったわ。痛ましい話だけど、母親を知らない分、ライザは彼女と別れる悲しみを味わわずにすんだのよ」

「彼はどうなんだ？」

ケリーはリンクの視線を追った。ジョーが空き地の端に座って、暗い木立を見すえていた。

「ジョーね」ケリーの口調が物思わしげになった。「あの子の身の上も悲惨だわ」

「年はいくつなんだ？」

「十五よ」ケリーはジョーの身の上を語った。「頭のいい子だけど暗い過去を背負っているの。反社会的な敵意と怒りに満ちた過去を」

「きみに恋しているね」

「ジョーが?」ケリーは正気を疑うような表情でリンクを見た。「ばか言わないで。あの子はまだ子どもよ」

「だが、早々とおとなにならなければならなかった」

「でも、わたしに恋してるなんてありえないわ」

「十分ありうるさ。十五にもなれば、男の子はすでに……」リンクの言葉がそこでとぎれる。

「かもしれないわね」ケリーがぎこちない間を埋めるためにつぶやいた。「あなたもそうだった?」なぜそんなことを口にしたのか自分でもわからない。リンクの顔を見られないが、彼がさっとこちらを向いたのが視界の隅にとらえられた。

「懺悔《ざんげ》を聞くのは牧師の仕事なんじゃないのかい?」

「そのとおりだわ。ごめんなさい、ジョーの話だったわね」

「きみがゆうべ着たドレスを彼がどうしたか、知っているかい?」ケリーはかぶりをふった。「石炭をくべる前に、たき火で燃やしたんだ」ケリーの驚きの表情を見て、リンクは真面目な顔でうなずいてみせる。「見たんだよ。彼がドレスを火にくべたところをね。灰になるまでじっとにらんでいた」

「でも、あのドレスを盗んできたのはジョーなのよ。わたしがなぜあれを必要としたかはあの子も知っているのに」

「あのドレスにつられてぼくがここに来たことも知っているんだ。彼はきみに恥ずかしい思いをさせたことで自己嫌悪に陥っているのさ」

「考えすぎよ」

「いや。彼はきみを守ろうとしている」

「そんな。いままさに危険が差し迫っているわけでもないのに。いったい何からわたしを守るつもりなの？」

「ぼくから」

リンクの目が火影を映しだし、いっそう金色がかって見えた。彼は昼間のうちにシャツを脱いで、アーミーグリーンのタンクトップだけになっていた。胸の上のほうは、髪と同じ赤みのまじった茶色い毛でおおわれている。日焼けした肌に小さく渦を巻いて密生しているその胸毛も、日の光があたると――それに火の明かりでも――金色にきらめいて見える。

ケリーは落ち着かなくなって目をそらした。

緊張をはらんだ沈黙を、リンクがかすれ声でようやく破った。「なぜぼくに言わなかった？」

「言うほどのことじゃなかったもの」ケリーは答えた。

「それには同意しかねるな、ミス・ビショップ」リンクの顔は怒りでこわばっている。

「なぜぼくがキスするのをとめなかった？」

「お忘れかもしれないけど、とめようとはしたのよ」

「しかし、さほど強くはとめなかった」

彼が自分の行為を正当化しようとしていることにあきれ、ケリーはじろりと顔を見た。

「殺されるよりはキスされるほうがましだもの」

「殺されるほどの脅威は感じなかったはずだ。ひとこと、たったひとこと言ってくれたら、ぼくは手出しなんかしなかったのに」

「今朝はそうかもしれないけど、ゆうべはどうだったかしら？」

「今朝とゆうべでは違う」

「ゆうべは酔っていたから？」

「そうだ」そんなの言い訳にならない、とケリーが思ったのを彼は読みとったらしい。

「だって、どうすればよかったんだ？」弁解がましく言う。「娼婦《しょうふ》に誘いをかけられたら、男はどう反応すればいい？」

「知らないわ」ケリーは冷たく答えた。

「だが、いまはわかるだろう？　男ならゆうべのぼくのような反応を示すものなんだ。あのドレス、髪、思わせぶりな笑顔、そういったものを男が拒絶できるわけはないんだよ。

だいたい自分で餌《えさ》をちらつかせておきながら、その餌に食らいついたのを責めるなんて、筋違いもいいとこだ！」

「シスター・ケリー、どうかしましたか？」

二人は同時に顔をあげた。ジョーがたき火の向こう側に立っていた。両手を拳《こぶし》に握りしめてリンクをにらんでいる。

「どうもしないわ、ジョー」ケリーは急いで安心させた。「もう寝なさい。明日がつらくなるわよ」

ジョーは不本意そうな顔をしたが、それでもようやくトラックに戻り、助手席に体をすべりこませた。ジョーはそこで、リンクはその隣の運転席で寝ることになっていた。

ケリーとリンクは消えかかったたき火の残り火に目をやった。沈黙は二人をとり囲むジャングルと同じくらい危険だった。

「動機は？」リンクが尋ねた。

「誰かの助けが必要だったのよ」

「違う、ぼくをスカウトした動機じゃない。その、いまの……身分というか、職業を選んだ動機だ」

「ああ」ケリーは両膝を胸に引きよせ、その上に顎をのせた。「いろいろよ。あれやこれやだわ」

ほんとうのことを知ったらリンクは激怒するに違いない。今朝の怒りかたさえ手ぬるかったと感じられるほどに。ケリーはいまからそのときを恐れていた。だが、無事アメリカに渡ってしまうまでは嘘をつきとおさねばならない。自分の身を守るために。

正直に言うと、彼からだけでなく、自分自身からも身を守らなければならない。こんなにいやな男なのに、わたしはどうしようもなく彼に惹《ひ》かれている。リンカン・オニールは女の夢から抜けでたような男だ。荒削りでハンサムな顔、凡庸ならざる暮らし、冒険を求め、既成の価値観を公然と無視した生きかた。

きっと女を喜ばせるのもうまいのだろう。わたしに対しては乱暴で荒っぽかった。でも、彼の荒っぽさ、ずうずうしさには独特の魅力がある。女ならつい挑戦したくなるような男だ。飼い慣らしたくなる一匹狼《いっぴきおおかみ》。更生させたくなる不良少年。

口ではいくらでも否定できるけれど、ほんとうのところ、彼の存在はわたしを興奮させるのだ。だから自分がばかなことをしでかしてしまわないよう、わたし自身も彼が誤解しているとおりの手出し無用の女になりきらなければ。そう、純潔の誓いをたてるのだ。

リンクはいま、いらだたしげに火を棒でつついている。その動きやしゃがれ声に、欲求不満の葛藤《かっとう》が表れている。「そういう身分でありながら、どうしてゆうべみたいなことができたんだ?」

「必死だったのよ。事情は何度も話したはずだわ」

「だが、それにしても真に迫っていた」

ケリーは得意な気分と恥ずかしさを同時に感じた。「しなければならないことをしたまでだわ」

彼の視線を感じ、思わず目をあわせる。たき火ごしに二人の視線がからみあった。どちらも自分たちがわかちあった親密な行為を思い出している。熱っぽいくちづけを、そして禁じられた場所への執拗《しつよう》な愛撫《あいぶ》を。二人の思考は並行して進んでいく。互いの舌に、それから胸に、そして言わずにおくべきだった辛辣《しんらつ》な言葉の数々に。

リンクが先に目をそらした。その表情はかたい。彼は小声で悪態をついた。「きみは、職業の選びかたを間違えたのかもしれないな。ゆうべの演技は絶妙だった」嘲《あざけ》るような口調だ。「だが、ゆうべはうまく演じなければならなかったんだよな？　ぼくがちゃんとついてくるように、キスをさせ、体をさわらせて――」

「やめて！」

「ぼくの頭がまともに働かなくなるまで欲望をかきたてたんだ」

「確かにわたしはあなたをだましたわ！」とケリーは叫んだ。そそのかすような彼の言葉が怖くて、さえぎらずにはいられなかった。「ゆうべはあなたを引っかけ、あなたのキスに堪え忍ばなくてはならなかった。でも、子どもたちを助けるためなら、わたしは何度だって同じことをするわ」

「今夜ささげる祈りの中で、ぼくのことも祈ってくれ、シスター・ケリー」リンクはうなるように言った。「ぼくには神の加護が必要だ」

そしてコーヒーの飲み残しを火にかけた。火はしゅっと音をたてて消えた——二人のあいだで立ちのぼる煙が、ケリーに手出しできないせいで彼がくぐりぬけなければならない炎熱地獄を象徴しているかのように。

4

彼らはどこからともなく現れた。道の両脇《りょうわき》の藪《やぶ》が動いたかと思うと、トラックは突然ゲリラ兵に包囲されてしまった。まるで兵士たちが急にあたりから生えてきたような感じだった。

リンクはブレーキを踏んだ。トラックは狭い砂利道でタイヤをきしませて急停止した。荷台の子どもたちがおびえて悲鳴をあげ、ケリーも思わず声をもらしてライザを抱きしめる。

砂埃《すなぼこり》がおさまると、何もかもが写真のように静止した。誰も動かない。ジャングルの鳥たちさえも迫りくる危険を察知して息をひそめている。

反乱軍の兵士たちは自動小銃やサブマシンガンを携帯していた。それらはひとつの例外もなくトラックに向けられ、乗っている者たちをおびやかしている。兵士たちは幼いながらも不敵なつらがまえをしていた。まだひげも生えていないような少年もまじっているが、皆いちように、殺すことも殺されることも恐れない男の目をしている。

服装からして長いことジャングルで野営しているようだ。汗と埃と血がしみついた泥は、カムフラージュのためにわざとつけたものではない。腕の筋肉は盛りあがって、汗に濡《ぬ》れた肌が灼熱《しやくねつ》の太陽を照りかえしている。体つきはきりっと引きしまって、その表情に劣らず威圧的な雰囲気をみなぎらせている。

リンクはベトナム以来ありとあらゆる紛争地区をまわってきただけあって、長期間殺戮《さつりく》を繰りかえしてきた男の厳しく非情な顔は見ただけでわかった。この男たちも死に慣れきっている。自分も含め、人間の命にほとんど価値を認めていない。

英雄主義《ヒロイズム》の名のもとに愚かなまねをするほど無知ではないから、リンクはハンドルに両手をかけたままでいた。彼らからはその手の位置がよく見えるはずだ。唯一こちらに有利なのは、相手が政府軍の部隊ではないらしいことだ。政府軍だったら車をとめられるかわりにいきなり発砲され、すでに命はなかっただろう。

「ケリー」荷台のケリーに呼びかける。「きみはそこでじっとしてろ。ぼくが相手をする。子どもたちをできるだけおとなしくさせ、この連中にぼくがドアを開けて降りると伝えてくれ」

ケリーはリンクのメッセージをスペイン語に通訳した。敵意に満ちた一団からはなんの反応も返ってこない。リンクはそれを承諾と解釈し、ゆっくりと左手をおろした。とたんに数人の兵士が動いた。

「だめ、違うの！」ケリーは叫んだ。「撃たないで！　セニョール・オニールはあなたたちと話がしたいだけなのよ」

リンクは再び手をおろし、ドアを開けた。警戒しながら外に出て、高く両手をあげ、トラックから離れる。

兵士のひとりがリンクに駆けより、彼のウエストから拳銃《けんじゆう》を引きぬいた。ケリーがほとんど聞きとれないくらいの声をもらしたのがわかった。さやから鉈《なた》を抜くよう命じられて、スペイン語は苦手とはいえ、その脅しつけるような調子から意味を理解してリンクは即座に従った。

「荷台の子どもたちを国境近くの町に運んでいるところなんだ」英語ではっきりと言う。「食べ物と寝る場所のあるところにね。みんな孤児なんだ。きみらの敵ではない。だから……」

最後まで言えなかったのは、進みでてきた兵士にいきなり手の甲で顔を殴られたからだった。強烈な一撃に、リンクの首がぐるりとまわる。町で喧嘩《けんか》のやりかたを覚えた若いころのリンクがよみがえり、両手が拳《こぶし》にかためられた。が、反撃に出るより早くみぞおちに二発めのパンチを受け、埃っぽい道にどっと倒れこんだ。口の端から血が流れる。

ケリーが荷台からとびおり、あばらのあたりを押さえて痛がるリンクのそばに来た。四方から向けられた銃口にもかまわず、兵士に向かって口早に言う。「お願い《ポルファアボール》、セニョール。

話を聞いて」

「引っこんでろと言っただろう」リンクは片膝をつき、うなるように言った。「荷台に戻れ」

「そしてあなたが殺されるのを黙って見ていろと言うの?」ケリーは小声で言いかえした。

長い三つ編みを肩の後ろにはねあげ、リンクを殴った男に向き直る。ベレー型の帽子についている記章が、この一団の中で一番上の階級だということを示していた。

「ミスター・オニールが言ったことはほんとうよ」スペイン語で言う。「わたしたちは子どもたちを安全な場所に運んでいるだけなの」

「そのトラックは政府軍のものだ」相手は彼女の足もと近くに唾《つば》を吐いた。

ケリーは一歩も譲らない。「そのとおりよ。政府軍から盗んだ車だもの」

兵士のひとりがジョーを助手席から引きずりおろし、車内を捜索した。政府軍の上着と帽子を見つけてリーダーのところに持ってくる。リーダーはそれを、これはなんだと言わんばかりにケリーに突きつけた。

「不用心な将校が酒と女を買いに居酒屋に入ったときに、トラックの中に置いていったのよ」ケリーが説明すると、兵士らがざわめいた。

「どうなっているんだ?」リンクが尋ねる。彼はいまケリーの横に立っていた。顎にひと筋血を流し、無意識に左胸をさすっている。ほかに怪我《けが》はないようだ。ただ強い怒りに燃えているだけ。

「なぜ政府軍のトラックに乗っているのかときかれたのよ。制服のことも説明させられたわ」

ライザが泣きだし、ほかの子も何人か怖がって鼻をすすった。リーダーは落ち着きを失いはじめていた。道路をちらりと見わたす。敵の狙撃兵《そげきへい》から狙《ねら》われやすいこんな無防備な場所に、長いこと部下を立たせておくのは不安なのだろう。

彼は部下に何事か命令した。部下のひとりがジョーに荷台にあがるよう言って、運転席に乗りこんだ。

「今度はなんだ？」リンクがケリーに尋ねる。

「わたしたちを彼らの野営地に連れていくつもりなのよ」

リンクは悪態をついた。「いつ解放してくれるんだ？」

「わからない」

「なんのために野営地に？」

「わたしたちをどうするか決めるため」

背中を自動小銃でこづかれ、二人は歩きだした。ケリーは泣いている子どもたちに、またすぐに会えるから、と声をかけた。荷台に子どもたちを乗せたままトラックが彼らを追い越していったが、子どもたちの泣き顔は見るに忍びなかった。リーダーが運転席の兵士に、近道をとれと命じる。野営地はそう遠くはないらしい。

兵士たちは音もなく密林の中を進んだ。下草の生い茂る中、葉ずれの音さえたてずに移動する。リンクはケリーに話しかけようとして、黙れと警告を受けた。そのすごみのある口調にはリンクも従わざるをえなかったが、顔は怒りでこわばっていた。

彼らの野営地に着くと、反対側からちょうどトラックもやってきたところだった。ケリーは子どもたちのそばに行ってやっていいかと尋ね、許可をもらった。子どもたちは荷台から降りるとケリーをとり囲んだ。

ジョーはリンクとともに銃で脅され、トラックの車体に体を押しつけられた。リンクのカメラバッグが降ろされ、中をあらためられた。撮影機器がひとつひとつ調べられていく。

「ぼくのカメラにさわるなと言ってくれ！」リンクがケリーに叫んだ。

ケリーは、声を落として、落ち着いて、と目顔で注意してから、リーダーに言った。

「ミスター・オニールはプロのカメラマンなの。彼が撮った写真はタブロイド紙に売れるのよ」

リーダーは感心したようだが、まだ疑惑を捨ててはいない。

ケリーはとっさに思いついて、リンクのほうを見た。「あなた、ポラロイドカメラは持ってない？」

「持っている。ときどき光線の加減をチェックするのに使うんだ」

「フィルムもあるのね？」

リンクはうなずいた。

ケリーはリーダーのほうを向いた。相手がなめるような目でじろじろと体を眺めまわすのを無視して言う。「ミスター・オニールにあなたたちの写真を撮ってもらったらどうかしら？　みんなの集合写真を」

兵士たちはたちまちその気になった。冗談を言ったり、自動小銃をおもちゃがわりにして互いにこづきあったりしはじめる。

リーダーが静かにしろとどなり、楽しげな雰囲気は生まれたときと同じ速さで瞬時のうちに消えうせた。

「いったいどういう話になっているのか教えてくれ」リンクが抑えた声で言った。

ケリーは自分の提案を伝えた。「何枚か写真を撮ってやれば解放してもらえるかもしれないわ」

リンクは兵士たちの不敵な顔をちらりと見まわした。「撮らされるだけ撮らされて殺されるかもしれないぞ」

「そう思うのなら、自分で打開策を考えて」ケリーはかたい声でささやいた。「たとえ生きて解放されるとしても、こんな調子では貴重な時間が無駄になってしまうわ」

リンクは不本意ながらも彼女を見直した。並の女がこんな伏兵にあったらパニックを起こすだろう。だが、ケリーの切れる頭脳は状況に応じていくらでも代案を考えつくらしい。

「わかった。それじゃリーダーにみんなを並ばせるよう言ってくれ。それにこいつを離れさせろとね」自分の腹に自動小銃の銃身を二センチもめりこませている男をにらみつけて言う。「でないとカメラを構えられない」

ケリーはリーダーにリンクの言葉を伝えた。そしてリーダーが部下たちほど乗り気ではなさそうなのを見てとると、さらに言葉を重ねて相手のプライドをくすぐった。「ミスター・オニールは国際的な賞もとっている有名なカメラマンよ。あなたたちの写真は世界じゅうの雑誌に掲載されるわ。それがあなたたちの闘志と勇気を世界に示してくれるのよ」

リーダーは難しい顔で考えこんでいたが、やがてにっと笑ってうなずいた。黙りこくっていた兵士たちが、ほっとしたようにまた顔をほころばせて無駄口をたたきあう。

「カメラの用意をして」ケリーはリンクに言った。「とりあえず、すぐに確認できるポラロイドがいいわ」

リンクは自分に張りついていた兵士を、必要以上に力をこめて押しのけ、相手に顔をしかめさせてやった。それから身をかがめ、無造作に放《ほう》りだされていた高価な機材をとって、悪態をつきながら埃を拭《ふ》いた。

リンクが、この写真で窮地を脱するだけでなくしっかり儲《もう》けてやろうと心に決めながらフィルムを装填《そうてん》するあいだ、ケリーは兵士たちを集めた。兵士たちはその日の最大の獲物を見せびらかす釣り人のようにサブマシンガンをかかげ、誇らしげにポーズをとった。

「準備できたわよ」ケリーはリンクに言った。

「子どもたちはどうしてる?」リンクはそう尋ねながらファインダーをのぞき、兵士たちにもっと間隔をつめるよう手で合図した。

「大丈夫、ジョーが見ているわ」ケリーはなぜリンクの目尻に皺《しわ》が多いのかをいま初めて知った。目を細めて始終ファインダーをのぞいているせいだ。

「動くなと言ってくれ」

リンクに言われてケリーは通訳する。

「よし、三つ数えて」

「一《ウノ》、二《ドス》、三《トレス》」とケリーは言った。

シャッターがかしゃっと音をたて、間もなくカメラがフィルムを吐きだした。

ケリーはそれを受けとって尋ねた。「もう一枚いい?」

「ああ。いまと同じように数を数えてくれ」

何枚か撮ると、ケリーはそれをリーダーのところに持っていった。兵士が寄り集まって、フィルムに像が結ばれていくのを見守った。写真ができあがると笑い声が起こった。互いにからかいあう言葉がとびかう。みんな結果に満足しているようだ。

彼らが写真をまわしているあいだに、リンクはパワードライブのニコンで数ショット盗み撮りをした。彼らの中には、もし別の国に生まれていたらいまごろ高校の卒業写真をにんまり笑って眺めていたり、機関銃のかわりに野球のバットを持ち歩いている者もいるだろう。ポラロイド写真を見て無邪気に喜んでいる笑顔と、腰のベルトにものものしく装着した手榴弾《しゆりゆうだん》との対比を、リンク・オニールのすぐれた手腕が示してくれるはずだ。作品はすべて、言葉によらない社会批評になる。

「さあ、彼らの機嫌がいいうちにここを出よう」リンクは小声でケリーにささやいた。

「きみが交渉してくれ。きみのほうが交渉ごとは得意そうだ」

ケリーはほめられているのかばかにされているのかわからなかったが、追及はしなかった。できるだけ早くここをあとにしなければならない。あと二日で国境まで行かなくてはならないのだ。子どもたちを連れての旅はどうしてもペースが遅くなる。リンクはがむしゃらにトラックをとばしてきたが、それでも当初の予定ほどには進んでいなかった。

ケリーはおずおずと兵士たちに近づいていった。めだたないようさりげなくリーダーの注意を引く。「もう行ってもいいかしら?」

スイッチが切られたかのように兵士らがしんと静まりかえった。皆リーダーの顔をじっと見つめ、彼の返事を待っている。

リーダーにとって部下の意見は重要だ。部下の尊敬を勝ちとらなければならないし、彼らの前で面目を失うようなことはできない。それがわかっていたからケリーは下手に出て、彼らを持ちあげることにした。

「あなたたちは勇敢な戦士だわ。子どもを虐殺するのに勇気はいらない。大統領の軍隊は臆病者揃《おくびょうものぞろ》いだから、あなたたちのような兵士でなく女や子どもを襲うのよ。でも、あなたたちは無力な子どもを痛めつけたりはしないはず。だってあなたたちは自由のために闘っているんですもの。あなたたちにも家に残してきた子どもや弟、妹がいるでしょう。あの子たちもそういう子どもと変わりないのよ」と、寄り添ってかたまっている孤児たちを顎で示す。「お願い、助けて。戦闘地から離れた安全な場所に行かせてちょうだい」

リーダーは子どもたちに目をやった。その無表情な目に、つかの間あわれみに似た感情が宿ったように見えた。それから彼はリンクに視線を移し、また憎々しげな顔になった。

「あんたはあいつの女なのか？」リンクのほうに顎をしゃくってケリーに尋ねる。

ケリーはちらりとリンクをふりかえった。「わたしは――」

「いまなんて言ったんだ？」リンクが言った。リーダーの顔つきが気に入らなかったのだ。

ケリーはその厳しい視線をしっかり受けとめた。「わたしはあなたの……女なのかときかれたのよ」

「違うと言ってやれ」

「でも、そう思わせておいたほうが――」

「やつはきみを使ってぼくをいたぶるつもりなんだ。だから違うと答えるんだ！」

ケリーは再びリーダーと向きあった。「違うわ。わたしは彼の妻でも恋人でもない」

リーダーは冷たく値踏みするような目でケリーを見た。それから不可解なまでの唐突さでにやりと笑った。その笑みは不吉な浅黒い顔一面に広がり、ついには笑い声となってはじけた。すぐに彼の部下たちも、ケリーやリンクには理解不能な理由でげらげら笑いだした。

「ああ、もう行っていいぞ」リーダーが言った。

ケリーは目を伏せて、謙虚に感謝の念を表した。「ありがとう、セニョール《グラシアス》」

「だが、その前にあんたの男にもう一枚写真を撮ってもらいたい」

「彼はわたしの男じゃないわ」

「嘘《うそ》だ」やんわりとした口調だ。

ケリーは相手の目にきらめく勝ち誇ったような光に身震いした。「嘘じゃないわ。彼は……彼とはなんでもないのよ。子どもたちを安全に運ぶため、彼を雇っただけなの」

「へえ。それじゃおれがあんたといっしょの写真を撮らせても、やつは平気なわけだ」

ケリーはほくそえんでいる相手をぎょっとして見かえした。「わたしといっしょの写真？」

「そうだ」

兵士らがリーダーの奸智《かんち》をたたえてざわめいた。

「いったい何をしゃべっているんだ?」リンクが両手を腰に当て、ケリーに言った。

ケリーはゆっくりとふりかえった。「もう一枚写真を撮ってほしいって」

「だったら、きみはさっさとそこをどけ。すぐに撮ってやる」

「わたしといっしょに写りたいそうだわ」

リンクの顔を、ケリーの背後の男たちと同じくらい危険な表情がおおった。彼はリーダーをにらみつけた。

「ふざけるなと言ってやれ」

ケリーはかすかにほほえんだ。リンクが、それですむなら安いものとばかりに、自分とあのけだものを並ばせるのではないかと不安だったのだ。ケリーは再びリーダーに向き直った。リーダーはリンクのほうを悪意のみなぎる目つきで見ながら、ケリーの手首をつかんで乱暴に引っぱった。

「放して!」ケリーは手をふりほどこうとした。数人の兵士がさっと機関銃を構えたが、彼女は顎をあげたまま蔑《さげす》むようにリーダーを見すえた。「あなたと写真を撮る気はないわ」

「だったら、あんたの男が死ぬまでだ」

「嘘よ。あなたは冷酷な人殺しじゃない」ひょっとしたらそうなのかもしれないが、本人が自由主義社会の国々に人殺しの印象を与えたがっていないのは確かなはずだ。

ジョーが泣いている子どもたちにそこを動かないよう命じ、リンクの横に来た。リーダーは二人の部下に彼らを監視するよう言った。残りの兵士は空き地に散らばり、カメラマンと怒りに燃える少年とに銃口を向けた。

リーダーは意地悪く笑いながら、大きな手でケリーの首筋をつかんだ。ケリーは体を折り曲げることなく、なんとか姿勢を保った。「手を離して」

だが、リーダーはなおも彼女を抱きよせようとする。

「こいつ」リンクがうなった。「彼女を放せ！」

「どうしてそう意地を張るんだ、ミス？」リーダーが猫撫《ねこな》で声で言った。「せっかくのお楽しみを自分から放棄するなんて」

不意にジョーが動いた。が、ブーツをはいた足につまずかされて、ばったり地面に倒れこんだ。兵士たちが笑い声をあげたが、誰より大声で笑ったのはリーダーだ。ジョーの足を引っかけた兵士は自動小銃の銃身でジョーの首根っこを押さえつけ、動くなと脅した。

ケリーは息をのんだ。わたしがリーダーの気まぐれに応じなかっただけで、ジョーは殺されてしまうのだろうか？

「やつに、自分は尼さんだと言ってやれ」リンクが言った。

「あなただって新聞は読んでるでしょう、リンク」

そう、新聞は読んでいる。近ごろでは聖職者も虐殺を免れはしないのだ。むしろ最も残忍な処刑の犠牲者として、意図的に聖職者が狙われることさえある。

リーダーがケリーの長い三つ編みをつかみ、ごつごつした拳に巻きつけはじめた。

「この野郎！」

リンクは突進しようとした。とたんに自動小銃の握りの部分をみぞおちに食らい、うっとうめいてその場にくずおれた。だが、それでもまた立ちあがり、向かっていこうとする。

「やめて、リンク！」ケリーは叫んだ。

リーダーは腰のホルスターから銃を引きぬき、リンクに向けた。

ケリーは彼の腕をつかんだ。「お願い、やめて」

「やつはあんたの男なのか？」

ケリーはリーダーの黒い目をのぞきこんで、彼の目的が自分たちを怖がらせ屈辱を与えることにあったのを悟った。「ええ、そうよ……彼はわたしの男。だからお願い、殺さないで」

そう哀願を繰りかえすと、ようやくリーダーが銃をさげた。鋭い口調で部下に指示を与える。

ケリーはリンクのもとに駆けよって、立ちあがるのに手を貸した。「急いで。もう行っていいと言ってるわ」

片手で腹部を押さえながら、リンクはリーダーをにらみつけた。そのふてぶてしい顔をぐちゃぐちゃになるまで殴りつけてやりたかった。ケリーや子どもたちがいなかったら、命をかけてもそうしていただろう。だが、彼女が袖《そで》を引っぱってトラックのほうにとせきたてる。リンクは不承不承リーダーの顔から目をそらし、向きを変えた。

リンクがカメラやフィルムを手早くまとめるあいだに、ケリーは子どもたちを荷台に乗せた。ジョーに銃を突きつけている兵士を大胆に押しのけ、少年を立たせてやる。ジョーは先刻のリンクと同様、リーダーを狂暴な目つきでにらみつけた。

「お願い、ジョー、トラックに乗って」ケリーは言った。「みんな死なずにすんだんだから、早く退散しましょう」

彼女が荷台にあがると、小さな子どもたちがすがりつくように寄ってきた。リンクが荷台にまわってきて言った。「銃と鉈を返せと言ってくれ」

ケリーは通訳した。

「あんたの男に、車に乗ってドアを閉めるよう言え」

それを伝えると、リンクはしぶしぶ言われたとおりにした。リーダーが荷台に近づいて、鉈をケリーの足もとに放った。

「おれはばかではないんだ。銃は返さん」

ケリーはそれをそのままリンクに伝えた。リンクは何か言いかえそうとして、思いとどまった。そしてエンジンをかけ、空き地からトラックを出した。わだちをたどっていくと、じきに道路に出た。

　その直前でブレーキをかけ、リンクは運転席から降りてきた。「暑くなるだろうが、このシートをかぶってくれ。もうあんな危険はおかしたくない」子どもたちの上に防水シートを広げるのを手伝いながら、ケリーを見やる。「怪我はないか?」

「ええ、大丈夫」ケリーは鋭い金色の目から目を伏せた。

　リンクは彼女にもシートをかぶせた。

　しばらくしてドアを閉める音が聞こえ、再びトラックが動きだした。


「どう思う?」ケリーは低い声で尋ねた。

「見たところは廃屋のようだが」

　密林の切れめから、二人はその砂糖きび農家を観察していた。動くものは何も見えない。

「屋根のあるところに泊まれるなら、こんなにありがたいことはないけれど」

　リンクはケリーをちらりと見おろした。廃屋らしき農家をたまたま見つけ、ようやくトラックをとめて防水シートをはがしてやると、彼女と子どもたちはしおれた花束のようになっていた。何人かの子どもはケリーにもたれかかって眠りこんでいたが、ケリーの口からは文句ひとつ出なかった。彼女の忍耐力は実に驚異的だ。だが、口もとや目のまわりには疲労が色濃くにじんでいる。

「きみはここにいろ。ぼくとジョーが偵察に行ってくる」

二人は十分で戻ってきた。

「もう長いこと誰も住んでないみたいだ。問題はないだろう。このまま乗っていくか？それとも降りて歩いていく？」運転席にまわりながらリンクは言った。

「もう今日はここまで乗ってきただけで十分よ。子どもたちとわたしは歩いていくわ」

ケリーは子どもたちを引率して広い庭を歩いていった。かつてはここも美しい庭だったに違いない。だがこの国のほかのところと同様、農家にも戦火の爪痕《つめあと》がなまなましく残っていた。白い化粧漆喰《しっくい》の壁は弾痕《だんこん》であばたのようになっている。繁茂しすぎた蔓《つる》植物は、いまにも崩れ落ちそうなベランダの下の植物を窒息死させている。窓ガラスはほとんど割れ、玄関のドアはなくなっていた。

だが、無情な陽光にさらされずにすむ広い屋内は、トラックの荷台でうだるような暑さに耐えてきたケリーと子どもたちにとってほっとするほど涼しかった。

キッチンにはガスも電気も来ておらず、火をおこすこともリンクに禁じられたので、夕食は缶詰の豆と豚肉を冷たいまま食べた。幸い、水道管は錆《さ》びていたけれど水はちゃんと出た。ケリーは子どもたちに顔や手を洗わせ、風通しのいい部屋のひとつで寝かせることにした。

リンクは外に対する監視場所と定めた大きな窓の前から、ケリーが子どもたちのあいだを動きまわるのを眺めた。彼女は子どもたちの長いお祈りを辛抱強く聞き、アメリカで彼らを待っている楽しいことについて話してやっていた。

月が木立の上にのぼり、窓からさしこむ光が彼女の髪をきらめかせている。彼女は先ほど三つ編みをとき、指で髪をすいていた。いまは黒いシルクのような髪が肩や背中に広がっている。そのひと筋ひと筋が、子どもたちのあいだを動くたびに銀色の月光をとらえて輝く。彼女はライザを膝に抱きあげ、頭のてっぺんにキスしてから、優しく子守り歌を歌いながら体を揺すってやった。

リンクはむしょうにたばこが吸いたかった。いや、たばこでなくても、気をまぎらわしてくれるものならなんでもよかった。ケリーを見ていないときでさえ、彼女の動きをいちいち意識してしまうのだ。しかもいまは彼女の胸に抱かれている幼児に嫉妬《しっと》すら感じている。

こんな調子じゃ、地獄に落ちても仕方がない。彼女は神につかえる女だと知りながら、こんな欲望を抱いてしまうのだから。もう一度彼女にさわりたいと切望してしまうのだから。だが、今度は前回とは違う形でさわりたい。無理やりではなく、喜んでもらえるようなさわりかたで。彼女に屈辱や不快感に耐えながらじっとしていてほしくはない。ぼくの手を受け入れ、喜び、甘い吐息をもらしてほしいのだ。

ああ、いったいどうなってしまったんだろう？　あのゲリラの連中に劣らず不純なことを考えている。自分がそこまで落ちたとは思いたくないが、現に落ちているらしい。こんなことを考えるだけでも地獄に落ちるだろうに、どうしても考えずにいられない。きっと女っ気なしの生活が長すぎたせいだ。ただそれだけのこと。だが、前にも長期間禁欲したことはあるし、そのときは大丈夫だった。こんなふうに女のことで頭がいっぱいになってしまったなんて初めてだ。しかも、いまほしいのは、女という存在ではなく、たったひとりの女だ。

自分の体がこうも熱をもってうずき、ほかのことに何も集中できなくなるなんて、いままで一度も経験がない。この家に着いてから、ケリーが水の入ったカップを和解のしるしのように両手にささげ持ち、ダークブルーの目に無言の感謝をたたえて持ってきてくれたときにも、不意の欲望にズボンの前がきつく感じられたほどだった。

リンクはケリーを聖女として見ず、欲望をそそる生身の女として見てしまう自分に怒りを感じた。その怒りは、はけ口を求めていた。ここには八つ当たりできるものもない。怒りは、その怒りの原因となっている女に向けるしかなかった。

「みんな寝たわ」ケリーが近づいてきて小声で言った。

リンクは窓枠のところに腰かけ、下半身の圧迫をやわらげるため片膝を立てていた。ケリーは彼の気持ちも知らず、何ものにもけがされることのない今宵《こよい》の美しさに心を奪われているようだ。深々と息を吸いこみながら、そのせいで胸がいっそうシャツを持ちあげたことには気づきもしない。その胸から目を離せない男にとって、それは形を強調するしぐさでしかないのに……。

「昼間、なぜ自分は尼さんだと言ってやらなかったんだ？」

ケリーはリンクの厳しい口調に怪訝《けげん》な顔をした。「言っても無駄だと思ったのよ」

「無駄ではなかったかもしれないじゃないか」

「わたしのかわりに、女の子たちの誰かに目をつけたかもしれないわ」

戦争中は、口にするのもいまわしい事件が日常茶飯事になってしまう。男たちは平時ならば顔をしかめるようなことでも平気でやるようになる。ケリーの言うことは確かにもっともで、それはリンクにもわかっていた。だが、内なる悪魔が彼をそそのかしていた。自分が苦しめられているように、少しは彼女も苦しめてやれ、と。

「きみという人間がわからない。聖職者だというのに、その体や顔を使って男を悩ませるのを楽しんでいるみたいだ。どういうことなんだ？」窓枠からおりて、彼女の前に立ちはだかる。「きみはそうやって法悦を得るタイプなのかい？　それも修行の一部なのか？　挑発はしても決して許さず、約束はしても決して守らないのが？」

「あなたみたいな下劣な人間から聞くにしても、不愉快きわまりない言い草ね。わたしはあなたとあのけだものがばかみたいに男同士で意地を張りあったせいで板ばさみにあい、不本意ながら人質になったのよ。そしてあの男に歯向かうことで、彼を感心させた。それからあなたを殺さないでと彼に哀願したんでしょう?」

ケリーのほうに分のある現実を突きつけられ、リンクはますますいきりたった。「今後はよけいなおせっかいはやめてくれ。それとも、あいつらの気を引くのが楽しくて、よけいなおせっかいとは気づきもしなかったのか?」

「わたしは仕方なくあの男のいやらしい目つきに耐えたの。あなたのときと同様にね」

「どちらのときも、きみは子どもたちのために自分が犠牲になったわけだ」

「そのとおりよ」

「笑えるな」

「あなたにはどうせわからない。他人のことなんか考えたこともないんだもの。自分以外、誰も愛したことがないんだから」

リンクの手がさっと伸びてケリーの両肩をつかんだ。

そのとき、闇《やみ》の中からジョーが現れた。月光を浴びて目がぎらぎら光っている。敵意あふれるその目はまっすぐリンクを見すえていた。

リンクは悪態をついてケリーを放し、ぷいと向きを変えた。ケリーやジョーにというより、自分自身に腹が立っていた。これでは本当にけだものと変わらないではないか。

「ちょっとそこらをひとまわりしてくる。きみらはここにいるんだぞ」

切り裂くものがあったらなんでも歓迎だと言わんばかりの態度で、鉈をふりまわしながらリンクは出ていった。

ケリーは長身の人影が闇にまぎれてしまうまで見送っていた。ジョーが心配そうに彼女の名を呼んだので、安心させるように彼の腕に手をかけ、気もそぞろにほほえんだ。「大丈夫よ、ジョー。セニョール・オニールのことなら心配いらないわ。ちょっとぴりぴりしてるだけよ」

ジョーは納得したようには見えない。だいたいケリー自身が納得していないのだ。リンクがあんなに怒るなんて解せなかった。なぜわたしたちの会話は、いつもどなりあいで終わってしまうのだろう？　怒りっぽい子ども同士のように、毒のある言葉を投げつけあわずにはいられない。昼間のあの恐ろしい出来事は二人をかたい絆《きずな》で結びつけて当然なのに、現実にはかえって溝を深めてしまったようだ。今日は文字どおりお互いがお互いの命を助けたのに、いまの会話はまるでかたき同士のそれだった。彼に対するわたし自身の感情がすでに矛盾をはらんでいる。いまのわたしには考える時間と場所が必要だ。

「ちょっと散歩してくるわ、ジョー」

「でも、リンクはここにいろと言った」

「外の空気を吸いたいのよ。遠くには行かないわ。わたしのかわりに子どもたちを見ててね」

ジョーはケリーの言うことならなんでも聞く。ケリーは自分がそれを不当に利用しているのを知りながら、彼に子どもたちを任せてその場を立ち去った。広くて暗い屋内を移動し、リンクとはちあわせしないよう裏口から外に出た。

かつてはテラスだった石の床が、ひび割れてぼろぼろになっていた。その裂け目から雑草が生えている。この家ではいったい何度パーティが開かれたことだろう？　ここで優雅な生活を楽しんでいた人々はどうなったのだろうか？　こんな家に住めるなんて裕福な一族だったに違いない。反乱軍の宣伝ポスターが主張しているように、彼らは労働者を搾取していたのだろうか？

わたしはこの家の住人と会ったことがあるのでは？　ひょっとすると前世ではどこかのしゃれたサロンで紹介され、ともにカナッペでもつまんでいたかもしれない。

居心地が悪くなるようなその考えを払いのけ、ケリーは草の生い茂る小道を裏庭へとたどっていった。

ふと水の流れる音が聞こえた。川が見える前に、ケリーはその中に足を踏み入れそうになった。これは新発見の宝物だった。月光の下で、川はシャンパンのように泡立ちながら流れている。

ケリーはちょっとためらっただけで石のごろごろした川岸に座り、ブーツの靴ひもをほどいた。そして数秒後には冷たい水に膝までつかって立っていた。いい気持ちだ。一秒でもそこから出るのは惜しかったけれど、いったん川岸に戻ってカーキのパンツを脱いだ。

再び川に入っていったときにはシャツとショーツだけの姿になっていた。

渦を巻いて流れていく水の中に体を沈める。太陽に焼かれ、汗にまみれ、ほてってむずがゆかった肌が水に洗われる。早瀬はマッサージ師の指のように筋肉をもみほぐし、疲れと緊張をとり去ってくれる。頭まで水にもぐり、埃っぽい髪を水の流れにたゆたわせた。

リンクの言葉が耳によみがえってきさえしなければ、この水浴は最高のものになっただろう。まったく、どうしてわたしが兵士たちの気を引いて喜んでいたなんて思えるの？ あのリーダーにさわられたときには身の毛がよだつ思いがしたのに。でも不思議なことに、リンクにさわられたときにはそう不快ではなかった。確かに最初は彼も血に飢えた傭兵《ようへい》のひとりなのだと誤解して、とても怖かった。でも、彼に触れられたからといって虫酸が走ったりはしなかった。動揺はした。どきどきもした。でも、キスされたときでさえいやだとは思わなかった。むしろ、もう一度……。

ケリーの思考はそこで断ち切られた。胸のすぐ下にいきなり腕が巻きついてきて、川から引きずりだされたのだ。そうしてひと声も発せられないうちに口が手でふさがれた。

5

ケリーは山猫のように暴れた。

相手の手首に思いきりかみつき、痛そうなうなり声をあげさせてやった。だが大声で助けを求めようとしても、口が相手の手にがっちり押さえつけられている。懸命に出そうとした声は、その手にふさがれ、封じられた。

もがきながら敵のむこうずねを狙《ねら》って後ろに足を蹴《け》り、爪を立てて引っかき、しきりに身をよじる。だが、相手の力のほうがはるかに強い。腕が万力のようにしめつけてきて、肋骨《ろっこつ》がつぶれそうだった。

「頼むから静かにしてくれ」

とたんにケリーは力を抜いた。相手はリンクだったのだ。

こんなふうに驚かされたことには腹が立ったが、相手がゲリラでなかったことには心底ほっとした。

声にならない声を出そうとする。

「しいっ！　黙って」リンクは耳もとで息を吹きこむようにささやいた。そのときケリーの耳が新たな音をとらえた。いま初めて気づいた音、しかし恐ろしいほど明瞭《めいりよう》でわかりやすい音だ。男たちのしわがれた笑い声。野卑な俗語がまじった、歌うような調子のスペイン語。アルミの調理鍋《なべ》や武器が触れあう音。

この近くで野営している部隊がいるのだ。

リンクが彼女の口をふさいでいた手から少しずつ力を抜いた。ケリーは血の気をなくして痺《しび》れかけた唇をなんとか動かし、声は出さずに口の形で尋ねた。〝あれは？〟

「わからない。本人たちに確認してないんでね」

「いったいどこにいるの？」

「屋敷の前庭だ」

ケリーはぎょっとして目を見開き、即座に屋敷のほうに駆け戻ろうとした。が、リンクが濡《ぬ》れたシャツをつかんで、ぐいと引きよせた。

「放して！」

「気でもおかしくなったのか？」

「子どもたちが……」

「子どもたちは無事だ」

リンクはそう言いながら、近くの深い藪《やぶ》のほうにケリーを引っぱっていった。「この中に隠れるんだ」たっぷりひだをとったベルベットのように重くて分厚い藪をかきわけ、いらだたしげにせきたてる。

「でも、子どもたちが！」

「彼らは無事だと言っただろう」

ケリーがなおも言いかえそうとすると、リンクは彼女の頭を上から強く押さえた。ケリーは下草の上にどさっと尻もちをついた。体勢を立て直す間もなく肩を押され、地面に横向きにころがる。リンクも這《は》うようにして藪の中に入りこみ、天然のカーテンをおろした。

この隠れ場所の広さを最大限に確保するため、リンクはケリーの背面にぴたりと体をくっつけた。

「動かずにじっとしてるんだ」耳の中にじかにささやく。「音も声もたてちゃいけない」

ケリーが抗議しようとしたとたん、彼の腕がみぞおちをぎゅっとしめつけた。それが反射的な動きだとわかったのは、一瞬遅れてケリーもその音に気づいたからだった。誰かがスペイン語でひとりごとを言いながら密林の中を歩いてくる。

ブーツをはいた足が、二人の横たわっているすぐそばまでやってきた。鉈《なた》の切っ先が、二人を隠している緑のスクリーンをそよがすほど近くをかすめた。ケリーははっと息をつめた。首筋にかかる息でリンクも同じようにしたのがわかった。二人ともまつげすら動かさない。

　兵士はそのまま通りすぎていったが、まだ気は抜けなかった。ジャングルの地面からいまも足音が震動となって伝わってくる。そして案の定、兵士は来た道を再び戻ってきて、二人が隠れている藪の真ん前で立ちどまった。

　鉈を革のさやにおさめる音がし、マッチをする音が続く。マリファナ独特の匂《にお》いが鼻先まで漂ってきた。兵士は殺戮《さつりく》と略奪というつらい仕事をいっとき休むことにしたらしい。

　リンクはケリーの首筋に顔を押しつけ、身じろぎもしなかった。ケリーの頭には、自分たちの存在を暴きかねないありとあらゆる出来事が思いうかんだ。咳《せき》。くしゃみ。蛇。

　ぴったり肌に張りついたシャツの下で、小さく身震いする。恐怖心ゆえの身震いだ。ここで見つかったらどうなるだろう？　それに子どもたちはどうしているの？　無事だというのはほんとう？　それともリンクが自分ひとりの保身のために気休めを言っただけ？

　そんなことはないと思うけれど、確信もない。彼は自分の身が一番かわいいと何度も明言している。

　ありがたいことに、兵士はそういつまでもマリファナを吸ってはいなかった。胸の悪くなるような甘ったるい匂いが薄まったのは、火を消したからに違いない。衣類のこすれあう音は、吸いさしをポケットにしまっている音だ。それから、ぶらさげた水筒が規則正しく腰に当たるリズミカルな音とともに、兵士は去っていった。

　リンクは重々しい足音が聞こえなくなってからもゆうに五分は待ち、それからようやく腕の力を抜いて頭をもたげた。しばらくはどちらも口をきかず、ただ肺に空気を満たそうと深呼吸を繰りかえす。

「いまの男、なんて言ってたんだ?」リンクが声をひそめて尋ねた。

「彼に偵察を命じた上官の悪口を言っていたのよ」

「ぼくたちのことは?」

「何も言ってなかったわ」

「よかった。気づかれずにすんだんだな。そっちは大丈夫かい?」

ケリーは死ぬほど恐ろしかったが、それでもこう答えた。「ええ。子どもたちは?」

「無事だ。たぶん」

ケリーは首をひねって彼を見た。「たぶん? どういう意味?」

「しいっ。落ち着いて。子どもたちは、きみを捜しに出る前に安全なところに隠してきた」

ケリーは影になった彼の顔をなおもじっと見た。

「ほんとうだよ」リンクは彼女の疑い深さに気を悪くしたらしい。

ケリーはたちまち恥ずかしくなった。リンク・オニールはろくでもない男だが、自分のために子どもを犠牲にするようなことはしない。いくらリンクでも、そこまで下劣ではないのだ。「いったいどうなっているの?」

息をするのと変わらないくらいのささやき声でリンクは説明した。「最後の見まわりのときにトラックが近づいてくる音を聞いたんだ。ぼくたちがあの廃屋を野営にうってつけだと思ったのなら、兵士たちも同じように思うだろう。ぼくは急いで家に戻り、きみがいないものだから、キッチンの食料貯蔵用の地下室に子どもたちを移したんだ」

「そんなところがあったなんて気づかなかったわ」

「連中も気づかずにいてほしいものだ」暗い声で続ける。「ジョーを〝もしぼくが戻ってくる前に子どもたちのそばを離れたら、銃でイチモツを切り落としてやる〟と脅し、ぼくはきみを捜しに来た。むろんジョーも来たがって文句を言ったけどね」

「わたしが家を出たのが間違いだったんだわ」

「いまさら反省しても遅いよ、ミス・ビショップ」声は小さくても、非難がましい厳しい調子は少しもやわらげられていない。

ケリーは辛辣《しんらつ》な反駁《はんばく》の言葉をいくつか思いついたが、口にするのはやめた。いまは子どもたちのことが心配だった。「みんな怖がってたんじゃない？」

「ああ。しかし、ぼくが落ち着かせてきた。これは隠れんぼみたいなものなんだって言ってね。おとなしく寝ていれば、目が覚めたときにはきみが戻っているって」

「あの子たちに通じた？」

「と思うよ。ジョーがぼくに文句を言ってないときには通訳してくれたからね」リンクは心配そうにつけ加えた。「あの子たちのことをまた人殺しの集団に説明するはめになるのかと思うと、気がめいってくるよ」

ケリーは昼間の兵士の粗暴で好色な態度を思い出し、吐き気を覚えた。「昼間会ったのと同じ連中かしら？」

「どうかな。政府軍側の部隊だとしても、あれよりましってことはないだろう。見つからずにやりすごせれば、それが一番だ」

「そうね。で、わたしたちのトラックはどうしたの？」

「荷物を降ろしたときに、藪の下に隠しておいたよ」

ケリーは自分の脚に押しつけられているリンクの脚を意識しないではいられなかった。シャツが上半身にぴったり張りついているように、脚には彼の脚が後ろから密着している。

「きみには家から出ないよう言っておいたはずだ」リンクがまたその話を蒸しかえした。

「ぼくの言うことにはなんでも従う約束だったのに」

「外の空気が吸いたかったのよ」ケリーは声をとがらせた。

自分が悪いのだという自覚がプライドを傷つけていた。家を出たなんて確かに無謀だった。ましていまは夜。もし子どもたちの身に何かあったら、わたしの責任だ。もっぱらわたしひとりが責めを負わなければならないのだ。

「空気ならいくらでも吸えただろうよ、弾丸で体じゅうに開けられた穴からね」リンクはいらだちを一気に吐きだした。「きみはもう少しでぼくたち全員を巻き添えにして死ぬところだったんだ。水浴びはさぞ楽しかったろうよ」

「ええ、短いあいだだったけれど」そこで、ケリーはっとした。「リンク、わたし服を置いてきてしまったわ」

「ぼくがバナナの木の下に隠してきた。かくなるうえは見つからないことを祈るばかりだな」

「なぜ持ってこなかったの？」

「ぼくの手は二本しかないんだよ」リンクは意地悪く言った。「きみの服をとりながらきみを川から引きずりだし、しかもそのあいだずっとおとなしくさせておくなんていう芸当ができるわけはない。だから服は隠してきた。おわかりかな？　もしぼくより先に兵士に見つかっていたら、どうせきみは裸にされていたんだ。ぼくを下劣な男と思っているのかもしれないが、あの連中に比べたらぼくのほうがよほどきみを尊重しているよ」

ケリーは、どんなに遠回しな言いかたにせよ、自分が半裸であることに言及してほしくはなかった。目前の危険が遠のいたいま、裸に近い格好でリンクに抱かれているこの状態が急に強く意識されてくる。

いつまでこうして隠れていなければならないのだろう？　大きな声も出せず、動くこともままならず、一瞬たりとも気が抜けない。家の地下室にいる子どもたちと違い、夜のジヤングルでは鬱蒼《うっそう》と茂る藪の陰のほかに隠れるところはないのだ。場所を移動するのは危険だ。これからの数時間は、この居心地の悪さに耐えるしかないだろう。

居心地が悪いのは窮屈で寒いからだけではない。リンクにこんなふうに抱かれていることがケリーの気持ちをかき乱していた。男らしい肉体が与えてくれる安心感に体ごと引きよせられている。冷えきった体が彼のぬくもりを求めてしまう。

「いい匂いがするわね。何を料理しているのかしら」気をまぎらすためにささやいた。

「そんなことは考えないほうがいい」

リンクの胃も空腹を訴えて鳴りだした。ケリーはちょっと首をまわして彼の顔を見た。

「たぶんイグアナか……もっとおぞましいものだろう」リンクは自分たちの空腹を忘れようとして言った。

「そんなこと言わないで」ケリーはわずかに脚を動かした。「体の上をそういう爬虫類《はちゅうるい》や虫が這いまわっているような気がしてくる」

「動くな」リンクは歯を食いしばった。少しでも動かれると、腿に彼女のヒップが押しつけられてしまう。ただでさえ腿のあわせめに彼女の体が密着しているのだ。このうえ脚を動かされたら、彼女のヒップがそのあたりをこすることになる。

「動かないようにしてるんだけど、筋肉が引きつってるのよ」

「寒いのかい？」

「少し」とケリーは認めた。

ジャングルは日中はサウナのように蒸し暑い。だが、いま二人が横たわっているのは湿った地面の上だ。密生する植物にはばまれて太陽の光が地面に届かないため、藪の下は異様なほど寒い。ケリーはもう歯の根があわなくなっていた。

「濡れたシャツを脱いだほうがいい」

重苦しい時が一秒、また一秒と過ぎた。二人は兵士が通りかかったときのように、体をかたくしたままじっとしていた。ケリーは、脱ぐ必要なんかない、と言いたかった。だが、口を開くより先にぶるっと身震いが出た。この状況でつつましやかであろうとするのはとうてい不可能なのだろう。

でも、ショーツだけの姿でリンク・オニールに抱かれて横たわるなんて……。

「大丈夫よ」ケリーはかたい声で言った。

リンクはいらだったように吐息をついた。「ぼくがシャツを脱ぐから、それをかわりに着ればいい」

ケリーは考えこんだ。確かに、いま風邪をひいてはまずい。「わかったわ」しぶしぶ答える。「で……どうやるの？」

「まずぼくが脱ぐ」

できるだけ小さな動きでリンクは自分の胸とケリーの背中のあいだに手を入れ、シャツのボタンをはずした。葉っぱ一枚動かさないよう細心の注意を払って上体を起こし、袖《そで》から腕を抜く。四苦八苦してようやくシャツを脱いだときには息をはずませていた。

「今度はきみだ」ため息まじりに言う。

ケリーは自分たちを包みこんでいる闇《やみ》に感謝した。だが、闇はこの厄介な状況に親密な雰囲気をまとわりつかせてもいる。ケリーは唇をかんでぎゅっと目をつぶり、勇気を奮いおこしてからシャツのボタンに指をかけた。ボタンをはずすのは簡単だった。難しいのは、肌に張りついている濡れた生地を体から引きはがすことだった。

「できるだけ体を起こしてごらん」リンクがアドバイスした。

その声がかすれているのは兵士たちに見つからないよう警戒しているせいだろう。ほかに理由があるとは思いたくない。

ケリーはそろそろと体を起こし、片肘をついて体重をかける。それから反対側の肩を何度も上下させて、シャツを脱ごうとした。

「手伝ってやろう」

リンクのあたたかな手が肩に触れた。袖をつかみ、そっと肘までおろすと、あとは一気に引っぱる。その拍子に手の甲がケリーの胸にぶつかった。

二人ともぴたりと動きをとめた。

「ごめん」リンクがようやく言った。

ケリーは何も言わなかった。恥ずかしさのあまり、胸がつかえて言葉が出てこない。リンクが再び袖を引っぱり、ようやくケリーの腕から抜いた。無理な姿勢をとっているうえに緊張しているため、体じゅうの筋肉が痛いほどつっぱっている。ケリーはぐったりと体を伏せて息をついた。濡れたシャツが半分脱げ、ひんやりした空気がじかに背中に触れた。

「あとは自分でできるかな？」

「ええ、たぶん」

あおむけにころがって、いっそう彼に寄り添う格好になりながらも、ケリーは反対側の袖を引っぱった。完全に脱いでしまうと急いでまた横向きになる。これだけ暗いのだから、いましがたの無防備な姿勢もリンクには見えなかっただろう。だが、お互いケリーが上半身裸になったことはわかっている。

それを考えると身がすくんだ。

彼が後ろから自分のシャツをかけてくれたので、あたふたと胸もとでかきあわせた。その瞬間、安堵《あんど》とともに狼狽《ろうばい》がケリーを襲った。リンクのシャツは肌を隠せる安心感とあたたかさをもたらしてくれたが、彼の匂いがしみついているのが難点だった。その匂いがまるでアルコールのようにケリーを酔わせた。リンクのシャツをまとうことは、彼の胸に抱きしめられることに等しかった。

「少しはあたたかくなったかい？」

ケリーはうなずいた。髪が濡れて重たい。髪をひとまとめにして頭のてっぺんに持っていったが、そのせいで首と肩がむきだしになり、リンクの息がまともにぶつかってきた。シャツを脱いだ彼は、いまアーミーグリーンのタンクトップだけになっているはずだ。その深くくれた胸もとには胸毛がのぞいているだろう。

「まだ震えているね」リンクが後ろから片手でケリーを抱きよせた。

目をつぶっても、彼に抱きすくめられたときの記憶を払いのける役には立たなかった。静脈が走っている筋肉質のたくましい腕が脳裏にうかぶ。その日の朝、ケリーは彼が上半身裸で洗顔するのを目にしていた。頭や胸に水をかける男らしい裸体が、いまもまぶたに焼きついていた。

あのときあんなに見とれてしまうのではなかった。今朝ほれぼれと眺めた筋肉が、いまはわたしの背中に押しつけられているのだ。それが収縮と弛緩《しかん》を繰りかえすのをいやでも意識してしまう。わたしの神経がぴりぴりしているように、彼の筋肉も細かく震えている。

今朝見たときには、日ざしが胸毛を赤みがかった金色に輝かせていた。その胸毛がいまわたしの肌にまともに触れている。いまは彼の肩に、頬にあるのと同じようなそばかすが散っていることもわかっている。

「脚が寒いんじゃないかい?」正直には答えないだろうと思ってか、リンクは片手をケリーの腿にすべらせて鳥肌が立っているのを確かめた。「いまぼくの脚をのせるから、緊張しないで」

ケリーは笑いそうになった。緊張するなと言われたって、それは無理というものだ。〝ドアのほうをふりむかずに聞いてほしいんだけど、いま入ってきたのは英国皇太子じゃないかしらね〟と言われているようなものだ。あるいはドリルを持った歯科医に〝ちょっと痛いかもしれないけど、気にしないで〟と言われたようなもの。

緊張しないでいるなんて不可能だ。脚の上にリンクの脚がのせられると、彼の最も男性的な部分がヒップに当たる格好になった。彼がはいている作業ズボンのごわごわした生地が肌を心地よくこする。

「あなたも寒いんじゃない？」ケリーはかぼそい声で尋ねた。

「いや。ぼくはズボンをはいているが、きみのほうは……」

その先は言わないで、リンク。言わないほうがいい。わたしが薄っぺらい濡れたショーツしか身につけていないのをわざわざ思い出させないで。もうこんな話はやめなくては。わたしがいま着ているもの、というより着ていないものの話をするぐらいなら、何か別の話題——本でも映画でも、政治でもお天気でも——を探すべきだ。

「水筒があるけど、少し飲むかい？」

「いいえ、結構よ」ケリーはかすれ声で答えた。リンクに動いてほしくなかった。あちらが動くたびに彼を感じてしまう。まざまざと、いやおうなく。ただでさえ拳銃《けんじゆう》を抜きとろうとしたときのことばかり思い出してしまうのだ。あのときには想像するしかなかったものが、いまはわたしのヒップに触れている。

ああ、いったいいつになったら夜が明けるの？　あと数時間はだめだろう。それに、もし朝になっても兵士たちが別のところに移動してくれなかったら、どうすればいい？　こんな状態では心臓がもたない。少しでも緊張をほぐすために、何かしなくては。何か言わなくては。

「あなたのことを教えて、リンク」

ああ、ぼくのことなど知らないほうがいいのに、とリンクは思った。ぼくの体じゅうの神経が彼女に集中しているなんて、知りたくはないだろうに。ぼくの五感のすべてがいきいきと活動し、彼女の匂い、彼女のぬくもり、彼女の感触を貪欲《どんよく》に貪《むさぼ》っているなんて。ぼくの血が欲望でわきたち、全身を駆けめぐっているなんて。

先ほど、トラックの音に気づいて家に駆け戻ったとき、リンクは広い居間にとびこむが早いかケリーの名を呼び、子どもたちをキッチンに移動させろと叫んだ。そしてジョーから〝ケリーは出かけた〟と聞かされたときには一瞬絶句した。

だが、悪態をつきながらも事情のわからない子どもたちをなだめすかし、すぐにキッチンの暗い地下室に追いたてた。おばけでも出そうな地下室だが、隠れ場所としては最適だった。そこに子どもたちを入らせると、出入り口になっているハッチを閉め、食器棚をその上に移動させた。そしてそのあいだも、ゲリラ兵がうようよしているジャングルに出ていった石頭の女をののしりつづけていた。

　怒りを爆発させずにすんだのは、彼女が無事かどうかを案じる気持ちが勝ったからにすぎない。子どもたちを隠すと、リンクはただちに家を出た。最初に偵察したときに小川を見た覚えがある。清冽《せいれつ》な水の流れに彼自身とびこみたくなったものだ。とっさの勘でそちらに向かった。

　浅瀬で水浴びしているケリーを発見したときには、怒りと安堵が胸に押しよせた。放置されていた衣類を手早く隠し、すぐに彼女を引きずりだしに行った。そのとき目にしたエロティックな光景はいまも頭にこびりついて離れない。

　彼女の胸はふっくらとして、ピンク色の先端は男なら誰でも口に含みたくなるほど可憐《かれん》だった。いまその柔らかな胸が自分のシャツのすぐ下にあるのだと思うと、手を触れたくてたまらない。さっき彼女があおむけになったときに、ちょっと頭を低くしさえすれば……。ああ、あのときそうしないでいるのがどれほど苦痛だったことか。

　彼女のヒップはまるくきゅっと引きしまっていて、愛らしくセクシーだった。あのヒップがいまぼくの下半身に寄り添っている。声をもらさないでいるためにはあらんかぎりの自制心を動員しなくてはならない。

　ケリーの髪が月光に輝き、目が神秘的なサファイアのようにきらめいていたことも思い出してはいけない。彼女の唇に触れることは許されないのだ。キスしたときの感触はいまも記憶にあざやかだが、彼女の繊細で蠱惑的《こわくてき》な首筋が目の前にあることなど意識してはならない。

すでに天国への道を閉ざされた男がひとつよけいに悪行を重ねたってどうってことはないが、こんな調子で自分を苦しめていたら、夜が明ける前に悶死《もんし》して地獄に落ちてしまうだろう。

リンクもケリーも気をまぎらわせる必要があった。理由は異なるにせよ、二人ともいまの状態からよそに気持ちを向けなければならなかった。

「ぼくの何を知りたいんだい?」リンクはかすれ声でささやいた。

「どこで育ったの?」

「セントルイスだ」

「住みにくいところだった?」ケリーは勘を働かせて尋ねた。

「きみには想像もつかないくらいにね」とリンクは皮肉っぽく笑った。

「ご両親は?」

「二人とも、もう死んだよ。ぼくは親父《おやじ》に育てられたんだ。おふくろはぼくが幼いときに亡くなった」

「ごきょうだいは?」

「幸い、ひとりもいない」

「なぜ幸いなの？」

「子どもがひとりでも生活は苦しかったんだよ。親父は深夜までビール工場で働いていた。ぼくは学校から帰ってきても、いつもひとりぼっちだった。親父にとっては、女房が残していった忘れ形見もただの邪魔物でしかなかったのさ。酒飲みで、暴言ばかり吐き、ひどく頑固だった。親父の野心とは、せいぜい家賃と酒代が払える程度の金を稼ぐことだったんだ。子どもの世話なんかまっぴらだったんだよ。ぼくは学校を出るとすぐに独立した。そのあとは親父が死ぬまで二回しか会わなかった」

「お父さんはどうして亡くなったの？」

「友だちとボウリングをしているときに心臓発作を起こして、それっきりだ。その友だち連中がおふくろを埋葬した隣に親父を埋葬してくれた。ぼくは当時アジアにいて、手紙でそれを知ったんだ」

　ケリーはなんと言ったらいいのかわからなかった。それまで自分のまわりにそういう環境で育った人間はいなかった。「カメラを始めたのはいつ？」

「高校時代。なんの教科だったか忘れたが、何かで赤点をとって、校内新聞を出していたジャーナリズムのクラスに入れられてしまったんだ。つまり罰としてカメラマンをやらされたってわけさ」リンクは小さく含み笑いをもらした。「これが逆効果で、その年の終わりにはぼくはカメラにすっかりはまっていた」

「大学はどこに行ったの？」

「大学？」嘲《あざけ》るように笑う。「カンボジア、ベトナム、アフリカ、中東。ぼくは、ベイルートやベルファースト、それにビアフラやエチオピアの難民キャンプで勉強したんだよ」

「そうだったの」

「きみには想像もつかないだろうがね」

彼の怒りがどこに向けられているのかケリーにはわからなかった。こちらに腹を立てているのか、それとも自分の学歴のなさが腹立たしいのか、愛情薄かった父親に怒っているのか、あるいはその全部だろうか？　いずれにせよ、この話はもう打ちきったほうがよさそうだ。

沈黙が長く続き、今度はリンクのほうが口を開いた。「きみは？　きみの子ども時代はどうだったんだい？」

「楽しかったわ」ケリーは自分の黄金時代を思い出し、頬をゆるめた。スキャンダルにまみれる以前は、ほんとうに楽しかった。あの悪夢が始まる以前は。「わたしの両親ももう亡くなっているんだけど、子どものころにはまだ二人とも元気だったの」

「きみは当然ながらキリスト教系の学校に通っていたんだろうな」

「ええ」それはほんとうだった。

「きっと糊《のり》のきいた白いブラウスの上に紺のエプロンドレスを着て、髪はきりっと引っつめにしていたんだろうよ。白い長靴下に黒のエナメルの靴をはき、顔や手はいつも清潔で」

ケリーはくすりと笑った。「ずいぶん詳しいのね」

「そして、ラテン語や人類愛のほかに、正しいマナーも教わった」

ケリーはうなずいた。堅苦しいサロンで両親とともに、十代の少女にはなんの関係もない退屈な会話を聞いていた昔が思い出される。ずらりと並んだフォークやナイフをいつも正しく使いこなし、辞去するときには招待者夫妻にきちんとお礼を言ったものだ。リンクが鍵《かぎ》っ子だったのに比べ、ケリーは名前入りの便箋《びんせん》を持っているお嬢さまだったのだ。

「父の仕事の関係であちこちに行ったから、あなたと同じ時期に同じ国にいたこともあったかもしれないわね」

リンクはまた皮肉っぽい笑い声をもらした。「きみはぼくがいた土地については何も知らなかったんじゃないかな」

「わたし、それほど世間知らずじゃないわ」

「きみに比べたら、デュ・モーリエの小説に出てくるレベッカでさえ波瀾万丈《はらんばんじょう》の人生を送ったんだろうよ」

リンクの顔は見えないけれど、その口もとに冷笑がきざまれているのが目にうかんだ。

お互いの境遇の違いを知ったいま、世間知らずのまま安穏と暮らしていたかつての自分を彼がばかにするのも無理はないように思えてくる。

ケリーは黙りこんだ。リンクも同じようなことを考えているらしい。より楽な姿勢になるように、リンクが後ろで少し体の位置を調整した。そして意外にも二人は眠りに落ちていった。


突然ケリーは目が覚めた。体じゅうの筋肉がこわばって震えている。

「これは何?」

「しっ」リンクが彼女の唇を指でふさいだ。「ただの雨だ」

大きな雨粒が二人を包んでいる植物の上にぽたぽた落ちて、地面にはねていた。この避難場所に散弾銃が撃ちこまれているかのような激しい雨音だ。

「ああ、もう」ケリーは胸に顎がつきそうなほど首をすくめた。「いやな雨」

熱帯植物の大きな葉っぱが、多少は二人をこの土砂降りからかばってくれているものの、それでもそのあいだからしたたり落ちてくるしずくがむきだしの肌に冷たかった。体の節々が痛く、思いきり手足を伸ばして血を隅々までめぐらせたい。

「もう耐えられないわ。外に出たい」

「だめだ」リンクが鋭く言った。

「ちょっとだけでいい。体を伸ばしたいのよ」

「ちょっとだけでもずぶ濡れになってしまう。そうしたらここに戻ったときによけいつらくなるだけだ」

「こっそり家に戻ればいいわ」ケリーは期待をこめて言った。

「だめだ」

「誰も見てなんかいない。裏口から入って、まっすぐ地下室に行けばいいんだわ。子どもたちも怖がっているでしょうし」

「子どもたちはまだ眠っているだろう。それにジョーがついている」

「この雨なら見つからずに戻れるはずよ」

「危険すぎる。兵隊というのは必ず不寝番《ふしんばん》を立たせておくものだ」

「もうここにいるのはいやなのよ！」

「ぼくだって撃たれるのはいやだ。きみも輪姦《りんかん》されたくはないだろう」その言葉にケリーははっとした。「さあ、落ち着いて。ぼくがいいと言うまでここにいるんだ」

雨の音は耳を聾《ろう》さんばかりだった。まるでバケツの水を引っくりかえしたみたいだ。ケリーは密室に閉じこめられてしまったような恐怖を覚えた。

「あとどのくらい？」

「わからない」

「夜が明けたら家に戻れる？」

「たぶん」

「いま何時？」

「四時ごろだろう」

「もう我慢できないわ、リンク」声が震えてしまうのが情けないが、自分ではとめようがない。「ほんとうに限界なのよ」

「我慢しなければならないんだ」

「せめて立ちあがるぐらいのことはさせて」

「だめだ」

「お願い」

「だめだと言ってるんだ」

「ちょっとだけ。ほんのちょっと――」

「こっちを向け」

「え？」

「向きを変えて、こっち向きに寝るんだ。姿勢を変えれば少しは楽になる」

ちょっと動いただけでケリーの筋肉は悲鳴をあげた。まずあおむけになり、それからさらに体をずらしてリンクと向かいあう。

彼は片腕をケリーのウエストにのせ、脚でケリーの腿をはさんだ。ケリーは両手を彼の胸に置き、肩のくぼみに顔をうずめた。リンクはケリーの頭に顎をかけて抱きしめてくれた。彼のぬくもりにひたっているうちに、雨は少しずつ弱まっていった。

どのくらいそうしていたのかわからない。何時間もたったのか、あるいはほんの数分だったのか。とにかく雨がやんだことに気がつくと、静寂が雨音と同じくらい耳ざわりになってきた。

ケリーはリンクとのあいだに少し距離を置こうとして、ちょっと体を動かした。

「さっきはごめんなさい」とささやく。

「気にしなくていい」

「パニックになったのね。閉所恐怖症ぎみなのかも」

「きみは雨音に驚いて目を覚ましたんだ。しかも寒くて空腹で寝苦しかった。ぼくも同じだ。だが、もうしばらくはこうしているのが一番なんだよ」

リンクの声音はどこかおかしかった。その理由は考えるまでもない。ケリーの声もしっかりしているとは言いがたかった。顔にかかる彼の息、慰めるように髪を撫《な》でてくれる指の動き、肌と肌が触れあっている部分から立ちのぼる熱、それらのすべてがケリーの声を震わせていた。

「なぜなんだい、ケリー？」

「え？」

「なぜきみらしくもない職業についたんだ？」

ああ、そのこと。ケリーは嘘をついている自分を卑怯者《ひきょうもの》のように感じた。彼女を尼僧と誤解してからというもの、口論しているときは別としても、リンクは紳士的な態度をとるようになっている。もし彼が攻撃的なままでいたら、わたしは本気で神につかえる人生を考えるようになっただろう。でも、彼の真面目《まじめ》さを前にしては、もう真実を打ちあけざるをえない。少なくとも部分的には。

だが、それでもケリーはまだ時間稼ぎをしようとした。「なぜわたしらしくないなんて思うの？」

リンクの頭は不可解な現実に混乱していた。ケリーほど女を意識させる女は初めてだった。この若く美しく官能的な女は、彼の考える尼僧とはどうしても結びつかない。胸に触れている胸の柔らかさやキスをしたときの唇の従順さが、黒い僧衣や修道院のイメージとまるでそぐわないのだ。リンクは世間の荒波にもまれてきた分、自分が抱く第一印象に自信がある。そしてケリーに対する第一印象が当たっていることには命を賭《か》けてもいいくらいだった。

彼女の質問に答えてリンクは言った。「きみほど尼さんらしくない尼さんは初めてだからだよ」

「尼僧だって、見た目はふつうの人と変わらないわ」

「尼僧がみんな、きわどい形のショーツをはくかい？」

ケリーは真っ赤になった。「わたしは……たまたま女らしい下着が好きなだけよ。別に罪なことじゃない。女だから女らしいものに心を引かれるだけ」

そんなことは言われなくてもわかっている。確かに彼女は女だ。リンクの体はそれを痛切に思い知らされている。

「しかし、きみは神聖という感じがしないんだ」ケリーが身をこわばらせたのを感じ、彼女を抱く手に力をこめる。「別にけがれてるって意味じゃないんだよ。そうじゃなくて、単に……なんというか……」リンクは適切な言葉を探して、しばらく押し黙った。「たとえば、きみは子どもを産むことを考えたことはないのか？　自分の子どもがほしいと思ったことは？」

「あるわ」ケリーは正直に答えた。

「それじゃ……その……恋人がほしいと思ったことは？」

「ないとは言えないわね」ケリーは小声で言った。心臓がどきどきしているのがリンクの胸にも伝わっているのではないだろうか？　彼に答えたとおり、恋人がほしいと思ったことはある。だが、いまリンクを思うほど強く誰かをほしいと思ったことはなかった。

唇を割って巧みに口の中に入ってきた彼の舌や、愛撫と支配を同時になしうる絶妙な手の動きが、まざまざと思い出される。リンクとのセックスは女性にとって究極の経験になるに違いない。

「男に抱かれたいと思ったこともある?」

ケリーは彼の胸毛に鼻先をこすりつけるようにしてうなずいた。

「それがどういう感じなのか想像したことも?」

ケリーは体の内からこみあげてくる物ほしげな吐息をもらすまいと、唇をかたく結んだ。

「もちろん」

リンクは彼女の髪にさし入れていた手を引っこめた。「熟練した男が相手なら、すばらしい喜びをもたらしてくれるものなんだよ。それまで夢にも思わなかったような喜びをね」

ケリーの体はとろけそうだった。このままわたしの体がとろけてしまったら、彼はどうやってわたしを抱きつづけるのだろう……。

「それがどういうものなのか、興味はないかい?」

「ええ……あるわ」

「だったら……」リンクはしゃがれ声になっていた。「それを永久に経験できないなんて、もったいないとは思わないかい?」

ケリーは長いこと息をつめていたが、やがてぽつりと言った。「わたし、まだ最終的な

「え?」

リンクはぴくっと体を動かした。

「だから、わたしはまだ──誓いはたてていないの」

「いや、それは聞こえた。だが、どういう意味だ?」

彼の息は熱かった。まるで肌に焼きごてを押し当てられたような熱さだ。ケリーは、いまここで、ほんとうのことを言ってしまいたかった。言ったら彼はすぐにもわたしを抱くだろう。それは疑問の余地がない。下腹部に押しつけられているものは力強く屹立《きつりつ》している。わたしの体も彼がほしくてうずいている。彼に抱かれるのはどんなにか……。

でも、だめ。当面は九人の孤児のことに気持ちを集中させなくては。彼らの命はわたしの手中にあるのだ。生きてここを脱出させるためには、ありとあらゆる運を味方につけなければ。わたしもリンクもほかのことに気をとられている場合ではない。

いま彼と恋人同士になってしまったら、そちらに気をとられるばかりでなく、のちのちまで禍根を残しかねない。この脱出劇が終わって無事アメリカに着いたのち、わたしは苦しい板ばさみにあうだろうし、彼は彼でわたしを重荷と感じるようになるに違いない。

こちらは男性に気軽に肌を許せるたちではないが、彼のほうは軽い気持ちでわたしを求めているのだ。熟練した男、とリンクが言ったのは、彼自身のことに違いない。熟練した男は女に大きな喜びを与えることができる、と彼は言った。でも、彼にとってはしょせんそれだけのこと。喜びや一時的な快楽。リンクのような男に深入りしたら、一生悔やむはめになるだろう。

ケリーは返答の言葉を注意深く選んだ。「つまり、今後自分の人生をどうするかについては、まだ考えている段階だということなの」これは嘘ではない。かけ値なしの真実だ。子どもたちをアメリカに送り届けたあとのことは、まだ何も決めていなかった。

リンクが重いため息をついた。ゆっくり吐きだされる息とともに、彼の体から力が抜けていくのがわかる。口には出さなかった暗黙の願いをリンクが黙って聞き届けてくれたおかげで、ケリーは彼を欺きつづけている自分がいっそう嫌になった。

リンクは相変わらず彼女を抱いて横たわっていたが、その抱きかたは先刻までとは明らかに違っていた。

やがてグレーの光が木々のあいだからさしてきた。二人は耳をすまし、兵士たちが起きだす気配を聞きとった。漂ってきたコーヒーや食べ物の匂いが二人の胃を刺激する。何度か密林の中を歩きまわる足音が聞こえたが、ゆうべほど近くまでやってくる者はいなかった。そしてついに、車のエンジンをかける音がした。

リンクは車が走り去って十五分もたってから、ようやく体を起こし、藪の下から這いだした。「きみはここにいて」

ケリーは言われたとおりにした。少しでもひとりになれるのが、いまはありがたかった。

まだ湿っている自分のシャツを着こみ、髪を指でとかす。髪はくしゃくしゃにもつれていた。それをときほぐしているうちに葉っぱのカーテンが持ちあがった。

「もう大丈夫だ」とリンクは言った。「連中はいなくなった」

6

ケリーは川岸に座りこんだ。意気消沈して気持ちがふさいでいた。打ちひしがれたように肩を落とす。腕に抱いたライザがひと晩で二十キロも重くなったように感じられた。これ以上抱っこしていたら落としてしまいそうだ。ケリーはライザをそっと隣におろした。

「いったいどうするの？」

ケリーの問いかけに返事は返ってこなかった。ただ時間だけが過ぎていく。子どもたちも、解決しそうにない難題に直面しているのを察知しておとなしくしている。ケリーは手で目の上にひさしを作り、後ろをちらりとふりかえった。

リンクは両手を腰に当て、片方の足に重心を置いていた。目を怒らせ、口をゆがめている男の気分をおしはかるのは、さして難しくはない。ケリーはリンクの口が呪《のろ》いの言葉を、声には出さずにつむぐのを見つめた。子どもたちの前では、たとえ彼らが英語を解さなくてもいちおう言葉をつつしんでいるのだ。

ケリーは外交的配慮からさらにしばらく待って、ようやくもう一度声をかけた。「リンク？」

リンクは怖い顔でケリーをにらみつけた。「ぼくにわかるわけないだろう。ぼくは一カメラマンでしかない」

だがそう言ったとたん、ケリーに八つ当たりしたことを後悔した。川を渡るのに利用するつもりでいた木の橋が前夜の大雨で流されてしまったのは、ケリーのせいではない。自分がこんなに不機嫌なのもケリーのせいではない。ケリーが原因ではあっても、彼女を責める筋合いではないのだ。一夜を過ごしたあの避難場所をあとにしてから、リンクはちょっとした挑発にも逆上しかねない状態になっていた。

前の晩に隠しておいたケリーの衣類をとってくると、〝服を着ろ〟と怒ったように彼女に投げつけてしまった。

ケリーは何も言わずに手早くカーキのパンツをはいた。その長くきれいな脚から目をそらすことができず、リンクは彼女のしなやかな動きにじっと見入った。腿と腿をからませた記憶がよみがえり、下半身が痛いほどうずきだした。

あれは現実だったのだろうか？　ケリーの体がぼくの体に一分の隙《すき》もなくぴたっと密着しているように感じたのは、単なる妄想だったのでは？　彼女はほんとうにぼくのぬくもりを求めて寄り添ってきたのか？　それとも、ぼくの願望が強すぎてそんなふうに錯覚しただけ？

たぶんそうなのだろう。今朝の彼女はずいぶんよそよそしい。恋人同士のように抱きあって眠った仲だとはとても思えない。友好的な雰囲気さえない。彼女はぼくを警戒している。ぼくのほうでも怒りっぽく好戦的になっている。

あれから二人で家に戻ってみると、子どもたちは地下室からキッチンにあがってきており、リンクはジョーをどなりつけた。〝ぼくが帰ってくるまで地下室を出るなと言っておいたはずだぞ〟

〝兵士たちの去っていく音が聞こえたんだ〟とジョーも声を荒らげて反駁《はんばく》した。〝もう安全だとわかったから――〟

〝そういう判断は、きみではなくぼくが――〟

〝リンク！〟

〝ぼくの指示には絶対従ってもらわなくては――〟

〝リンク！〟ケリーは再び叫んだ。〝どなるのはやめて。みんな無事だったのに、あなたのせいで子どもたちがおびえているわ〟

リンクは小声で悪態をつきながら玄関に向かった。〝子どもたちに出発の準備をさせておいてくれ。五分で戻ってくる〟

幸いトラックは前の晩置いてきた場所にあった。リンクはトラックにのせておいた蔓《つる》植物を荒々しいしぐさで払い落とし、その行為でわずかながらも鬱憤《うっぷん》を晴らした。

〝子どもたちがおなかをすかせているのよ〟

トラックに乗るよう庭先から大声でリンクが指示をとばすと、ケリーが網戸の向こうから言った。

彼女のあとに続いてずかずかとキッチンに入っていくと、子どもたちはかたくなったパンとバナナを食べていた。地下室で埃《ほこり》まみれになった手や顔は、ケリーがきれいに洗わせていた。みんなリンクの機嫌が悪いのを察して目をあわせないようにしているが、彼は八人の目が何度となくこちらをうかがうのを感じた。九人め、すなわちジョーの目は、公然と彼に向けられていた。先刻の厳しい叱責《しっせき》が納得できないのだろう。彼とリンクのあいだには敵意の火花が散っていた。

ケリーに抱かれていたライザがパンのかけらを持って、よちよちとリンクのほうに歩いてきた。慰めるような哀願するような目でリンクを見あげ、作業ズボンを引っぱって注意を引く。リンクが見おろすと、ライザはパンをさしだした。口では何も言わないが、チョコレートシロップのように深い色をたたえた目は実に雄弁だった。

リンクはしゃがみこんでパンを受けとり、口に運んだ。〝どうもありがとう《ムーチャス・グラシアス》〟そう言いながらライザの顎をつつく。

ライザはにこっと笑ってケリーのほうに戻っていった。

それからしばらくすると、リンクは咳《せき》ばらいしてしゃがれ声で言った。〝それじゃ出発だ〟

子どもたちを荷台に乗せたあと、リンクはケリーを少し離れたところに引っぱっていった。

〝あの番犬をなんとかしてくれ〟

〝いったいなんの話？〟

〝ジョーだよ。ゆうべぼくに襲われはしなかったことを彼にちゃんと伝えてくれ。背中を向けたらいきなりナイフで切りかかられそうで恐ろしいんだよ〟

〝ありえない〟

〝いいからあいつに話すんだ！〟

〝わかったわよ！〟

そのやりとりを最後に、二人はさっきケリーがぎらつく陽光を手でさえぎりながらリンクの名前を呼びかけたときまで口をきいていなかった。

ケリーも彼に劣らず気が立っていて、ぴしゃりと言いかえした。「なんのためにあなたを雇ったと思っているの、ミスター・オニール？　打開策を考え、臨機応変に対処してもらうためでしょう？」

「雇う前に、ぼくの適性についてもっと調べるべきだったんだ」

その点には異論の余地がなく、ケリーは黙りこんでまた水かさの増した川に目をやった。

なぜ彼女はいつもぼくを、子どもたちの目にうなり声をあげる野獣のように見せるのだろう？　いまも子どもたちは、ぼくを切り裂きジャックと偉大なるモーセの両方を見るような目で見ている。一方では怖がりながら、一方では指導者とあおいでいるのだ。

リンクはいらだたしげに吐息をついた。「ちょっと考えさせてくれ」汗で湿った髪をかきあげながらケリーに言う。

問題の橋は地図にはちゃんと出ているものの、もともと堅牢《けんろう》なものではなかったようだ。ゆうべの豪雨による増水であっさり引きちぎられてしまったのだから。

トラックはその手前、渦を巻く泥水につっこむ形でとめられている。子どもたちは荷台から降り、いまは川岸に立って、出るはずもない答えをリンクがひねりだすのを待っている。ジョーはこの苦境に、ゆがんだ満足感をかみしめているようだ。口もとに嘲《あざけ》るような冷笑をうかべている。ケリーはリンクにこの難問をゆだねきっているようすだ。確かに自分はこういうときのために雇われたのだ。五万ドル分はきっちり働かねばならない。

リンクは唇をかんで川を見つめた。それからトラックの荷台に放《ほう》りこまれている備品を確認し、ケリーのもとに戻って言った。「話がある」

ケリーは立ちあがり、ヒップの部分を両手で払った。子どもたちにあまり川に近づかないよう言いおいて、リンクのあとを追ってくる。みんなに声を聞かれないところまで来ると、彼女のほうから口を開いた。「これからどうするの？」

「ひとつ提案があるんだが、かっとしないで最後まで聞いてくれ」リンクは金色の目をぴたりと彼女に向けた。「トラックに子どもたちを乗せ、Uターンして、来た道を戻るんだ。そして最初にでくわした相手に助けを求めよう」そこでケリーの癇癪《かんしやく》を覚悟して言葉を切ったが、彼女が黙りこくったままなので言葉を継いだ。「相手は政府軍でも反乱軍でもかまわない。どちらであろうと相手の虚栄心をくすぐって、ぼくたちを助けるのがいかに人道的な行為かわからせてやればいいんだ。助けてくれたら世界に向けて彼らの主義主張を宣伝してやる、と約束してね」リンクはケリーの肩に両手をかけ、熱っぽく訴えた。「ケリー、子どもたちは腹をへらしているのに、食糧はもうつきかけている。飲み水も残り少なくなり、この先いつ手に入るかわからない。そのうえこの川を安全に渡る方法など皆無ときているんだ。トラックもガス欠になりかかっているが、このジャングルにガソリンスタンドはない。たとえ約束の場所まで行けたとしても、ヘンドレン財団の人間が間違いなく飛行機で迎えに来てくれるとは限らないだろう?」ケリーの目が暗くかげったのを見て、急いで続ける。「確かにきみの志は立派だ。心からそう思う。だが、計画そのものはあまり現実的ではなかったんだよ。もっと緻密《ちみつ》な計画を立てるべきだったんだ。それはきみも認めるだろう?」そそのかすようにほほえむ。「どうだ?」

ケリーは彼を見つめたまま深く息を吸いこんだ。淡々とした平静な口調で切りだす。

「大事な場所を蹴《け》られたくなかったら、わたしの肩から手を離したほうがいいわよ」

リンクの笑顔がゆがんだ。そのぽかんとした表情は滑稽《こっけい》なくらいだ。彼は慌てて手をおろした。

ケリーはくるりときびすを返し、歩きだした。だが、何歩も行かないうちにパンツのウエストのあたりをつかまれ、ぐいと引きとめられた。

「ちょっと待て！」リンクはそう叫んでケリーを自分のほうに向かせた。「ぼくの言ったことが聞こえなかったのか？」

ケリーはもがいたが、今度は逃げられなかった。「聞こえたわよ、恩着せがましい逃げ口上の一言一句、ばっちりとね」

「それでもきみは、あきらめないつもりなのか？」

「あたりまえだわ！　この川さえ渡ってしまえば、国境までほんの数キロなのよ」

「その数キロが数百キロに匹敵するかもしれないんだぞ」

「新しい家族が待っているアメリカに必ず連れていく、って子どもたちに約束してあるのよ。あなたがいなくても、その約束は守ってみせるわ、ミスター・オニール」ケリーは人さし指を彼の鼻先に突きつけた。「もしここでわたしたちを見捨てたら、報酬は一セントも払いませんからね」

「金より命のほうが大事だ」

「わたしたちを約束の場所まで連れていけば、命とお金の両方が手に入るのよ。なのに、ここまで来て兵士たちに助けを乞《こ》おうだなんて。だいたい撃たれるとか輪姦《りんかん》されるとか言っていたのはどこの誰？　わたしがゲリラ兵なんかに助けを求めると本気で思っているの？」

「政府軍であれ反乱軍であれ、兵士の大半はカトリックの家庭に育っている。きみの職業がきみを守ってくれるはずだ」

「この職業もあなたからわたしを守ってはくれなかったわ！」

リンクの表情が険しくなった。ケリーは自分の発言を悔やむ間もなく、いきなり肩を引きよせられた。

「ほんとうにそう思っているのか？」

ケリーは、彼が何度もチャンスに遭遇しながら決して手出ししてこなかったことを思い出した。怒りに燃えるリンクの目を見られず、彼の喉もとに視線をさげると、その部分は自分の心臓と同じくらいの激しさで脈打っていた。

「ごめんなさい」うわずった声で言う。「言いすぎたわ」

「そのとおりだ」リンクはケリーの体を乱暴に押しやったが、彼女にはそれは怒りゆえというより恥ずかしさを隠しているように思われた。彼の力強い指はまだケリーの肩に食いこんでいた。

「だまされないよう気をつけるんだな」熱を帯びた声で彼は言った。「きみに手を出さないからって、そういうことを考えていないとは限らないんだ。それどころか、しょっちゅう考えている。いまのきみは僧衣に身を隠しているわけではない。その魅力的な体をひけらかすなら、それなりの覚悟はしておいたほうがいいぞ。世の中には、ぼく以上に恥知らずな男もいるんだからな」

ケリーはゆっくりと顔をあげ、リンクと目をあわせた。「そう思っているなら、最初にでくわした相手に助けを求めようなんて、どうして言えるの?」

リンクは彼女の肩にかけていた手を、一本ずつ指を引きはがすようにして離した。「ほんとうのところ、きみがどのくらい腹をかためているのか確かめたかったんだよ」

ケリーは茫然《ぼうぜん》と彼を見た。「それって、つまり……さっきの提案は本気で言ったわけではないと……」

「そのとおり。きみの度胸を試したんだ。きみにそれだけの覚悟があるかどうか、まずは確かめなければならなかったからね」

ケリーはあとずさりした。いまにも殴りかかろうとするかのように両手を拳《こぶし》にかためる。ダークブルーの目が危険な光をたたえた。「あなたって最低」

リンクは口もとをゆがめたかと思うと、不意に頭をのけぞらせて笑いだした。腹の底からの大きな笑い声に、木の上の鳥や小さな猿が驚いて抗議の声をあげた。

「おおせのとおりだよ、シスター・ケリー。ぼくはほんとうに最低の男なんだ。いや、もっと下まで落ちることだってできるだろう。無事アメリカに渡ったら、ぼくの顔なんか見るのもいやになるだろうよ。さあ、子どもたちを集めてくれ。ぼくは準備にかかる」

人を試すなんて卑怯《ひきょう》だとケリーがなじるより早く、リンクはさっさとトラックのほうに戻っていった。ケリーは仕方なく子どもたちを集合させた。皆、空腹と暑さと疲労でまいっていたから、ぶつぶつ不平をこぼすのも無理はなかった。ケリーはぐずる子どもたちの質問にできるだけ答えてやったが、意識はもっぱらリンクに向けていた。彼はいま、荷台にあったロープの端を木の幹に結びつけ、もう一方の端を自分の胴に巻いて、流れの速い川に入っていこうとしていた。

「何をするの?」ケリーはぎょっとして叫んだ。

「きみはみんなを川に入らせないようにしててくれ」

子どもたちは黙りこんだ。リンクがおぼつかない足どりで向こう岸へと進んでいくのを、固唾《かたず》をのんで見守っている。中ほどで足が立たなくなってきたらしく、彼は泳ぎだした。濁流が何度となく彼の体をのみこんだ。そのたびにケリーは息をつめて両手をかたく組みあわせ、再び彼の頭が水面上に出てくるのを待った。

リンクがようやく向こう岸にたどり着いた。ぬかるんだ地面に両手をつき、体から激しく水を流しながら岸に体を引きあげる。地盤のしっかりしたところまで行くと、彼はくずおれるように地面に膝をつき、こうべをたれて荒く息をついた。

ようやく呼吸がもとに戻ると、がっしりした木を選んでロープを結びつけた。そして何度か張り具合を試してから、再び川に入った。今度はロープを手でたぐっていくのだから自力で泳ぐよりは楽だが、それでも流れに逆らって前進するのは大仕事だった。しばらくかかってようやくこちらに戻ってきた。

「どうやって渡るかはわかったね？」体を二つに折り、膝に両手をついてケリーを見あげる。髪は頭に張りつき、額にたれさがっていた。まつげは濡《ぬ》れてかたまっている。ケリーは額の髪をかきあげてやりたくなり、それをこらえるために爪が手のひらに食いこむほど強く手を握りしめなければならなかった。

「ええ、やりかたはわかったわ。でも、トラックはどうするの？」

「ここに置いていく。ここから先は歩きだ」

「でも……」言葉は途中でとぎれた。ついさっき、彼に覚悟のほどを試されたばかりだ。ここから先は悪夢のごとくつらい行軍になると念を押されたのだ。そしてわたしは、あくまで前進あるのみだと主張した。「わかったわ」ケリーはそっと言った。「で、わたしは何をすればいい？」

「きみはライザを背負っていってくれ。ぼくはメアリーだ。それから、ジョー」リンクは最年長の少年に向かって言った。「きみはまずマイクを向こう岸に渡す。きみとぼくは何度か往復しなければならない」

ジョーは心得たというようにうなずいた。

「わたしも往復するわ」ケリーは言った。

リンクはかぶりをふった。「きみは向こうで子どもたちについててくれ。これは遊びじゃないんだから。さあ、みんなに説明するんだ。川を渡っているあいだはぼくたちにしっかりしがみついているように、よく言い聞かせてくれよ」

ケリーは子どもたちに、川を渡ることを楽しい冒険のように説明しながらも、一歩間違えたらたいへんなことになりかねないからおんぶしてくれる相手にしっかりつかまっているようにと強調した。

「みんな準備オーケーよ」リンクに向かって言い、かがみこんでライザを背負う。ライザはケリーの首に両腕を、ウエストに両脚を巻きつけた。

「いい子だ、ライザ」リンクは幼い少女の頭を撫《な》でた。

ライザがにっこり笑いかけると、リンクも笑顔になって背中をたたいてやった。ケリーは彼のその優しい笑顔に驚いた。リンクは彼女の視線に気づき、素早く笑みを消してメアリーを背負いに行った。

「パスポートは持っただろうね？」ケリーに尋ねる。

ここから先は、極力荷物を軽くしなくてはならない。必要不可欠なもの以外は置いていくつもりだった。「シャツのポケットに入れて、ボタンをとめてあるわ」

「よし、それじゃ行くぞ」リンクが先頭を切って川に入っていった。

ケリーもあとに続いたが、ジャングルの川にすむ生き物についてはなるべく考えないようにした。脚に触れるぬるぬるしたものを無視し、すべりやすい泥の川底を一歩一歩慎重に歩いていく。泣きだしたライザに励ましの言葉をかけながら、その実、自分自身を励ましていた。

もともと頼もしいとは言えなかったロープが、いまはひどくすべりやすくなって、つかまっているだけでもひと苦労だ。これが生と死との境目でなかったら、半分進むまでに手を離していただろう。手のひらには血がにじみはじめている。

踏みだした足が川底に届かなかったときには、もう二度と水面に顔を出せないのではないかと恐怖にかられた。やっとの思いで顔を出し、ライザの頭もちゃんと出ているのを確かめた。目や鼻や口に大量の水が流れこんでしまい、苦しくてぜいぜいとあえいだ。だが、まだロープをたぐって進みつづけなければならない。

分単位でなく時間単位で苦闘しつづけているような気がしてきたころ、とうとうわきの下にたくましい手をさし入れられ、水の外に引きあげられた。ライザを背中にしがみつかせたまま、あたたかいぬかるみの中にへたりこんでせわしなく息を吸いこむ。リンクがライザを抱きとってくれた。筋肉がぶるぶる震えていたが、ケリーはなんとか身を起こし、さらに上半身を持ちあげた。

リンクはライザを抱いていた。ライザはリンクの喉もとに顔をうずめ、小さな手で彼の水びたしのタンクトップをつかんでいる。彼はライザの背中を撫で、こみかみにキスをし、あやすように優しく体を揺すってやりながら、英語が通じないのもかまわずにささやいた。

「偉かったね。ほんとうに偉かったよ」

ケリーはライザがうらやましくなった。自分もリンクに抱きしめられたかった。キスをされ、あやされ、ほめられたかった。

「よくやった」リンクがケリーに言った。

ほめ言葉にしてはそっけないが、どっちみちケリーには弱々しく笑いかえすだけのエネルギーしか残っていなかった。リンクはライザの頬にキスしてから、ケリーの腕にライザを託した。メアリーがそばでしくしく泣いている。ケリーは二人の女の子とマイクをまとめて抱きしめてやった。三人ともずぶ濡れのみじめな姿になっているが、みんな死なずにすんだことに感謝していた。

「これはこっちに置いていこう」リンクが唯一の武器である鉈《なた》をケリーの足もとに置いた。次いでジョーに問いかける。「大丈夫か？」

「もちろん」ジョーは傲然《ごうぜん》と答えた。

「それじゃ戻るぞ」

二人は再び川に入っていった。二人ともいったいどこにあれだけの力を隠していたのだろう？　わたしは頭を起こしておくだけでもつらいのに。子どもたちをひとりひとり連れてくるには、ジョーとリンクは三往復しなければならない。

最後にこちらに渡るときには、ジョーが年かさの少女の手助けをし、リンクはわずかばかりの荷物をつめた二つのバックパックを背負った。リンクの首にかけたカメラバッグが川の泥水につかるのを見ながら、ケリーは目がうるむのを感じた。彼はカメラバッグの裏地に使われていたビニールを引き裂き、フィルムの入った缶をそのビニールでしっかりくるみこんで、ベルトで体にくくりつけていた。

その作業を見ていたケリーは胸をしめつけられる思いがした。わたしがあの男性をこんなところまで引っぱってきたのだ。わたしがいなければ彼はとうにアメリカに帰りついて、本来の仕事に戻っていただろう。

唯一ケリーの罪悪感をなだめてくれるのは、希望に満ちたまなざしで自分を見つめている子どもたちの存在だった。この孤児たちに明るい未来を提供してやるためなら、わたしは何度でも同じことを繰りかえすだろう。

リンクはこちら側に着くと、ケリーの予想に反してその場に倒れこみはせず、きびきびとした足どりで近づいてきた。

「すぐに子どもたちを密林の中に入らせるんだ。体を伏せて動かないよう言ってくれ」

ケリーは言われたとおり子どもたちを木立の中にせきたてながらリンクに尋ねた。「どうしたの?」

「道連れができそうなんだ。ほら急いで! ジョー、みんなに静かにしろと言ってくれ。全員地面に伏せて」

リンクは木の幹に縛りつけておいたロープを鉈で切ってから、自分も藪《やぶ》の中にとびこんだ。ケリーの横に腹這いになり、川のほうをじっと見る。呼吸は荒く、速かった。

「あなた、疲労困憊《こんぱい》そのものよ」とケリーはささやいた。

「ああ」

リンクの目は向こう岸に向けられたままだ。ケリーは例のトラックにほとほとうんざりしていたにもかかわらず、いまはあれがないのをひどく心細く感じた。

「誰かが追ってきたの?」

「追ってきたわけではないだろうが、誰かがぼくたちの後ろに続いているのは確かだ。音が聞こえた」

「どっちの部隊?」

「あの政府軍のトラックとロープが見つかったら、どっちだろうと関係ない」

「政府軍側の部隊だったら、味方の隊はどうしたのかと捜索を始めるでしょうね」ケリーは考えこみながら言った。「もし反乱軍だとしたら……」

「そういうことだ」リンクは不気味な口調で言った。「しっ。来たぞ。みんなに絶対動くなと伝えてくれ」

　小声でその伝言が子どもから子どもへと伝えられるあいだに、向こう岸の木立の中から一台のジープが現れた。その後ろにも何台か続いている。

「反乱軍だ」リンクはいまいましげにつぶやいた。反乱軍よりは政府軍のほうがまだましだった。自分たちが乗りすててきたのは政府軍のトラックなのだから。

　数人の兵士が自動小銃を構えながら降りてきた。用心深くトラックに近づいていく。罠《わな》ではないかと警戒しているのだ。罠でないことが確認できると、トラックを徹底的に調べはじめた。

「見覚えのある顔は？」

「ないわ」ケリーは川のうなりにまじって聞こえる彼らの会話に聞き耳を立てた。「橋が流されているのになぜUターンしなかったのかと不審がってるわ。ロープを伝って川を渡ったのだろうかと言っている」

「ロープを伝って川を渡ろうなどと考えるのはよほどのばかだけだ」リンクがつぶやいた。

　ケリーは思わずリンクの顔を見た。彼もちらりと見かえし、二人は短く笑みをかわした。

　向こう岸で兵士のひとりが双眼鏡をとりだした。

「頭をさげて」リンクが小声で言った。兵士はこちら側を双眼鏡で見てから何か言っている。

「ぬかるみに残っているわたしたちの足跡が見つかってしまったわ」ケリーが通訳した。「複数いるって、ほかの人たちに説明している。十人ぐらいだろうって」

「よく気のつくやつらだ」

そのとき視界に別の兵士たちが登場し、ケリーは息をのんだ。

「どうした？」

「あの左端の兵士……」

「あの男がどうかしたのかい？」

「あれはファーンだわ。わたしたちのスパイよ」

そのときにはファーンの二人の妹、カーマンとカーラも彼に気づいていた。ひとりが小さく声をあげて起きあがろうとした。

「伏せて！」リンクの声は低かったが、有無を言わせぬ威厳に満ちていた。少女は反射的に身を伏せた。「あの子にじっとしてるよう言うんだ。彼はあの子の兄さんかもしれないが、ほかの連中は違うんだとね」

ケリーはリンクの言葉をかなりやわらげてカーマンに伝えた。カーマンはせつなげな顔で何かささやきかえした。

「なんて言ったんだい？」

「お兄ちゃんはわたしたちを裏切るようなことはしないって」ケリーが説明する。

リンクは納得しなかった。相変わらず向こう岸をじっと見ている。兵士たちはたばこを吸ったり用を足したりしながら談笑していた。ときどきひとりがこちら側を指さした。別のひとりがロープをたぐりよせてしげしげと見る。両手に持ってぐいと引っぱると、ロープは切れた。

ケリーがリンクの顔を見ると、リンクは肩をすくめた。「あんなもので渡ろうとするのはよほどのばかだと言っただろう?」

何人かの兵士が意見を言っている。残りの兵士はあまり関心がないらしく、ジープに寄りかかって居眠りしている者もいた。孤児たちの脱出の手配をしたスパイだという兵士は、始終こちらを盗み見ている。三十分ほどすると、この部隊のリーダーとおぼしき男の命令で全員がジープに乗りこんだ。

「どうなったんだ?」リンクが尋ねた。

「別の道を行って、もっと下流にかかっている橋を渡ることになったみたい」ケリーはその先を言わずにおいた。だが、やましい気持ちが顔に出てしまったのだろう。リンクが大きな手で彼女の顎をとらえ、自分のほうに無理やり向かせた。その目に見すえられ、ケリーはしぶしぶ言った。「そして、こっちのほうに来て、わたしたちを捜しだすんですって」

リンクは悪態をついた。「そんなことじゃないかと思ったよ。よし、出発しよう」すべてのジープが密林の中に消えてしまうと、リンクは子どもたちを一列に並ばせた。彼が先頭で、しんがりはジョーだ。ケリーは真ん中あたりで遅れがちな子を励ましたり、リンクが鉈で切り開いていく道からはずれる子がいないよう目を配ったりする役割だ。

「みんなにさっさと歩くように言ってくれ。休憩はどうしても必要なとき以外とらない。おしゃべりは禁止だ」それをケリーが通訳すると、子どもたちがおびえた顔になったので、リンクは表情をやわらげた。「こんな立派な戦士だったなんて、みんなたいしたものだと言ってやってくれ」

ケリーの目がしらが熱くなった。彼の言う〝みんな〟にはケリーも含まれているのだ。子どもたちも嬉《うれ》しそうな笑顔になった。

鬱蒼《うっそう》としたジャングルは、リンクが鉈で切り開いていかなかったらとても通れなかっただろう。歩きながら、ケリーは彼の後ろ姿に目を吸いよせられていた。川に入る前に彼はブッシュシャツを腰に巻いて縛り、ハンカチを汗どめのかわりに額に巻きつけていた。大きな鉈をふりおろすたびに腕や背中、肩の筋肉が盛りあがる。そのなめらかでリズミカルな動きを見ているうちに、ケリーはぼうっとして忘我の境地に誘いこまれた。そうでなかったら、もう一歩も進めなかったに違いない。

彼女の体は休息を求め、喉は水を求め、胃は食べ物を求めて金切り声をあげていた。あと一歩で倒れこんでしまうと思ったとき、リンクが立ちどまって休憩を宣言した。眠りこんでしまったライザを腕に抱いたまま、ケリーは地面に腰をおろした。子どもたちも同じようにその場にへたりこむ。

「ジョー、みんなに水筒をまわしてくれ。ただし飲む量は少しずつだ」

ジョーは無言でリンクの指示に従った。

「いつからライザを抱いているんだい？」リンクがケリーの横に座り、ベルトからぶらさげていた自分の水筒をさしだした。それをケリーはライザの口に当ててやった。

「わからないわ。かなり前から。疲労が激しくて自分では歩けなくなってしまったのよ」

「ここからはぼくが抱いていこう」

「ライザを抱いていては銃を使えないわ」ケリーは重い髪を首筋から持ちあげた。ふだん身近にヘアブラシがあるというのがいかにありがたいことか、初めて思い知らされたような気がする。

「きみにダウンされては困るからな。まさか生理中か？」

ケリーは言葉をなくして彼の顔を見つめかえした。髪を放して肩に落としたことさえ気づかない。そして首をすくめて言った。「違うわ」

「よかった。さあ、水を飲んで」

ケリーは水筒の蓋《ふた》を閉めてリンクに返してから言った。「カメラをだめにさせたこと、悪かったと思ってるわ」

「カメラはまた買えばいい」

「撮影ずみのフィルムは?」

「容器の防水加工が、広告でうたわれているとおりにしっかりしていることを祈るばかりだ。ちゃんと現像できたら、すごいスクープになるだろうな」リンクは立ちあがった。

「ライザはぼくが抱いていく。これは決定事項だ。あまり進まないうちに暗くなってしまうだろう」そしてケリーに片手をさしだす。

ケリーはありがたく彼の手を借りて立ちあがった。リンクはライザを抱いて肩にかつぎあげ、列の先頭に戻った。

ケリーは泣きたくなってきた。

もうとびまわる虫にも、足もとを這う爬虫類《はちゆうるい》にも、うだるような午後の日ざしにも、猿や鳥の鳴き声にも、神経が麻痺《まひ》しかかっていた。ただ、いまにも倒れそうな体を一歩一歩進め、リンクのつけた道をたどって運んでいくことしか頭になかった。

日が沈み、ジャングルが闇《やみ》に包まれてかなりたってから、ようやくリンクは立ちどまった。浅い小川に行きあたったのだ。蔓におおわれた石のあいだを細く水が流れ落ちて、小川にそそいでいる。彼はライザをおろし、肩をまわして筋肉をほぐした。

子どもたちはすっかり体力を消耗し、不平を言うことさえできなかった。何人かは、くみたての水を入れた水筒がまわっているあいだに寝入ってしまったほどだ。もう食べ物はないが、たとえあったとしても、こんなに疲れていては食べられないだろう。

ケリーはブーツを脱いで水に足をひたしたかった。だが、そんな贅沢《ぜいたく》は許されない。足がむくんでいて、一度脱いだら二度とはけなくなるかもしれないのだ。裸足《はだし》では襲撃をかけられたときに逃げられない。リンクがあたりを見てまわっているようすからして、襲撃をかけられる可能性はかなり高そうだった。

リンクがそばに来て腰をおろした。その表情がひどく暗いのを見てケリーは尋ねた。

「さっきの連中が追ってきているの？」

「ぼくたちの通ったあとを追ってきたわけではないだろうが、すぐ近くにいるのは間違いない。たき火の煙の匂《にお》いがする。まあ、ぼくたちを脅威とは感じていないようだが」言いながらリンクはひと握りの土に水筒の水をまぜ、手のひらでこねはじめた。「みんなを静かにさせておいてくれ。正体のわからない人間が近づいてきたら、藪の陰に隠れるんだ」

ケリーの胸に恐怖がつきあげた。「どこに行くの？」

「連中の野営地さ」

「ちょっと！　気でもおかしくなったの？」

「おかしくなってたんだろうよ、最初からね。正気だったらいまこんなところにはいない」リンクはそう言って苦笑してみせたが、ケリーはとても笑える気分ではなかった。リンクはジョー《シ》を手まねきして呼んだ。「いっしょに来るか？」

「うん」

「この泥を顔や腕に塗れ」

ジョーはリンクがさしだした手からたっぷりと泥をすくい、リンクをまねて肌になすりつけた。ケリーは二人が戦場に出ていく準備をするのを不安げに見守った。

「なぜ彼らのキャンプに行くの？」

「武器を盗むためさ」

「なぜ？　いままで武器なしでやってきたでしょう？」

声に涙をまじえまいとしても、どうしても涙声になってしまう。暗くて顔は見えないだろうが、恐怖におののいているのはこの声だけでわかったに違いない。

「ケリー」リンクが優しく言った。「この内戦で敵対している二つの勢力が、アメリカから来た飛行機をすんなり着陸させ、ぼくたちが空に飛びたっていくのを気持ちよく見送ってくれると思うかい？」

これは返事を必要としない質問だった。

リンクは言葉を継いだ。「仮に飛行機が予定どおりに来て、仮にぼくたちがなんとか乗りこめたとしても、おそらく飛びたつ前に飛行機は銃撃を受けるだろう。それも四方八方から。そうなったときに、銃ひとつでは撃退できないよ」

ケリーは銃撃という言葉に慄然《りつぜん》とした。だが、確かにリンクの言うとおりだ。この内戦に参加している兵士たちが手をふって自分たちを見送ってくれるとは思えない。

なぜ前もってそこまで考えなかったのだろう？　ケリーにとっては約束の場所にたどり着くことが最大の目標だった。たぶんそこに行き着けるかどうかがきわめて怪しかったため、その先のことまで考えが及ばなかったのだろう。でも実際のところ、そこまで行ったあとはどうなる？　わたしが強情だったせいで、子どもたちやリンクの命まで危険にさらすことになるのだ。ケリーは嗚咽《おえつ》をこらえようと口を押さえた。「わたし……なんてことをしてしまったの？」

リンクは彼女を抱いて引きよせた。「ここまで来てくじけちゃだめだ」ぎゅっと抱きしめ、耳もとでささやく。「きみはよくがんばってきた。すべてが終わったら、きっとこれでよかったんだということになるさ」

ケリーはいつまでも、彼に抱きしめていてほしかった。が、リンクはケリーを放し、その手に鉈を持たせた。鉈は錨《いかり》のようにずしりと重かった。

「いざとなったらこれを使うんだ。なるべく早く戻ってくるから」

そして歩きだした。ケリーは彼を引きとめようと手を伸ばしたが、その手は空をつかんだだけだった。「リンク！」

彼の影が目の前で凍りついた。「なんだい？」

ケリーは彼に抱きついて懇願したかった。行かないで、わたしを置いていかないで、と。彼の腕の中で、夜のジャングルに忍びよる幾多の危険から守られたかった。もう一度キスをしてほしかった。

だが、意志の力で顎の震えをとめ、かすれ声で言った。「どうか気をつけて」

あたりは恐ろしく暗い。泥で迷彩を施したリンクの顔はほとんど見えなかった。顔にかかるあたたかな息がなかったら、彼がそこにいるとはわからなかっただろう。ケリーは、自分が抱かれたがっているように、リンクも自分を抱きしめたいと思っているのを感じた。彼の声には立ち去りがたいという思いがあふれていた。だが、彼はもうケリーに触れようとはしなかった。ただひとこと、「気をつけるよ」と言っただけだ。

数秒後、リンクはジョーとともに闇にのみこまれ、あとにはケリーと八人の子どもが残された。

7

リンクとジョーが帰ってきたときには夜が明けかかっていた。うたた寝していたケリーは二人が無事だったことにほっとするあまり、彼らの気落ちしたような表情にすぐには気づかなかった。

彼らの態度からして、思惑がはずれたことは間違いなかった。二人ともまっすぐ小川のところに行くと、両手で水をすくって飲み、顔や腕の泥を洗い落とした。ようやくケリーに向き直ったリンクは、目に落胆の色をにじませていた。

「どうだったの？」

「何も盗みだせなかった」彼は低く言った。「近よることさえできなかったよ。ガードがかたくて、一分たりとも警戒を解かないんだ。ぼくもジョーも見張り役が居眠りするのを期待して、ひと晩チャンスをうかがいつづけたんだが、あの部隊にそんなまけ者はいなかった」

リンクは立ち木にもたれかかり、そのままずるずると地面に座りこんだ。それから木に頭を預けて目を閉じた。

「こっちに変わったことはなかったかい？」

「ないわ。子どもたちは眠ってる。夜中に目を覚ましておなかがすいたと言いだした子もいたけど、なんとかなだめてまた眠らせたわ」

ジョーはリンクと同じように別の木に寄りかかって目を閉じている。一人前に男の仕事をやってきたジョーは、もはや子どもではなかった。リンクを敵視しつつ、不本意ながら尊敬するようにもなっている。

ケリーはジョーの膝に手を触れ、彼が目を開けるとそっとほほえんだ。「あなたのこと、誇りに思うわ、ジョー」ジョーは微笑を返した。

ジョーをそのまま休ませ、ケリーはリンクの横に腰をおろした。

「国境まであと何キロぐらい？」

「二キロ弱ってとこだろう」

「それなら約束の時間までにたどり着ける」

計画では正午に飛行機が来ることになっている。その時間なら近くに兵士たちがいても、昼食を終えて昼寝しているだろうと見こんでの計画だ。

「そこに着いてからが問題だ」

リンクのため息まじりの声は、ぎょっとするほど悲観的だった。

ケリーはわらにもすがる思いで言った。「万一飛行機に乗れなかったら、国境を越えてしまうという手もある」

「国境を越えてどうするんだ？」リンクはいらだたしげに言いかえした。充血した目でじっとケリーを見つめる。「国境の向こうだって、どうせ同じ状況だよ」と片手で周囲の密林をさし示す。「何十キロもジャングルが広がっているんだ。多少なりとも開けた居留地まで、どれほど離れているかわからない。しかも隣国はただでさえ経済的に逼迫《ひっぱく》している。モンテネグロの難民なんて歓迎されないよ。攻撃はされなくても、冷たくあしらわれるのがおちだ。子どもたちを亡命させてほしいと説得するにしても、それまでのあいだ、いったいどうするんだい？　今夜食べるものはどこで手に入れる？　水は？　寝る場所は？」

リンクの否定的な言いかたにケリーはかちんときた。「それは、あなたがなんとか考えて――」

「しっ！」ジョーがだしぬけに立ちあがり、首を傾けて耳をすませた。それからケリーとリンクに静かにするよう目配せし、そっと前のほうに這《は》っていった。

ケリーは引きとめようと動きかけたが、リンクがすかさず手首をつかんだ。抗議しようとするケリーに大きく首をふってみせる。

ジョーは深い緑の藪《やぶ》の中に姿を消した。待っている時間は果てしなく長く感じられた。リンクがゆっくりと立ちあがり、鋭い目であたりを見まわす。ケリーは自分が役立たずになったような気がした。子どもたちが目を覚まして物音をたてないよう祈ることしかできない。

ジョーは一分ほどで木立の中から出てきた。すぐ後ろにゲリラ兵が続いている。彼の顔を見たとたんケリーは立ちあがり、リンクが制止しようとするのをかわして駆けよった。

「ファーン」

「エルマーナ」ファーンと呼ばれた兵士はケリーに頭をさげた。

リンクは彼らに近づいていった。このスパイの年は十六ぐらいで、兵士としては最年少の部類に属している。だが、見た目はほかの兵士と変わらなかった。まだ冷たい仮面のような顔にはなっていないものの、すでに訓練されたゲリラ兵に特有の敏捷《びんしょう》さを身につけている。彼は小声で口早にケリーに話しかけ、リンクのほうを怪しむように一瞥《いちべつ》した。

「銃を二挺《ちょう》持ってきてくれたんですって」ケリーがリンクに向かって言う。「それしか持ちだせなかったって」

ファーンが機関銃をリンクとジョーに一挺ずつ手渡すのを、ケリーはあとずさりして見つめた。

リンクは二挺の銃を調べた。「これなら完璧《かんぺき》だ。弾は？」

ファーンが弾薬をさしだす。

「ありがとう」

「どういたしまして《デナダ》」

「彼の部隊がぼくたちの正体や目的を知っているかどうか、きいてみてくれ」リンクがケリーに言った。

「知らないって」ケリーはファーンの返事を伝えた。「わたしたちが乗りすてたトラックを見て、政府軍の部隊からはぐれてしまった未熟者か、あるいは反乱軍に拾ってもらいたがっている脱走兵のグループだと思っているそうだわ。見つけだすまで追うつもりですって」

「それが心配だったんだ」リンクはちょっと唇をかんだ。「もし彼がリーダーにぼくたちの正体を話したらどうなるかきいてくれ。手出しせずに行かせてくれる可能性もあるかもしれない」

ファーンはケリーの言葉に耳を傾けてから、きっぱりと首をふった。

「殺されはしないだろうけど、飛行機は横どりされるだろうって」ケリーが通訳する。「素早く飛行機に乗りこんでしまう以外、逃げおおせる望みはないと言ってるわ。彼が飛行機の着陸場所からなるべく部隊を遠ざけるように努力するって」

「いざとなったら彼の仲間がこの銃で撃たれるはめになるかもしれないってことは、彼もわかっているんだろうな？」

ケリーはファーンの返事に悲しげにほほえんだ。「彼の仲間にも撃たれて当然のやつはいるそうよ」

リンクは若い兵士に片手をさしだし、ファーンがその手を真剣なおももちで握りかえした。

「きみの協力に感謝するよ」リンクの言葉には通訳の必要がないほど気持ちがこもっていた。

ケリーはファーンに、妹たちを起こして別れを告げていったらどうかと言い、ファーンは二人の妹が眠っているところに行った。妹たちを見おろすまなざしは優しかったが、ケリーには起こさなくていいと手ぶりで伝え、何事かささやいた。その口調は熱っぽく、目には涙が光っていた。それから最後にもう一度眠っている二人を見おろし、ケリーたちにも会釈して密林の中に消えていった。

「さっきはなんて言ってたんだい？」

ケリーは涙をぬぐった。「自分に関する妹たちの最後の記憶が、さよならしたときになってしまうのはいやだって。もう生きては会えないかもしれないと覚悟しているのよ。彼、二人がアメリカで新しい生活を始めることを望んでいるの。自分は祖国の自由のために喜んで死ぬのだと伝えてほしいそうだわ。もし二度と連絡がとれなくなっても、お兄ちゃんは二人の妹が自由で安全なアメリカに渡ったのを喜んで死んだのだから、あまり悲しむなって」

リンクもジョーも黙りこんで、長いこと身動きひとつしなかった。あの若い兵士の犠牲的精神については何を言ってもむなしく響く気がした。どれほど詩的な言葉で語っても語りつくせず、ただ陳腐に聞こえるだけだろう。

リンクが沈んだ雰囲気をふり払うようにジョーに尋ねた。「そいつの使いかたがわかるかい？」ジョーの持っている機関銃に顎をしゃくる。

ジョーが銃の使いかたを教わっているあいだにケリーは子どもたちを起こし、声をたてないよう言い聞かせながら水を飲ませた。食べるものは飛行機に乗ったら口にできるから、と約束する。ジェニーやケージのことだから、そのくらいは気をきかせてくれるだろう。

情けないほど少なくなった荷物をまとめてしまうと、いよいよ国境までの最後の道のりを歩きだした。ケリーはリンクがなるべく自由に動けるように、自分がライザを抱いていくと主張した。彼はいまや鉈《なた》だけでなくマシンガンも手にしているのだ。

十一時ごろ、彼らは密林の切れめにたどり着いた。モンテネグロと隣国の国境は、そこが国境だとはっきりとわかるようにブルドーザーでならされていた。それぞれの領土である鬱蒼《うっそう》としたジャングルにはさまれ、フットボールのグラウンドぐらいの幅で空き地がずっと続いている。

「あそこよ、飛行機が着陸するのは」ケリーが空き地を指さして言った。彼らはまだモンテネグロ側のジャングルの中にいたが、国境となっている空き地はそこからでもよく見えた。「あそこの古い監視塔が見えるかしら？　あの前で乗りこむ予定なの」

リンクはまばゆい日ざしに目を細めながらそちらを見た。「よし。それじゃできるだけあそこに近づこう。子どもたちに、みんなで木の陰に沿って進むよう伝えてくれ」

「何か不審なものでも見えるの？」

「いや。だが、ぼくたち以外にもこのあたりにひそんでいるのがいそうな気がするんだ。さあ行こう」

一行は空き地から何メートルか密林の中に入ったあたりを、空き地と平行に進みはじめた。そうして打ちすてられた監視塔の前まで来ると、リンクが言った。

「ここで待っていよう」腕時計に目をやって続ける。「あと少しだ」

それからケリーに、万一発砲されたら頭を低くして飛行機まで走るよう子どもたちに伝えさせた。

「何があっても立ちどまってはいけない。一気に走っていくんだ。それを徹底させてくれ」リンクは子どもたちにしっかりと心の準備をさせたあと、彼らに話を聞かれないところまでケリーを引っぱっていって腰をおろした。「あと十五分だ」再び腕時計を見ながら言う。

ケリーは確信のこもった口調で言った。「ケージは必ず来るわ」

リンクの目がゴールドをかぶせたかみそりのように鋭くなった。「そのケージというのは何者なんだい？」

「話したでしょう？　数年前、政府軍に撃たれて死んだ宣教師の兄よ」

「それはわかっているが……その……きみとはどういう関係なんだ？」ケリーはそれほどばかではない。嫉妬《しっと》しているのだとうぬぼれたくなるようなせりふだったが、ケリーはそれほどばかで

はない。「彼はわたしの親友のご主人なの」

リンクは欺瞞《ぎまん》の匂いをかぎとろうとするようにじっとケリーの目を見つめた。「彼がきみの親友と結婚する以前はどうだったんだ？」

「どうもこうもないわ！　そのころは彼のことなんて知りもしなかった。わたしはまずジェニーと知りあったのよ。ヘンドレン財団を通じてね」

リンクは目をそらし、前方を見すえた。いまのケリーの返事に対しては何も言わない。だが、こわばっていた顎のあたりから力が抜けたのがわかった。

「飛行機が着いたら、ぼくときみとで子どもたちを連れて走る」リンクが不意に話を変えた。「ライザを抱いていけるかい？」

「もちろんよ」

「抱いて走れる？」

「なんとかがんばるわ」

「よし。ぼくは後ろについて、後方を警戒する。ジョーにはきみたち全員が乗りこむまで

ここにいてもらおう」

「なぜ?」

「誰かが発砲しはじめたときに援護してもらうためだ」

「援護ですって?」

「きみたちが乗りこんでしまったら、ぼくがジョーを連れに戻る」

つまり、リンクが誰よりも長く砲火にさらされるということだ。長身の体はそれでなくとも最大の標的になってしまうのに、空き地からここまで往復するのだ。

「これを頼む」

ケリーは手渡されたフィルムの包みを見おろした。「どういうこと?」

「ぼくの身に何かあっても、フィルムだけは持っていってくれ」

ケリーは真っ青になった。

「これまでにも難局にぶつかったことはあるが、これほどのは初めてなんだ。念のため、きみに預けておくよ」

「でも、このフィルムは未開封だわ」ケリーはとまどったように言った。

「いや、中身は撮影ずみのフィルムなんだ。未使用と見せかけるためにセロファンで包み直しただけさ。だから、万一きみが……誰かにつかまっても、そのフィルムがきみの身を守ってくれるかもしれない」

「そんなの預かりたくないわ、リンク。だって――」

「もしもぼくが兵士たちの射撃演習の餌食《えじき》になっても、このフィルムを現像し、写真を公表するのを忘れないでくれ」

「そんなこと言わないで！」

リンクは汗どめとして使っていたハンカチを額からとり、ケリーの首にかけた。「昔の騎士は戦場に出ていく前に、尊敬する女性に形見の品を渡していったんじゃなかったか？」

「やめて」ケリーは涙ぐんで言った。「そんな話はいや。聞きたくもないわ。それにあなたはわたしを尊敬なんかしてない」

リンクはくすりと笑った。「してるさ。確かにきみにだまされたのを知ったときには絞め殺してやりたいと思ったけどね」その顔からふっと笑いが消える。「だが、いまはきみを心から尊敬している。きみは足手まといになって当然のときでも、けなげにがんばってきた。ひょっとしたら、もう言う機会はないかもしれないから――」

「やめて！　テキサスに着いたらいくらでも言いたいことを言えるわ！」

「ケリー」一番勇気が必要とされるときに動揺を与えてはいけないと思いいたり、リンクは優しく言った。「ぼくだってモンテネグロで死ぬつもりなんかないさ。死んでから三つめのピューリッツァー賞をもらっても仕方がない。死んでしまったら名誉も名声もあったものじゃないからね。それに約束の五万ドルももらわなくちゃならないし」

そして彼はにっこり笑った。きれいな歯をしている、とケリーは初めて気がついた。無精ひげの伸びた浅黒い顔の中で、彼の歯ははっとするほど白かった。ケリーはリンクに平手打ちをくらわせたいのかキスしたいのかわからなくなった。

だが、いま彼に好意を示すわけにはいかない。いまはめそめそしている余裕などないのだ。だからぐっとリンクをにらみつけた。「ほかに最後のお願いは、ない？」皮肉っぽく尋ねる。

「きみが生き残れてぼくがだめだったら、ぼくのかわりにたばこを一本吸い、ウイスキーをストレートで一、二杯飲んでくれ」

「バーボン？ それともスコッチ？」

「どっちでもいいよ」

「ほかには？」

「ああ、例の最後の誓いはたてないでくれ」

その言葉の意味を理解する前に彼の手がさっと動き、ケリーの首筋をとらえて自分のほうに引きよせた。

「ぼくは聖人君子としてでなく罪人として死んだっていいんだ」

そしてケリーにキスをした。

ぴたりと唇を重ねられ、ケリーは口を開いた。リンクの舌が突きさすように入ってくる。その唐突さ、その強引さに、ケリーの体からみるみる力が失われていった。彼のタンクトップをつかみ、頭をのけぞらせる。無精ひげが顔にざらっとこすれた。彼の舌はベルベットのようになめらかで、ろうそくの炎のように微妙に揺れ動いた。ケリーの舌にからみつき、熱っぽく挑発する。

ケリーの中に隠されていた空洞が充足を求めていっそう大きく口を開けた。乳房が張り、その先端が愛撫《あいぶ》を求めてうずきだす。すでに体全体がリンクをほしがり、弓なりになって彼の体に押しつけられていた。腕は彼の首に巻きついている。

ケリーの反応にリンクはますます燃えあがった。くちづけを深め、大きな手を広げて彼女の背を力いっぱい抱きよせる。ついにはくぐもった声をもらし、ようやく唇を離した。ケリーの当惑したような目を見つめ、それから濡《ぬ》れて赤らんだ唇を見つめる。

「ああ、ケリー」リンクはうめくように言った。

ケリーは熱をもった唇を思わず舌でなめた。

リンクはまたうめいた。「きみはすてきだ」もう一度キスをして、深く舌をさし入れる。「今度会ったときには……」またキス。「必ずきみのすべてを見せてもらう。そしてきみにさわる。きみの胸に――この胸に」彼の手が一瞬そこに触れた。ケリーはたぎるような思いに低く声をもらした。「きみにキスをして、きみの中に入る。たとえそれで天国に行けなくなるとしてもだ」

ケリーも彼がほしかった。だが、ほしいだけでなく……彼を愛しているのだ。彼を愛している！ ああ、万一彼の身に何かあったら、彼はわたしを尼僧と誤解したまま……。

「リンク、あなたに話が――」

リンクが不意に顔をあげた。「しっ！」

「でも、あなたに言わなければならないことが――」

「いまはだめだ。静かにして」リンクはケリーを押しやり、立ちあがって木々のあいだから空に目をやった。もう一度ケリーに黙っているよう合図する。間もなくケリーの耳にも飛行機のエンジン音が聞こえてきた。

「お互い話しあうことはたくさんあるが、いまは無理だ。子どもたちに準備をさせて」リンクは全身の筋肉を緊張させて行動を起こしたが、その動きは驚くほどなめらかで冷静だった。「ジョー、位置につけ」

「もうついてる」ジョーが木の陰から言った。

飛行機は上空を旋回することなく、ただちに着陸態勢に入った。子どもたちは興奮して浮き足だっている。もうじき夢がかなうのだ。子どもたちが飛行機に目を釘《くぎ》づけにしているあいだ、リンクは妙な動きはないかと油断なく周囲を見まわした。

飛行機は無事着陸し、計画どおり古い監視塔の前まで移動して、ぴたりととまった。

「よし。行け」リンクがケリーをそっと押した。

ケリーはライザを胸に抱きしめ、ためらいがちに空き地に出た。

「走るんだ！」リンクがどなった。

ケリーは子どもたちとともに脱兎《だつと》のごとく走りだした。後ろにリンクのブーツの足音が続く。半分ほどの距離を走ったあたりで、最初の銃声が聞こえた。ケリーは思わず立ちすくみ、子どもたちは悲鳴をあげた。

「とまるな！　走れ！」リンクが叫ぶ。

そしてふりかえりざま、見えない敵に向けて機関銃を撃った。それにこたえて密林の中から銃が火を噴いた。ライターの火ほどの大きさの炎が吐き散らされ、リンクのまわりの地面に弾丸が撃ちこまれる。彼は再び連射してからケリーと子どもたちを追った。ケリーたちはもう飛行機のすぐそばまで行っている。奇跡的に誰も撃たれずにすんでいるようだが、何人かは怖がって泣き叫んでいる。

飛行機の扉はすでに開けられていた。リンクはまた密林をふりかえった。緑の壁が、いまは生き物のようにこちらに向けて火を噴いている。どうやらファーンは部隊の気をそらすのに失敗したようだ。彼のやったことが仲間にばれていなければいいのだが。

目の隅に、ジョーが木陰から出てきて機関銃を発射するのがとらえられた。藪を吹っとばし、数人の兵士を慌てさせ、またさっと木陰に引っこむ。

りこまれている。リンクは発砲しながら後ろ向きで走り、子どもたちの搭乗を手伝いに行った。

「いいぞ」とリンクはつぶやいた。飛行機のほうを見ると、子どもたちが機内へと引っぱ

った。

ふと気づくと、隣国側のジャングルから数台のジープが出てこようとしていた。隣国はモンテネグロの内戦に対して中立の立場をとっているが、銃声を聞きつけて何事かと出動してきたらしい。先頭のジープに乗った将校が拡声器を口に当ててリンクに何か命じた。何を命じられたのかはわからないが、兵士たちが威嚇発射を始めたのでおおよそのことは見当がつく。

「くそっ！」

いまや両側から軍隊にはさまれ、猛攻を受けているのだ。

子どもたちのひとりがよろけてころんだ。リンクは駆けよって抱きあげ、乗降口に走った。

「マイクが撃たれたの？」ケリーが飛行機のエンジン音や執拗《しつよう》な銃声に負けない声を張りあげた。

「ころんだだけだろう。きみも早く乗れ！」

ケリーの腕からライザが抱きとられ、飛行機の中に吸いこまれた。リンクも伸びてきた手のほうにマイクを押しやった。泥だらけの顔に涙をしたたらせた少年は無事に機内に消

えた。これでジョーをのぞく子どもたちが全員乗りこんだことになる。ジョーはいまも盛んに発砲して、兵士たちを密林の中に足どめしていた。だが、彼の弾もじきにつきてしまうだろう。

「早く乗れ！」リンクはケリーに繰りかえした。

「でも、あなたとジョーが――」

「つべこべ言わずに乗るんだ！」

飛行機の中の男も同じ考えらしい。ケリーはなおも抗議しながら機内に引きずりこまれた。

「もしぼくがどうにかなっても、みんなをちゃんと逃してやってくれ！」リンクは機内の男にどなった。

「やめて！」ケリーが叫んだ。

リンクはケリーをひたと見つめた。二人のあいだで一瞬激しく視線がかわされた。それからリンクは身を翻し、機関銃を乱射しながら密林のほうに駆けていった。

「彼は何をやっているんだ？」ケージ・ヘンドレンが尋ねた。「なぜ乗らない？」

「男の子がひとり、わたしたちの援護のためにあっちに残っているのよ。その子を連れに戻ったの」

ケージは空き地をジグザグに走っていく男を見守った。どこの誰だか知らないが、あいつはヒーローだ、と彼は思った。ヒーローか、さもなければただの愚か者。

「ケージ、もう飛びたたないと」パイロットがコックピットからどなった。

ケリーはケージの袖《そで》をつかんだ。「だめよ。あの二人を置いていけないわ」

ケージはケリーの決然たる表情を見て、パイロットに言った。「まだだめだ」

「あいつら、われわれを撃つかもしれないぞ。それにあっちのジープの連中も――」

「あと三十秒だ」ベテランパイロットの言うとおりだと思いながらも、ケージは言った。

「まだ二人残ってるんだ」

リンクが地面に倒れ伏したのを見て、ケリーは悲鳴をあげた。

「大丈夫だよ」ケージが安心させるように言う。「体を縮めて撃たれにくいようにしているだけだ」

リンクは伏せた姿勢のまま、ジョーに向かって叫んだ。「援護してやるから飛行機に向かって走ってこい！」

ジョーが姿を現し、あちこちに向けて機関銃をぶっぱなしながら走りだした。だがリンクのそばまで来たところで、がっくり左膝を折って倒れた。

「ジョー！」ケリーは叫んだ。乗降口から飛びおりようとして、ケージに肩をつかまれる。

そのとき、数発の銃弾が機体に当たった。機体の損傷はたいしたことはなかったが、ケージは不安をつのらせた。この作戦の成否は子どもたちを無事に脱出させられるかどうかで決まるのだ。自ら命を投げだそうとしている二人の人間には犠牲になってもらっても仕方がないのではないか？

　地面に突っ伏しているジョーのもとに、リンクは匍匐《ほふく》前進で近づいていった。

　ケージは二人が言葉をかわしているのを見た。「大丈夫、生きているぞ」ケリーに言う。

「ああ、お願いだから死なないで」ケリーの頬を涙が伝った。

「ケージ、ジープが滑走路をふさごうと移動しはじめたぞ」パイロットが叫ぶ。

　子どもたちはおびえて泣いている。

「ケリー、もう離陸しなくては」ケージが言った。

「だめ、あの二人を置いていけないわ」

「しかし、これ以上ここにいては全員――」

「だめよ」ケリーはケージの手をふりほどいた。「離陸するなら、わたしは降りるわ」

「いけない。子どもたちにはきみが必要だ」

　ケリーは、リンクが膝をついて立ちあがるのを泣きながら見守った。彼はジョーの腕をつかみ、ゆっくり立たせようとした。だが、ジョーはひとりでは立てない。左脚をだらりとさせたままだ。リンクはジョーの腕を自分の肩にまわさせ、引きずるようにしてこっちに歩きだした。

　その二人を狙《ねら》って兵士たちの銃が火を噴き、地面に当たった弾がそちこちで砂埃《すなぼこり》をあげた。反乱軍の連中がここぞとばかりにジャングルから出てきて、発砲しながら空き地へと駆けだす。

「ケリー――」

「だめ、ケージ！　この飛行機は一センチも動かさないで！」

「しかし――」

ケリーは両手で口を囲い、声を限りに叫んだ。「リンク！　リンク！　早く！」

リンクは迫りくる敵に向けて機関銃を撃ちつづけた。弾がつきると銃を投げすて、赤ん坊を抱くようにジョーをかかえあげて走ってくる。

「来るわ！」ケリーが言った。

「タキシングを始めろ！」ケージがパイロットに指示し、乗降口からできるだけ身を乗りだして片手を伸ばした。

ケリーはリンクのシャツの一部が赤く染まっていることに気がついた。もう声がしゃがれて言葉にならないけれど、大きく口を開けて、声なき声をあげる。

リンクは負傷しつつも歯を食いしばって走りつづけていた。ころがるように乗降口に近づき、超人的な努力をもってジョーをケージの手に託す。

ケージはジョーの襟首をつかんで中に引っぱりこんだ。傷が痛むだろうに、ジョーも必死に這いあがってきた。飛行機はすでに動きだしており、リンクは乗降口と並んで走らなければならない。

「手を出せ！」ケージが叫んだ。

リンクは精いっぱい手を伸ばした。ふらっとよろめいたが、ころびはしない。それから最後の力をふりしぼってケージの手をぐいとつかんだ。足が追いつかなくなり、かなりの距離を引きずられた末に、やっとケージとケリーの手で機内に引きあげられた。倒れこんだリンクはあおむけにころがり、激しく息をあえがせた。

ケージがドアを閉め、パイロットに言う。「離陸してくれ！」

「了解《ラジャー》」

まだ窮地を脱したわけではない。機体はあらゆる方角から銃弾を浴びながら、ようやく空中にうきあがった。離陸を阻止しようとしていたジープのわずか一メートルほど上を、かろうじて飛んでいく。

子どもたちは互いに寄り添っていた。ほとんどが泣きやんで、初めての飛行機に目をまるくしている。自分たちと同じ言葉をしゃべり、優しく笑いかけてくるブロンドのアメリカ人を珍しそうに見ている子もいる。

ケリーは両手でリンクの胸のあちこちをさわってみた。「ああ、どこを撃たれたの？痛くない？」

リンクは薄目を開けた。「ぼくは大丈夫だ。ジョーを見てやってくれ」

ケリーは這うようにジョーのところに行った。ジョーは真っ青な顔をしていて、唇から血の気がうせていた。ケージがケリーを押しのけるようにしてそばに来た。ジョーの腕をアルコール綿で拭《ふ》き、注射する。

「鎮痛剤だ」ケリーの無言の問いかけにこたえてケージは言った。

「あなたにそんなことができるなんて知らなかったわ」

「ぼくも知らなかったよ」とケージは苦笑する。「ゆうべ医者に応急処置の特訓をしてもらったんだ」

ケージはジョーのズボンを切って、むごたらしい腿の傷を調べた。「大腿骨《だいたいこつ》は無事のようだが、少々筋肉をやられている」

ケリーは喉もとにこみあげてきた苦いものをのみくだした。「治るかしら?」

「たぶんね。とにかく傷口を消毒しておくよ。空港に近づいたらパイロットがジェニーに無線で連絡をとるから、救急車の手配を頼もう。ともあれ……」ケージは、テキサス西部の女性たちのあいだで彼を伝説的な存在にしている魅惑的な笑みをうかべた。「うまくいってよかった。きみはほんとうによくやったよ」

「リンクがいなかったら成功はなかったわ」ジョーが薬のおかげで寝入ってしまったので、ケリーはいまも床に寝ころんでいるリンクのほうに移動した。

「誰だって?」ケージがききかえした。

「リンクよ。リンク・オニール」

「まさか!」ケージが大声をあげた。「写真家のリンク・オニールかい?」

「誰かぼくの名前を呼んだかい?」リンクが目を開け、ゆっくりと起きあがった。

二人の男は古くからの友だち同士のようににやりと笑いあった。

「はじめまして。当機にようこそ」

「よろしく」

リンクはケリーを見た。ケリーもリンクを見た。ケージは二人のあいだに何かあるのを感じとり、それがなんであれ自分は邪魔になると判断した。

「ええと、ぼくは子どもたちを見ているよ。ケリー、きみはリンクの傷の具合を調べてあげるといい。医療品はここだ」ケージは救急箱をケリーのほうにすべらせる。そしてさりげなく二人のそばから離れていった。

「さっきはいったいどういうつもりだったんだ?」リンクが語気荒く言った。「もし何かあっても、ぼくたちにはかまわずに飛びたつよう言っておいたはずだぞ。なのに、なぜ言うとおりにしなかった?」

ケリーの目をうるませていた涙が怒りで引っこんだ。「悪いけど、あなたを待っていたわけではないわ」たたきつけるように言う。「わたしはジョーを待っていたのよ。さあ、どこか痛むの?　痛まないの?」

「こんなのかすり傷だ」リンクは出血している肩をなげやりに一瞥した。

「ケージが鎮痛剤を注射してくれるわ」

「かまわないでくれ。注射は嫌いだ」

二人は無言でにらみあった。ケリーのほうが最初に口もとをほころばせた。そしてリンクも。二人はいきなり大声で笑いだし、機内の全員を驚かせた。

「ついにやったんだ！」リンクが意気揚々と叫んだ。「ああ、ほんとうにやったんだよ！これでいよいよ帰れるぞ、ケリー」

「ええ、帰れるわ」ケリーはその言葉を祈りの文句のようにささやいた。

次の瞬間、彼女の感情はまた百八十度転換した。シャツに血をにじませたリンクの胸にとびこむと、ケリーは彼とかたく抱きあって安堵《あんど》の涙を流した。

8

ジェニー・ヘンドレンは気をきかせて機内に食べ物を積んでおいてくれた。ピーナツバターサンドやオレンジ、りんご、自家製のチョコチップクッキー、缶入りの飲み物などがクーラーボックスの中に入っていた。

子どもたちは空腹が癒《いや》されたとたん眠りこんでしまった。シートはすべてはずされていたが、セスナ機の中はやはり広いとは言えない。

「ジョーの具合はどう?」ケリーがケージに声をかけた。

ケージは先ほど自分が怪しい手つきではった絆創膏《ばんそうこう》がはがれていないかどうか、ジョーの腿を調べていた。「まだ眠っているよ」

「鎮痛剤があってよかったわ」

「まったくだ。薬がなかったら痛くてどうしようもなかっただろうよ。もうひとりの患者はどうだい?」

「頑固で、強情で、救いようがないわ」ケリーの涙がかわいてしまうと、彼女とリンクはぎこちなく抱擁を解いたのだった。リンクはもう優しくなだめることもなく、辛辣《しんらつ》で攻撃的な彼に戻っていた。「彼、あなたに話があるそうよ」

ケージは二人に近づいた。いまのリンクは、ケリーが初めて見かけたときと同じくらいうさんくさく見える。ひげもそってないし、服は破れて泥や血にまみれている。額に巻いていた汗どめがわりのハンカチはケリーに渡したままになっていたから、顔にかかる前髪を始終かきあげなければならない。

「ぼくに話があるって?」ケージがリンクの横に座った。

「さっき、奥さんに無線連絡をとるようなことを言っていたが、ぼくのためにカメラを用意しておいてくれるよう頼めないかな?」

「川を渡るときに、彼のカメラを捨てなくてはならなくて」ケリーが説明する。「フィルムだけはなんとか守ったけれど」

ケージ自身これまでずいぶんむちゃなことをしてきたものの、そのケージもケリーの言葉には驚きと尊敬の念に打たれ、二人を改めて見直した。「どうやら相当な冒険だったようだな」

ケリーはちらりとリンクを見た。「ええ。渡る予定だった橋が――」

ケージが両手をあげて制した。「ぼくも詳しく聞きたいが、それは向こうで待ってるみんなも同じだろう。いまは体を休めて、話はみんなにまとめて聞かせてくれればいいさ」

ケリーはケージの気づかいに感謝してほほえんだ。

「リンク、どういう種類のカメラがいいんだい？」

「書くものはある？」

ケージはリンクが口にした機種名をメモすると、「無線でジェニーに頼んでみるよ」と言って、操縦席のほうに行った。

「感じのいい男だ」リンクはケージの後ろ姿を見ながら言った。

ケリーは笑い声をあげた。「いつも感じがいいとは限らないらしいけど」

「へえ？」

「前に言ったように、わたしはヘンドレン財団を通じてジェニーと知りあったの。ジェニーは亡くなったハル・ヘンドレンの婚約者だったのよ」

「ケージの弟さんの？」

「ええ」

「宣教師だったという？」

「そうよ」

リンクは困惑したように首をふった。「気づかないうちに頭を打ったのかな？　それともややこしく聞こえるのはぼくの頭のせいではなく、ほんとうにややこしい話だからなのかい？」

「まあね。ジェニーはヘンドレンきょうだいの両方をよく知っていたの。なにしろいっしょに育ったわけだから。ジェニーはご両親が亡くなったあと、ヘンドレン家の養女になったのよ」

「それじゃ、みんな家族だったということか？」

「ええ」

リンクは眉をあげ、意味ありげににやりと笑った。「なんだか、いかがわしい感じだね」

「そんなことない、彼らは牧師館で育ったんですもの。ケージのお父さんは牧師なのよ」

「牧師の子か。それじゃぼくがケージに好感を持ったのも当然だな。牧師の息子ならなにかと人騒がせなやつに違いない」

「ええ、ジェニーにつかまるまでは人騒がせな人だったみたい」

リンクは目をきらめかせた。「ジェニーに会うのが楽しみだな」

ケリーはまた笑った。「確かにすてきな人よ。ただし、あなたが考えているのとは違う意味でね。彼女は本物のレディだわ。そして女殺し《レディ・キラー》のケージとは相思相愛の夫婦なの。子どもは男の子がひとりだけど、いまおなかに二人めがいるわ。おなかが大きくなかったら、今日もケージについてきたはずよ」

「彼女が来ても、いる場所がなかったんじゃないかな」

その言葉で、ケリーは自分たちが狭い機内で身を寄せあっていることを思い出した。膝がリンクの腿に触れている。ケリーはさりげなく膝を離した。

二人の脳裏に、飛行機が来る前にかわしたキスがよみがえってきた。一度だけではない。何度も何度もくちづけをかわした。しかもあれは、男が自分の求めてやまない女にするキスだった。荒々しく貪欲《どんよく》な、欲望に燃えたキス。思いかえすたびにケリーの体は震えてしまう。リンクはリンクで下半身が勝手にうずきだす。

「窮屈じゃない？」ケリーはかすれ声で尋ねた。

リンクは思わず彼女の目を見た。自分の考えていることを見すかされたか、ひょっとしたらズボンの前が張っていることに気づかれたのかと思った。だが、ケリーは彼の下半身ではなく肩を見ていた。

「いや、大丈夫だ」彼はかたい声で答えた。

ケリーはタンクトップについている血のしみを見て身震いした。リンクはあやうく殺されるところだったのだ。命がけで自分や子どもたちを脱出させてくれた。そのことにはどれだけ感謝してもしきれない。だが、たとえ言葉では言いつくせなくても、とりあえず礼を言うのが筋だろう。

「リンク……」

ケリーの顔を見たら欲望が暴走してしまいそうなので、リンクは壁にもたれかかって目を閉じていた。だが、訴えかけるように名前を呼ばれ、腕にひんやりとかわいた手をかけられたので、のろのろと目を開けて彼女を見た。

「うん？」

「いままでのこと……」ケリーは声をとぎれさせて目を伏せた。「ほんとうにありがとう。わたし……わたし……」適切な言葉が出てこない。何を言っても愛の告白めいたものになってしまいそうだ。それでついうっかり、とっさに頭にうかんだことを口にした。「五万ドルの小切手はなるべく早く用意するわ」

リンクはしばらくのあいだ身じろぎもしなかった。が、それは嵐《あらし》の前の静けさにすぎなかった。やにわにケリーの腕をふり払う。金なんかいらない、と言いたかった。彼女はすべて金のためにやったことだと思っているのか？

「勝手にしろ！」

「え？」

「聞こえたはずだ」

「聞こえたけど、意味がわからない」

「そう、きみにはわかりっこないだろう」

「何を怒っているの？　わたしはお礼が言いたかっただけなのに」このときにはケリーも腹を立てていた。この男はほんとうに不可解だ。相手を必ず怒らせる、無神経な野蛮人。

「だったら、もうお礼は言ったんだ。これっきり忘れてしまえ」

「ええ、喜んで」ケリーはその場を離れようとしたが、彼の胸にまた血が流れていることに気がついた。「また肩から血が出てきたわよ」

リンクは無関心な目で傷を見おろした。「問題ない」

ケリーは救急箱から四角いガーゼをとった。「ほら、絆創膏を――」

肩に触れようとすると、リンクがその手をつかんだ。「大丈夫だと言ってるんだ。ぼくのことは放《ほう》っておいてくれないか。きみが早々と思い出させてくれたとおり、ぼくたちは仕事の契約をかわしただけなんだから。傷の手当ては契約には含まれていない」そこでリンクは声を落とした。「それにキスもね。さっきはなぜキスをさせた？」ケリーの顔に顔を近づけて詰問する。「なぜキスにこたえた？　きみの舌はぼくのに劣らずよく動いていたよ、ベイビー。ちゃんと気づいていたんだからな。それにしても、きみもよけいな気をつかったものだ。あのときぎみがキスにこたえなくても、ぼくは同じくらい必死に走り、同じくらい銃をがんがん撃ちまくったのに」

ケリーの顔が怒りで赤く染まった。「ひどいことを……」

「守るつもりもない思わせぶりな約束をするほうが、もっとひどいさ」リンクは蔑《さげす》むように唇をゆがめた。「これでぼくときみはおあいこだ、シスター・ケリー。ぼくはきみに雇われて仕事をした。報酬をもらったらさっさと消えるよ。飛行機を降りたら、子どもたちがアメリカの土を踏むところを写真に撮り、それでおしまいだ。このいまいましい災難も過去のものになり、もうぼくの身に降りかかってくることはないだろうよ」

ケリーは彼の手をふりほどき、憤怒《ふんぬ》のこもった目でにらみつけた。こんなに無情で冷淡な男は生まれて初めてだ。〝いまいましい災難〟――その言葉が彼の考えを如実に物語っている。彼は不幸な孤児たちを、そしてわたしのことを、自分の身に降りかかってきた災難としかとらえていなかったのだ。わたしの期待は見事に裏切られた。でも、裏切られたことなら過去にもある。つらいけれど死ぬほどのことではない。生きていれば、いつかは昔話になるはずだ。

ケリーは混《こ》みあった機内でリンクとのあいだに可能なかぎりの距離をあけ、少しでも居心地がいいように座りなおすと、そのあとはもう眠ってしまった。

ケージにつつかれて目が覚めた。「あと十五分で到着だよ、ケリー。子どもたちを起こしたほうがいいんじゃないか？」

「そうね。ジョーはどんな具合？」ジョーはうめき声をもらしていた。目は閉じたままだが、ときどき右に左にと頭を動かしている。

「あいにく薬が切れてきたようだ。だが、あとは医者に任せよう」

「ケージ」ケリーはコックピットに向かいかけたケージの袖《そで》をつかんだ。「空港でマスコミの人たちにとり囲まれたくないわ。それでなくても子どもたちは不安でしょうし、みんな泥だらけで疲れきっているし。なんとかならない？」

ケージは手で首をさすった。「きみたちの到着はビッグニュースなんだよ、ケリー。だって――」

「わかってるわ」ケリーはリンクの耳を意識してそそくさとさえぎった。「でも、そっとしておいてほしいという気持ちはわかってくれるでしょう？　わたしや子どもたちはもちろん、子どもたちの養父母になる人たちだって騒がれたくはないはずよ」

「それはわかるが、マスコミの連中が納得するかどうか。もう何日も前からラ・ボータに集まって、きみたちを待ち構えているんだよ」ケージはケリーの顔ににじんだ苦悩を見てとり、慰めるように肩に手をかけた。「だが、取材がいやだってことなら、なんとかしよう。無線で保安官に、空港を立ち入り禁止にしてもらうよう頼んでみる」

「ありがとう」

子どもたちはもう全員目を覚まし、窓の外を見ながら興奮したようにおしゃべりしていた。西テキサスの平坦《へいたん》な地形が自分たちの慣れ親しんできた密林地帯とずいぶん違うことに、驚きの声をあげている。

熟練したパイロットは今回も完璧《かんぺき》な着地を果たした。機体が完全に停止すると、まずは待機していた救急車にジョーを乗せるため、ケージは地上にとびおりて医者に簡単な報告をした。

リンクも飛行機から降り、カメラを持った妊婦を捜して周囲を見まわした。見つけるのは簡単だった。ケリーの言ったとおり、ジェニー・ヘンドレンはつややかなブラウンの頭のてっぺんから靴の爪先《つまさき》までレディそのものだった。

「ミセス・ヘンドレン？」

「ミスター・オニールね？」

二人のあいだで笑みがかわされ、ジェニーの手からリンクの手にカメラが渡った。「ニコンF3にトリXフィルム。ゲーリーにアマリロまで買いに行ってもらったの。あちこち電話して、置いてある店が一軒だけあるのがわかったから」

「お手数をおかけしてすみません」

「そのカメラで間違いないわよね？」ジェニーは心配そうに言った。「わたし、カメラのことは何もわからなくて」

ゲーリーというのがどういう人間なのかはわからないが、カメラが手に入っただけでリンクは大満足だった。「完璧です。ありがとう。あとで代金を支払います」

急いでフィルムを箱からとりだし、カメラに装填《そうてん》する。ファインダーをのぞくと、ちょうど救急隊員がストレッチャーにジョーをのせて機内から運びだすショットが撮れた。そちらに近づいていくと、ジョーはもう目を開けていた。自分をとり囲む見知らぬ顔の中から、唯一見慣れたリンクの顔に目をとめた。

リンクは言った。「がんばれよ、同志」

ジョーはリンクと会って以来、初めてにっこりと笑った。リンクはその笑顔をフィルムに焼きつけた。

医者がストレッチャーのあとから救急車に乗りこんだ。ドアを閉めようとしてリンクの傷に気づく。「きみも手当てを受けたほうがいい」

「ああ、それはあとで」自分のちょっとした怪我《けが》など気にもとめず、リンクはカメラを手に飛行機の乗降口に向かった。

機内ではケリーが子どもたちに優しく言い聞かせていた。

「何もかもがいままでとは違って見えるでしょうけど、心配はいらないわ。あなたたちはここの人たちにとって、とても大事な存在なの。みんな、あなたたちがほしいのよ」

「シスターとはもうお別れなの？」マイクが尋ねた。

「いいえ。わたしはみんなが新しい家族のところで落ち着くまで、ずっとそばにいるわ。さあ、用意はいい？」

八人の子どもは生真面目《きまじめ》な顔でうなずいた。

「それじゃ行きましょう」

ケリーは子どもたちが降りるのに手を貸し、ケージとジェニーがぼろぼろの格好の子どもたちをバンのほうに誘導した。ケリーは写真を撮っているリンクをつとめて無視した。

ケージとジェニーが抱きあってキスするのを見たときに胸をしめつけた羨望《せんぼう》の念も無視した。

ジェニーはケージが無事に帰ってきたことを喜び、ケージはケージで臨月の妻を気づかっている。二人のまわりにだけ日がさしているように、愛が輝きとなって彼らを包みこんでいた。

子どもたちをバンに乗せてしまうと、ケリーはジェニーと抱きあった。

「ついに夢が実現したわ」ケリーは言った。「いろいろとありがとう。あなたもケージもよくやってくださった」

「いまはしゃべらないで。まず第一に休養と栄養をとらなくちゃ。話はあとでたっぷりできるわよ」ジェニーはそう言うと、夫のほうを向いた。「あなたとミスター・オニールは子どもたちと後ろに乗って。わたしが運転していくわ」

「あの、ミセス・ヘンドレン……」リンクが言った。「ぼくはタクシーで一番近くのホテルに――」

その言葉はジェニーとケージの笑い声にさえぎられた。

「この町にタクシーは一台しかないんだよ」ケージが説明した。「いまこの場で電話しても、明後日《あさって》に来てもらえればいいほうだ。それにホテルは一軒もない。モーテルならいくつかあるけどね」

「だいいち、協力していただいたお礼もせずにここでお別れするわけにはいかないわ」ジェニーが続ける。「さあ、わたしたちが暑さで倒れてしまう前に早く乗って」

どうやら乗るしかないらしい。リンクはケージと後ろに乗りこんだ。幼いライザが気づかわしげにリンクに両手をさしだし、彼はライザを膝に抱きあげた。

「こちらから公式発表すると約束して、報道関係者は抑えておいたわ」

「ありがとう、ジェニー」

「むろん、今日はうちに泊まってね」

「子どもたちはどうするの？」

「トレーラーハウスをいくつか借りて、牧場に置いてある」ケージが答えた。「看護師も待機して、入国管理局から文句が出ないように子どもたちの健康診断をすることになっている。数日後には書類が揃《そろ》い、養子縁組を正式に成立させられるだろう。それから新しい家族が子どもたちを迎えに来る予定だ」ケージは子どもたちを見まわした。「姉妹だというのはどの子とどの子かな？」

ケリーはファーンの妹二人を指さした。ケージは二人の少女に笑いかけ、きみたちの新しい親はこれから行くところですでに待っている、とスペイン語で告げた。

「着いたらすぐに紹介するよ」

ケリーに兄の別れの言葉を伝えられたときから沈んでいた少女たちは、不安げに抱きあってケリーとリンクの顔をうかがい見た。リンクは親指を立て、大袈裟《おおげさ》にウインクしてみせた。それで二人はくすくすと笑った。

ヘンドレン夫妻の家は広大な敷地に囲まれており、車が門を抜けるとケリーはその広さを絶賛した。

「ありがとう」ジェニーが言う。「ケージが結婚前からあちこちの改修を始めていたの。それからずいぶん手を加えてきたわ。わたしもとても気に入ってるのよ」

ケージ・ヘンドレンはかつて石油を求めてあちこち試掘を繰りかえしていて、いまも油《ゆ》井《せい》のいくつかは自分のものだと主張している。だが原油の価格がさがりはじめた時点で将来性のなさを見抜き、不動産や牧畜といった別の事業に乗りだした。牛を放牧している牧場のほかに厩《うまや》も持っている。そのため、不況の嵐が訪れても深刻な打撃は受けずにすんでいた。彼らの暮らしがつましいのは貧しいせいではなく、彼ら自身がそういう生活を選択したからにすぎない。

厩のそばには三台のトレーラーハウスがとめられていた。バンが完全にとまる前に、ロクシー・フレミングと夫のゲーリーがそのひとつから飛びだしてきた。

「あれがロクシーよ」ジェニーが言った。

「あなたが手紙に書いていた人ね」とケリーが応じる。

ふくよかでせっかちなロクシーは、ゲーリーが後ろからシャツの裾《すそ》をつかんでとめなかったら、そのままこちらに体当たりしていたかもしれない。

ケージとジェニーがフレミング夫妻をケリーとリンクに紹介した。ロクシーは礼儀正しく挨拶《あいさつ》しながらも、どこか上の空だった。目が忙しく子どもたちの顔を見まわしている。

「カーラとカーマンはどの子？」いまにも泣きだしそうな声だ。

ケリーが二人の少女を指さした。ロクシーは両手をさしだした。息づまる一瞬ののち、少女たちがほかの子どもから離れ、さしだされた手のほうにおずおずと近づいていった。

リンクはできるだけめだたないように、この感動的な光景をカメラにおさめた。だが彼が撮った一番印象的な写真は、この奇跡を実現させたケリー・ビショップの写真だった。これはいい写真になるはずだ。彼女の目にあふれる涙を、太陽がダイヤのようにきらめかせていた。


階段をおりていきながら、ケリーはなぜか神経質になっていた。たぶん何カ月かぶりでドレスを着ているせいだろう。いや、ドレスならリンクを酒場から連れだした晩にも着ていた。あれはこのドレスとは大違いだったが。

おそらくこんなに胸が騒ぐのは、髪を洗い、肌を磨き、洗練された清潔な姿でリンクの前に出るのが初めてだからだ。

どういうわけか、一段階段をおりるごとに膝がくずおれそうになる。

モンテネグロをからくも脱出してから長い歳月がたったような気がするが、あれはまだ今朝のことだ。ヘンドレン夫妻の家に着いたあと、彼らは子どもたちを仮の住まいに落ち着かせた。子どもたちはトレーラーハウスの〝豪華さ〟に目をみはった。看護師は子どもたち全員に、健康そのものとお墨つきを与えた。数カ月前、アメリカ人夫婦との養子縁組というアイディアが最初に出された時点で、ケリーが子どもたちにアメリカの法に準じて予防接種を受けさせておいたのだ。

フレミング夫妻やケージの両親ボブとサラの手も借りて、彼らは子どもたちの体をごしごし洗い、ラ・ボータの商店主が寄付してくれた真新しい服を着せた。ボブ・ヘンドレンの信徒たちのおかげでキッチンには食料が豊富に揃えられ、テーブルいっぱいにごちそうが並んだ。子どもたちはすでに二度もおなかいっぱい食べている。

ロクシー・フレミングは養女となる少女たちにかまわずにはいられないらしく、これまた甘い親になりそうなゲーリーから〝そんな調子では頭がはげる〟と注意されたくらい何度も彼女たちの髪をとかしてやった。ほかの子どもたちも新しい家族とのあいだにこうした絆《きずな》ができるようケリーは祈った。

ケリーに頼まれ、ケージは彼女をジョーが入院した病院まで車で連れていった。病院側は彼女のプライバシーが守れるように裏口から入れてくれた。弾丸を摘出する手術はすでに終わっていた。ジョーは麻酔で朦朧《もうろう》としていたが、ケリーが来たことはわかったようだ。

医者の話では、後遺症は残らないということだった。

ヘンドレン家に戻ると、ジェニーがゆっくりバブルバスにつかるようすすめてくれた。ケリーは喜んで四日間着たきりだった服を脱いだ。

首に巻いたハンカチの結び目をほどくときだけ、少し手がためらった。リンクからもらったそのハンカチを首からとるのが惜しかったのだ。ケリーは浴室でハンカチを洗って干した。リンクに返せと言われないかぎり、記念にとっておくつもりだ。激しくも短く、完結することはなかったけれども燃えるように熱かった、恋の記念に。

いま、ダイニングルームからは話し声が聞こえている。ケリーの胸は不安と期待で波立っていた。勇気を奮いおこしてアーチ型の入口の先に足を踏みだし、キャンドルのともしびに柔らかく照らされた室内に入る。そこでたたずんだケリーを真っ先に見つけたのはジェニーだった。

「来たわね」

「驚いたな」ケージが感心したように口笛を吹いた。「石鹸《せっけん》とお湯がこんな奇跡を起こすとはね」

リンクは何も言わない。缶ビールを口もとに持っていこうとしたところで手をとめ、実際に飲むまで数秒間静止した。ケリーはテーブルに近づいて、彼の向かいに腰かけた。

「すてきな演出だわ」テーブルの真ん中に飾られた花や炎をゆらめかせているキャンドル、

クリスタルのグラスやしゃれた皿を、ケリーはうっとりと眺めた。

「あなたたち二人には、久々に静かに食事を楽しむ権利があると思ってね。お昼はばたばたしていたし。どうぞゆっくり召しあがって。子どもたちはもう寝たそうよ」

「なんだか恥をかきそう」ケリーはサラダ用のフォークをそっと撫《な》でた。「長いことジャングルで暮らしてきたから、こういうものの正しい使いかたを忘れてしまったかもしれないわ」

「すぐに思い出すわよ」ジェニーが優しくほほえんだ。

「思い出さなくても大丈夫」ケージがたっぷり料理を盛った皿をケリーの前に置いた。「ぼくたちはトレントとの食事に慣れている。あいつのテーブルマナーはほめられたものじゃないからね」

「トレントはいい子だ」リンクが言った。「モンテネグロから来た子どもたちをくつろがせてくれた」

「そうだな。彼らに自家製アイスクリームのかぶりつきかたを実演してみせた」

ケリーは笑いながら言った。「いまはどこにいるの?」

「やっと眠ってくれたわ」ジェニーが疲れたように言った。「だから静かに食べてね」

ケリーはリンクの笑い声のあたたかさにびっくりした。そこには皮肉めいたものなどかけらもない。まるで波のようにケリーを巻きこんでしまう。同じように肩幅が広く腰つきの引きしまったケージが、リンクにジーンズとシャツを貸したらしい。リンクもシャワーを浴び、まだカットの必要があるとはいえ髪を洗って後ろに流していた。ひげもきちんとそっている。無精ひげがなくなった顎はいっそう男性的で、ケリーの胸を不穏に騒がせた。シャツの下からは白い絆創膏が透けて見える。

食事をしながらの会話は孤児たちの話題が中心になった。

「きみの公式発表のテキストを不満顔の記者連中に配っておいたよ、ケリー」

「ありがとう、ケージ」

「養親候補たちの話は、明日にしても遅くはないだろう」

「重ね重ね感謝するわ。今日は疲れているから、どんな話も耳を素通りしちゃいそう。きっとあなたのことだから慎重に選んでくれたはずだわ。みんなフレミング夫妻みたいにいい人なんでしょうね」

「ゲーリーとロクシーは特別な友だちだから、こっちもついひいきめに見てしまうが、ほかの人たちも間違いなくいい親になると思うよ」

そこでちょっと会話がとぎれたあと、ジェニーがリンクに笑顔で言った。「わが家の食卓にこんな有名人を迎えられるとは思わなかったわ」

「有名人？　どこかな？」リンクはおどけて左右を見まわした。

だがヘンドレン夫妻にせがまれ、じきにフォトジャーナリストとして経験してきた数々の冒険を面白おかしく語りだした。あちこちで遭遇した危険にはあまり触れず、なるべくユーモラスなエピソードを選んで聞かせた。

「でも……」デザートのアップルパイを二口食べてから皿を押しやり、リンクは続けた。「今回のモンテネグロ脱出が一番すごかったかもしれないな」

それについての詳しい話は昼間おおよそ聞かせてあった。ケージとジェニー、それにフレミング夫妻やケージの両親も、リンクとケリーが国境にたどり着くまでに経験した恐るべき出来事に茫然《ぼうぜん》としたものだ。

「すぐにまたあそこに行きたいとはとても言えないわね」とケリーは言った。

「ぼくたちもあそこから帰ってきたときには同じ気持ちだったよ」ケージが言う。

リンクは驚いてケージを見た。「ぼくたちもって、モンテネグロに行ったことがあるのかい？　いつ？」

「弟が射殺されたあと」

「それは悪いことをきいてしまった」

「いいんだよ。ジェニーと二人でハルの身元を確認し、遺体を引きとらなければならなかったんだ」ケージはテーブルごしに妻の手をとり、ぎゅっと握りしめた。「ぼくたち両方にとってつらい経験だった」その目は物思わしげに宙を見すえている。「だが、あんな内戦さえなければモンテネグロは美しい国なんだ」そう言うと妻に目を向けた。「熱帯性の気候がなんとも官能的でね」

ケージとジェニーは互いを見つめあっていたから、二人の客がちらりと目を見かわしたことには気づかなかった。ケリーもリンクも藪《やぶ》の中に隠れ、降りこめる雨と同じくらいの激しさで心を燃やした晩のことをまざまざと思い出していた。南国の花の濃密な香りとむきだしの肌から立ちのぼる匂《にお》いが、媚薬《びやく》のように二人を酔わせたものだ。

いまではあの一夜は現実味を失っている。別の世界で別の男女の身に起きたことのようだ。抱きあって一夜を過ごした二人がこれほどよそよそしくなってしまうなんて、とケリーは心のなかでつぶやいた。わたしの不安を静め、涙を拭《ふ》いてくれた男性が、あんなひどい言葉を投げつけるなんて。

ケリーは再びリンクの顔を見た。彼は見知らぬ他人も同然だ。同じ水をわけあい、同じパンをかじり、熱いキスをかわし、同じくらい熱くなって口論してきたのに、わたしは彼のことをほとんど知らない。

「あなたたち二人とも、どういういきさつで組むようになったのかまだ聞かせてくれてなかったわね」ジェニーが言った。「どうしてケリーに協力するようになったの、リンク？」

ケリーは電気に触れたようにびくっとした。テーブルごしにリンクと目をあわせる。彼はとりすました表情をうかべていた。外側は風呂に入ってきれいになったかもしれないが、中身は相変わらずだ。相変わらず狡猾《こうかつ》で抜け目なく、冷酷なまま。

「それはケリーが話すべきだろうな」話せるものならな——その言葉は口には出されなかったが、ケリーは彼の目からそれを読みとった。

こんなふうに挑発されては引きさがれない。ケリーはつんと顎をあげて言った。「わたしが彼をスカウトしたの」リンクがせせら笑うように鼻を鳴らすと、ケリーは彼をにらみつけた。「わかったわよ。わたしが……わたしが彼を……」

「拉致《らち》した」リンクがふざけた口調でしめくくった。

ヘンドレン夫妻の前で喧嘩《けんか》を売ってくる彼に怒りを覚え、ケリーはぱっと立ちあがった。

「少しは場所をわきまえたら？」

リンクも勢いよく立ちあがった。「わきまえろだって？　よくそんな口がきけるな。きみはぼくを誘拐したんだぞ。しかも、ぼくが一カ月間必死の思いで働いてきた成果を台なしにしたんだ。きみのせいでぼくはあのろくでもない国から脱出しそびれ、人殺しの集団に追われ、つかまり、銃撃を受け、溺《おぼ》れかかった。ぼくをそんな目にあわせておきながら、場所をわきまえろだって？」リンクは興奮して胸を大きく波打たせながらケリーに指を突きつけ、ケージとジェニーに向かって言った。「彼女は娼婦《しょうふ》のような格好をして、ぼくに近づいてきたんだ。それが彼女のスカウトのやりかただったんだよ。ぼくはすっかりその気になってついていった。これで女を抱けると……。おっと、失礼、ジェニー」

「いいのよ」ジェニーがつぶやく。

「本人は言い忘れているようだけど、そのとき彼は酔っ払っていたの」ケリーは冷笑まじりに言った。「それに彼がついてきたわけじゃない。自分では立つこともできなかったから、わたしが引きずっていった」

「だからって、人をだまして拉致してもいいのか？」

「わたしはてっきり傭兵《ようへい》だと思ったのよ」ケリーは熱心な二人の聴衆に向かって言いつのった。「現に彼はお金で雇われてくれたわ。わたしが報酬を払うことになっているのよ。彼の勇気をほめたたえる前に、彼がただでは何もしないってことを知っておいたほうがいい。わたしが五万ドルの報酬を約束しなかったら、彼はわたしと子どもたちを政府軍に引き渡していたでしょうね」

「ぼくが五万ドル要求した理由はきみにもわかっているはずだ」リンクは威嚇するように身を乗りだした。いまにもテーブルを乗りこえてケリーにとびかかりそうだ。「五万ドルはきみがわざと感光させた、撮影ずみフィルムの代金だ。きみはそれだけの損害をぼくに与えたんだ。きみという女に耐えなければならなかったこの四日間を考えたら、五万ドルでもとうてい割にあわないよ」そう言い捨て、ナプキンを皿の横に放る。「ケージ、すまないが、これから町まで送ってもらえないか？」

ジェニー・ヘンドレンが立ちあがった。「うちに泊まらないの？」

「せっかくだけどね、ジェニー」リンクはケージの妻には好感を抱いていた。もう互いにファーストネームで呼びあうようになっている。ジェニーは優しく、率直で、女らしく、温和だ。ケリー・ビショップはその正反対。「ご厚意には感謝しているが」

「だめよ、そんなの」ジェニーはきっぱりと言った。「まだ行かせないわ」

誰もがその決然たる口調に驚いて、物問いたげに彼女を見た。

ジェニーは恥ずかしそうに口早に続けた。「今日撮った写真はモンテネグロ脱出の記事に使うんでしょう？」

「そうだけど」リンクはためらいがちに答えた。

「そしてケリーがマスコミの取材を拒否したってことは、あなたに記事を書く独占権を与えたってことだわ。そうでしょ、ケリー？」

ケリーは口ごもった。「ええ、まあ」

「まだこのニュースは完結してないわ、リンク。子どもたちが新しい家族と顔をあわせる場面を写真に撮らなくていいの？　それに、ジョーがどういう家庭に引きとられるかもその目で確かめたいんじゃない？」

リンクは板ばさみに悩んだ。ジェニーの言うことにも一理ある。最後まで密着していればよりよい記事になるだろう。昼間いくつかの雑誌社に電話して、ぜひとも掲載したいという編集長たちからおよその買い値を聞いておいた。それにケリーがどう思おうが、自分には独占取材の権利がある。だが、もうケリーと同じ屋根の下にいつづけられるとは思えなかった。きっと彼女を抱くか殺すかしてしまうだろう。それぞれ異なる理由でその両方をやってしまいたかった。その天秤《てんびん》がどちらかにちょっとでも傾いたらおしまいだ。ぼくの一生は台なしになってしまう。

「しかし、どんなものかな」リンクは曖昧《あいまい》に言った。「町のモーテルにひと部屋ぐらい空室があるだろうし――」

「いたっ！」

その声で全員がジェニーを見た。ジェニーはたいせつな命が宿っているおなかを両手で押さえていた。

9

「ジェニー！」ケージがはじかれたように立ちあがった。目にもとまらぬ早さでジェニーに駆けより、せりだしたおなかに両手を当てる。「ひょっとして……陣痛が始まったのかい？」

ジェニーは何度か息をついてから言った。「いいえ、単にいつもの痛みと同じだと思うわ」

「ほんとうに？　ほんとうに生まれるんじゃないだろうね？」

「ええ。たぶんまだよ」

「座って、ジェニー」ケリーがジェニーの椅子を動かして言った。

「心配いらないわ」ジェニーはそろそろと腰をおろした。「トレントがおなかにいたときも、よくこんなふうになったの」

「そしてそのたびぼくを死ぬほど心配させた」ケージが妻の髪を撫《な》でる。「医者を呼ばなくていいかい？」

ジェニーはケージの手を口もとに持っていってキスした。「ええ、大丈夫よ。大騒ぎしないで。ごめんなさいね、驚かせちゃって」みんなにわびるようにほほえむ。

「今日は働きすぎたのよ」ケリーは優しく言った。「あなたは座ってて。後片づけはわたしたちでするから」

ジェニーがとめるのもかまわず、残りの三人は汚れた皿をキッチンに運びはじめた。ケージは妻の具合を気づかって、彼女のそばを何度もうろうろした。三十分後、ケリーはジェニーを二階に連れていった。

リンクがモーテルに泊まる件に関しては、もう誰も口にしなかった。リンク自身、テラスに出るまで忘れていた。しばらくしてケージもテラスに出てくると、リンクは言った。

「ぼくはもうほんとうに失礼するよ。ぼくがいてはジェニーによけいな負担をかける」

「とんでもない。遠慮しないで何日でも泊まっていってくれ。ただしトレントと同じ部屋で寝てもらうことになるがね。しかもあいつはいびきをかくんだ」

リンクはにこっと笑った。「いままで置かれていた環境に比べたら、どこでだって気持ちよく眠れるさ」自分自身のその言葉に、ふっと笑みが消える。熱帯の植物を寝具がわりに、ケリーを抱いて寝た夜のことを思い出したのだ。そのほろ苦い記憶は彼の胸をきりきりとしめつけた。「あれはおたくのコルベットかな?」とケージに尋ねる。自分の気持ちを別の方向にそらさなければならなかった。最近では思考が同じ筋道ばかりたどっているような気がする。

「ああ。見てみるかい？」

二人はテラスから扉の開いたガレージのほうに歩いていった。ガレージの中にはさまざまな車とともに、リンクの目を引いた六三年型のコルベット・スティングレーがおさまっていた。リンクはひゅうっと口笛を吹いた。

「このままショールームに飾れそうだな。いつ買ったんだい？」

「数年前だ」ケージが答えた。「買ったときはひどい状態だったよ。専門家に頼んで復元してもらったんだ。明日二人でころがしてみよう。ギアをトップに入れると、体がシートに押しつけられる。スピードを出しすぎるのはぼくの悪癖のひとつでね」

リンクは借りたシャツの胸ポケットからたばこの箱をとりだした。昼間ゲーリー・フレミングからもらったたばこだ。「一本どうだい？」

「いいね」とケージは言ったが、箱をさしだされると両手をあげてとめるしぐさをした。

「だが、もう吸わないんだ。ジェニーと結婚してやめた」

リンクはたばこの煙をすかしてケージを見やった。「悪癖がたくさんあったんだな」

ケージは機嫌よく笑った。「そのとおり、多すぎて数えられないくらいあったよ。もう全部やめたけどね」それから意味深にウインクする。「やめられないのはセックスぐらいだ。ジェニーが相手ではどうしてもね」

二人は笑い声をあげた。

「ああ、いい気分だな」しばらくしてリンクは言った。「もう一カ月以上も、流暢《りゅうちょう》に英語をしゃべってくれる男とは話をしていなかったんだ。最近、何か面白い笑い話はないかい?」

「色っぽいのとそうでないのと、どっちがいい?」

「色っぽいの」

リンクはたばこを吸いながら笑い話を聞いた。ときおり訪れる沈黙も心地よかった。ケージとのあいだではすでに友情の土台ができあがっている。互いに対する尊敬と好意、そしてともに組織に属さない一匹狼《いっぴきおおかみ》だという仲間意識が二人の友情をはぐくみつつあった。だからケージが次のように言いだしたときにも、リンクは不快には思わなかった。「五万ドルのことだが……」

「金なんかいらない」

「だろうと思った」

ケージはそれでその話を打ちきった。リンクの気持ちを察し、それ以上何もきかなかったのだ。金なんかいらないと言いきれるリンクを立派だと思った。リンクはリンクで、何もきかないケージにますます好感を持った。

「きみたち夫婦は幸せそうだな」幸せな夫婦と親しく言葉をかわすのは初めての経験で、

リンクの口調はぎこちなくなった。

だが、ケージのほうは屈託がなかった。「ああ、現に幸せだ」

「幸せな結婚生活を送っている夫婦は多くはない」

「ぼくもこれがあたりまえだとは思ってないよ。ジェニーはぼくと結婚するために多くのものを捨てたんだ」

「きみはたばこやら何やらの悪い癖を捨てた。ジェニーは何を捨てたんだい?」

ケージはにやりとした。「常識さ」

思わずリンクは吹きだした。

「ぼくにとって、結婚は彼女を手に入れる唯一の手段だったんだ。わかるだろう? 男は惚《ほ》れた女のためなら、ふだん絶対しないようなことまでしてしまうものなのさ」

よくわかるよ、とリンクは自嘲《じちょう》ぎみに胸につぶやいた。

「さて、それじゃ、ぼくはちょっとジェニーのようすを見てこよう。今夜はゆっくり休んでくれ」

「明日には服を買うよ。この服だけでなく、いろいろとありがとう」

二人の男はがっちりと握手した。ケージが家の中に戻り、網戸を閉める。

リンクはしみじみとした気分でたばこを吸い終えた。ヘンドレン夫妻はほんとうに気持ちのいい夫婦で、二人の仲のよさはうらやましいかぎりだ。リンク自身は誰ともあんなふうに打ちとけたことがない。親とも、友だちとも、女とも。

ケージとジェニーが互いにたたきあう軽口の根本には愛情がある。幼い息子への愛も二人を結ぶ強い絆《きずな》となっている。彼らのベッドは情熱的な行為で常にあたためられているのだろう。

リンクは二人がいとおしげに目を見かわすのを何度も目撃し、そのたび羨望《せんぼう》に胸をうずかせた。ああいう無条件の愛に満ちた目でぼくを見た人間は、いまだかつてひとりもいない。心の底の底では、自分の生活に何かが欠けているのを自覚している。

ちくしょう、どうしてこんなことを考えてしまうんだ？　今朝死を間近に感じたせいで哲学者になってしまったのか？

ぼくは成功をとげた。旅と冒険にいろどられたすばらしい仕事を持っている。富と名声を伴う仕事。女たちも簡単に手に入る。女は金や名声や、ぼくの流す浮き名に引きよせられてくる。ぼくは女たちに高価な品をプレゼントし、有力者を紹介し、快楽を与えてやる。その見返りにぼくが求めるものはただひとつ。性的渇望が満たされてしまえば、もう彼女たちに用はない。

ぼくの人生に登場した女はとりかえのきく、体だけの女ばかりだった。ジェニー・ヘンドレンは違う。それに……。

リンクは悪態をついてケリーの名を頭から追いやった。彼女の顔を脳裏から消そうともした。だが、どうしても消えてくれない。食事におりてきたときの彼女の姿が忘れられなかった。まさかあんな……官能的な姿で現れるとは思わなかったのだ。尼僧の服に身を包んでくると思っていた。

なのにケリーは柔らかな素材でできた、体にまつわりつくようなドレスを着てきた。スカートが脚のまわりで揺れていた。体をひねるたびに、バストの形がくっきりとうかびあがった。髪はキャンドルの明かりに輝いていた。薄く口紅を塗った唇は摘みとられるのを待っている果実のようにつややかに濡《ぬ》れていた。ぼくの舌にはもうその唇の味しか感じられなかった。

確かに出された料理は遠慮なく食べた。胃がこの数日間与えられなかった栄養を求めて悲鳴をあげていた。だが何を口に入れても、すべてケリーの味とともに喉を落ちていったのだ。

不埒《ふらち》な欲望が下半身にきざしてきたのを感じ、リンクはうめき声をもらした。こんなふうに血をたぎらせていては地獄に落ちてしまう。なんとか頭を冷やさなくては。

「気分はどうだい？」

「最高よ」ジェニーはため息まじりに答えた。

夫が寝室に入ってきたとき、彼女はすでにベッドに横たわっていた。もう息子の部屋に、リンクのための予備のベッドも出してあった。ケリーには客用寝室を使ってもらうことになっている。

　ケージは手早く服を脱いで大きなベッドにあがり、ジェニーのぴんと張ったおなかにローションをすりこんでマッサージしはじめる。この夜ごとの儀式が二人はいたく気に入っていた。

「今夜のベビーはあまり動かないね」とケージが言った。

「夕食の席で芸を披露したから疲れたのよ」医者に妊娠を告げられたときから、ジェニーはこの子は女の子だと主張している。ブロンドの髪に黄褐色の目をした女の子がほしいのだ。

「確かにあれはたいした芸だったよ」

「あら、どういう意味？」ジェニーがむっとしたように尋ねた。

「あのときほんとうに痛かったのか、それともリンクを引きとめるための姑息《こそく》な手段にすぎなかったのか、どちらとも判断がつかなかったという意味さ」

　ジェニーは彼の手を払いのけた。「ちょっと、心外だわ」

　ケージは笑い声をあげた。「やっぱり思ったとおりだ。図星だったんだ。でなかったらそんなにむきになるわけがない」身をかがめ、ジェニーがぶつぶつ否定するのを封じるようにキスをする。そして体を起こすと彼は言った。「ぼくはやきもちをやくべきなのかな?」

「何に対して?」ジェニーはケージの胸毛を指先でなぞった。彼にキスされると、いまだに体じゅうの力を吸いとられてしまう。

「きみがそこまでしてリンクを引きとめようとしたことに対して」

「わたし、まだ芝居だったと認めてはいないけど、たとえわたしが彼をああいう形でさりげなく――」

「さりげなくだって? あのときのきみは彼を椅子に縛りつけんばかりの勢いだったじゃないか」

「この家に泊まって、子どもたちが新しい家族と対面するシーンを撮影すべきだと思ったのよ。それに、あのときはほんとうにおなかが痛かったんだから」

ケージは心配そうに眉を寄せた。「ひどく痛んだのかい?」

「そうでもないわ。いつもと同じよ。ちょっと収縮しただけ」

「ほんとうに?」

「ええ」

ケージは再びローションを手のひらにとった。それをジェニーの胸に円を描くようにそっとすりこむ。

ジェニーは吐息をついて目を閉じた。その顔をケージはいとおしげに見おろした。「もう臨月だというのに、どうしてそんなにきれいなままでいられるんだい？」

「ほんとうにきれいだと思ってる？」ジェニーは片手を伸ばし、ケージの額から髪をかきあげた。

「もちろん」

「リンクもケリーをきれいだと思ってるかしら？」

「やっぱりそういうことか」

ジェニーは曇りのない目で夫を見つめた。「そういうことって？」

「きみは二人を結びつけようとしてるんだ」

「だって、あの二人は誰が見たって――」

「放《ほう》っておけよ、ジェニー」

「誰が見たって惹《ひ》かれあっているわ」

「夕食のときにはつかみあいになりそうな大喧嘩《おおげんか》をしたじゃないか」

ジェニーは肘をついて半身を起こした。「わたしたちだって喧嘩ぐらいするでしょう。それも夕食のときにね」

ケージは驚きの表情をうかべたが、すぐに笑いだした。「確かに喧嘩はするが、人前でした覚えはないよ」ジェニーの体に両手をまわしてまた寝かせ、その上におおいかぶさるようにして長いキスをする。ようやく顔をあげたときにはジェニーは目をとろんとさせていたが、それでも話をやめようとしなかった。

「ケリーとリンクがお互い強く惹かれあっているのを認めようとしないのは、何か葛藤《かっとう》があるからだわ」

「ケリーはなんて言ってるんだい？」

「何も。だからおかしいのよ。彼女、リンクの名前を口にすることさえ避けている。いっしょに困難を克服してきたんだから、彼の名前ばかりが口から出ても不思議はないのに。それに彼のほうを見まいとしながら、実は千回も見ているわ。リンクはあなたとガレージに行ったときに何か言ってなかった？」

「あいにくだが、男同士の話はきみにももらせないな」ケージはジェニーの首に顔をこすりつけた。

「やっぱりケリーの話が出たのね！」

「いや、出なかった。ただ、彼は……落ち着きがなかったな。そう、落ち着きがなかったというのがぴったりだ。なんだか身を持てあましているようだったよ。きっといらいらしてるんだ」

「どうしてわかるの？」

「ぼくにも覚えがあるからさ。手に入らない女を求めてしまう情けなさはよくわかる。彼女のことを考えるたびにむらむらして、自分自身に腹が立ってくるんだ。その女を抱かなかったら体がどうにかなってしまいそうになるんだよ」ケージは豊かな胸のばら色の頂にそっと舌を這《は》わせた。「だから、いまだって……」

「だめよ、ケージ。もうお医者さまにとめられているわ」

「わかってる。だけど――」そこでため息をついたのは、ジェニーの手が触れてほしくてたまらなかったところに触れてきたからだ。「ああ、ジェニー……」彼は口に含んだつぼみをそっと吸った。

ジェニーは息をはずませながらも言った。「ケリーの話をしなかったのなら、いったいなんの話をしたの?」

ケージの唇がもう一方のつぼみに移った。「きみの話だよ。きみはぼくの唯一の悪癖だとリンクに言ったのさ」

「ケージったら……」ジェニーは彼の舌の動きにあえぎ声をもらした。「彼、わたしをみだらな女だと思ったでしょうね」

「すてきな女だと思ったろうよ。男にとっては理想の妻だ。昼は淑女――」

「夜は悪女」

「そのとおりだ」ケージはそうささやきながらジェニーの腿のあいだに片手をすべらせた。

「だめよ、ケージ――」

「方法はいくらでもある」

「でも、今夜はお客さまがいるのよ」彼の指が羽のように軽く触れるたびにジェニーの声はうわずっていく。

「それが問題なんだな」ケージは甘い声でささやいた。「きみは声をあげてしまうタイプだからね」


静かすぎる晩だった。

ケリーは客用寝室の窓辺に立って木のない風景を眺めながら、体は疲れきっているのになぜ眠れないのかと考えていた。きっとモンテネグロで一年近く暮らしてきたせいで、夜のジャングルのざわめきがないと寝つけなくなってしまったのだろう。

シルエットとなってうかびあがっている岩の台地を別にすれば、地形はなだらかで単調だ。空をおおう木の枝もなければ、たれさがる蔓《つる》もなく、生い茂る藪《やぶ》もない。

だが、そのときごくかすかな音が聞こえた。何かがきしるような音。下を見ると、黒い人影がヘンドレン家のプールに続く小さな門扉を通りぬけるところだった。

リンクだ。

ケリーの鼓動は不自然に速くなった。リンクを見かけると、いつもこうなってしまう。だが、今回こんなに動悸《どうき》がするのは怒りのせいもあった。まったく、ヘンドレン夫妻の前であんなことを言うなんて！　リンクには礼儀も配慮も期待していなかったけれど、今夜の彼の態度はことのほかひどかった。

彼が孤児たちの救出に加わったのはヘンドレン夫妻にとって驚きだったに違いない。どこかの段階でわたしが助《すけ》っ人《と》を必要とするだろうことは予想していたかもしれないが、まさか有名なフォトジャーナリストがその助っ人になるとは思いもよらなかったはずだ。

リンクが今回の救出劇に大きな役割を果したことは、もう子どもたちの態度から明らかになってしまっている。どうしたらいいのかわからないとき、子どもたちは決まって彼の指示をあおぐのだ。スペイン語がしゃべれなくても、リンクは身ぶりや表情や、片言のスペイン語で意思の疎通をはかる。

子どもたち、特に幼い子らにとっては、そんなリンクがかりそめの父のようになっているのだ。彼自身はそんな役などやりたくなかったのだろうが、無理やり押しつけられて不本意ながらも演じてきた。そしていままでは、ライザをあやしたり男の子たちとレスリングのまねをするのを心から楽しんでいるように見える。

ケージとジェニーが興味津々でいることはケリーにもわかっていた。彼らはずばり尋ねるのを遠慮しているだけだ。それなのにリンクのほうはまるで遠慮がなかった。ただただ底意地の悪さから、ケリーと知りあったいきさつをぺらぺらとしゃべったのだ。

今日一日、ケリーは自分の素性がばれるのを恐れて息をひそめていた。リンクがとびつくに違いない名前を、誰かがひょいと口にするのではないかと不安でたまらなかった。何度もその話が出そうになったものだから、猫のように神経質になっていた。

いずればばれるだろう。自分が尼僧でないことも知られてしまうだろう。そのときには、できるだけリンクから遠いところにいたい。真実を知ったときの彼の反応は想像にかたくない。激怒するに決まっている。

今朝リンクにキスされたあと、ケリーはほんとうのことを打ちあけようとした。自分たちのどちらか、あるいは両方が死んでしまうかもしれないのだから、生きているうちに真実を話しておきたかった。だが、その機会は救出機の到着によって奪われてしまった。そして報酬のことで喧嘩になってからは、打ちあける気をなくしてしまった。あんな男はいつまでも勘違いしたまま生きていけばいいのだと思った。

夕食の席でリンクがよそに泊まると言いだしたときには、安堵《あんど》と絶望が胸に渦巻いた。ケリーは自分の嘘《うそ》がばれる前に彼と別れたかった。だがその一方で、彼との別れは考えるだけで胸がつぶれそうだった。ここで別れたらもう二度と会えないかもしれない。そう思うと目の前が真っ暗になった。ジェニーのおなかの赤ちゃんがタイミングよく、しかも大事にはいたることなく話をそらしてくれたときには、内心ほっとしたものだ。

いまリンクは、暗い二階の窓からケリーが見ていることも知らず、たばこを吸いながらプールサイドを行ったり来たりしている。彼も眠れないのだと思うと、ケリーの心は多少なりとも慰められた。苦しんでいるのは自分ひとりではないのだ。

むろんリンクのほうは感傷に苦しんでいるわけではない。彼を苦しめているのは肉体的な欲望だ。あのゴールデンブラウンの目に欲望がひらめくのを、彼がさっと目をそらす直前にケリーは何度となく見ている。ケリーに反感を持っていても、無関心ではいられないのだ。それがせめてもの救いだった。二人はいまだに折りあえずにいる。リンクは意地を張っているし、ケリーは彼を愛している。

リンクがプランターの中でたばこをひねりつぶした。悪魔にとりつかれたかのように両手を顔に持っていき、目の上で手首と手首をこすりあわせる。悪態をつく声が聞こえたような気がしたが、気のせいかもしれない。

それから彼は身をかがめ、ケージから借りたブーツを脱いだ。リンク自身のブーツは泥だらけになっていたので、服といっしょに処分したのだ。

ブーツに続き、シャツも手早く脱ぎすてる。肩には白いガーゼの絆創膏《ばんそうこう》がはられていた。ベルトのバックルをはずし、その金属製のバックルをかちゃかちゃさせながらジーンズの前ボタンに手をかける。

彼の意図に思いいたると、ケリーは声をあげそうになって口に手を当てた。暗い晩だ。空の低いところにかかっている細い三日月はたいした照明にはならない。そして空気はあたたかい。そよ風も乾燥した大地と同様からっとしている。

裸で泳ぐにはうってつけの夜だ。

特に体がほてって落ち着かない男にとっては。

ケリーは息をつめた。内臓までぴたりと静止してしまったような気がして、脈があるのを確かめるように喉もとに手をやる。はずれにくい金属のボタンをはずそうとするリンクの指の動きを、ケリーは茫然《ぼうぜん》と見つめた。実際には指の動きなど見えないのだが、腕や肘の動きで前ボタンと格闘しているのがわかるのだ。

やがてリンクは親指をウエストにかけた。膝までジーンズをおろし、あとは下に落ちるに任せる。何度も洗濯されて柔らかくなったジーンズが足もとに落ちると、彼はその輪の中から出た。

それでひとつわかったことがある。ケージの下着を買っているのはジェニーだということ。ぴったりした小さい下着は、女が男にはかせたがるものだ。引きしまった浅黒い体や周囲の闇《やみ》とは対照的に、下着は色が明るく、そこだけくっきりとうきあがって見える。

ケリーの体を流れる血がどくどくと重く脈を打ちはじめた。

リンクは下着に両手をかけた。そして……。

まばゆいばかりの裸身が現れた。男らしさを誇る、たくましく美しい体だ。あまりに美しすぎて、せつなくなってしまうほど。彼の裸は槍《やり》のようにケリーの胸を刺しつらぬいた。

ケリーはへなへなとその場に座りこみ、窓枠のところに顎をのせた。女のつつしみなど、いまの彼女には無縁だった。目は大胆にリンクの体を這いまわる。日焼けした体には体毛が影のようにまつわりつき、体の中心部で濃く茂っている。

　リンクが向きを変え、左右対称の均整のとれた後ろ姿をこちらに向けた。がっちりした肩から細いウエスト、そして引きしまったヒップにいたるラインがすばらしい。

　彼は堂々たる態度で歩きだした。腿はほっそりとして、ふくらはぎは見るからにかたそうだ。

　もっと彼の体を見ていたいのに、彼はプールにとびこんだ。水しぶきはほとんどあがらなかった。反対側の端までずっと潜水していき、しばらく飛びこみ台の下に姿を隠していたが、やがて猛然と泳ぎだした。なめらかに水を切る腕が、淡い月光を反射してきらりと光る。

　ケリーの体に火がついた。乳房がうずき、その甘美なうずきをとめようと手で押さえる。だが、うずきは広がっていくばかりだ。ジェニーから借りた薄いネグリジェが胸の先に触れただけで、体の奥が恥ずかしいほどうずいてしまう。

　何往復か泳いで、ようやくリンクがプールの端にたどりついた。両手で体を引きあげ、プールサイドにあがる。頭をふって水をまき散らし、両手で髪をかきあげて何秒か押さえてから手をおろした。さらに、腕や脚から水滴を払い落とす。

　彼の手が腹部に動くと、ケリーは思わず吐息をもらした。その手が体毛の濃くなっているあたりに届く前に、ぎゅっと目をつぶる。

再び目を開けたときには彼は下着に脚を通していた。下着の中を居心地よく落ち着かせてから、ウエスト部分を放す。ケリーは口の中がからからだったが、なんとか唾《つば》をのみこんだ。

リンクは前かがみになって残りの衣類を拾いあげ、家の勝手口のほうに歩きだしてじきに見えなくなった。ケリーは身動きひとつせず、彼の足音が二階にあがってきてトレントの寝室に入るまでその場にうずくまっていた。

膝ががくがくしていたので、這うようにしてベッドに向かった。体のどこに何が触れても歓迎すべきでない甘美なおののきにとらわれてしまうから、横になっても上掛けは足で押しやった。

これはいったいどういう病気だろう？　熱帯地方の熱病がいまになって出てきたの？それとも単に愛する男への欲望にすぎないのだろうか？

翌朝キッチンに入っていったリンクは、そこでたまたまごく親密な光景にぶつかってしまった。彼はわびの言葉をつぶやいてすぐに引っこもうとしたが、ケージとジェニーが呼びとめた。

二人はテーブルの前に座っていた。ケージが妻のおなかに手を当てている。二人とも満面に笑みをたたえていた。

「いいのよ。どうぞ入って」

「邪魔するつもりはなかったんだが」リンクは自分らしくもなく、気のきかない田舎者になったような気がした。

「邪魔じゃないさ」ケージが言った。

「ケージは赤ん坊が動くのを手で確かめるのが好きなのよ」

「これはなんだろう？　バレリーナかな、それともサッカー選手か？」

リンクは困ったような笑顔になった。「赤ん坊に関するぼくの知識ときたら、耳かきいっぱいほどしかないんだ」

ケージはジェニーのおなかから手を離し、リンクのためにコーヒーをついだ。「朝食のシェフはぼくなんだ。何が食べたい？」

「なんでも」

「ハムエッグは？」

「いいね」

「ジュースはオレンジとグレープフルーツがあるけど？」ジェニーが言う。

「オレンジジュースをいただこう」

ジェニーはオレンジジュースをピッチャーからグラスについだ。「あなたの身近に子どもはいなかったの？」さりげなく尋ねる。

「今週まではね」

「あなた自身にも子どもはいないのね？」

ケージが咳《せき》ばらいしたが、ジェニーはその遠回しな非難にも気づかない。リンクも気づいてはいないようだ。実際、何かに聞き耳をたてているように上の空だった。「うん。結婚したこともないしね」

「ふうん」ジェニーは妊婦特有の充足感とはまるで無関係な、満足そうな笑みをうかべた。椅子にもたれ、紅茶をすする。

ケージはたしなめるように妻をちらりと見ながら、リンクの前に料理がのった皿を置いた。「お待ちどうさま」

「おいしそうだな。きみたちの分は？」

「わたしたちはもう食べたの」ジェニーが答える。

「遅くまで寝ていてすまなかった。もうみんな起きているのかい？」

「トレントはぼくが起こしたんだ。あいつのせいできみが目を覚ましたら悪いと思ってね」ケージが言った。「子どもたちは全員フレミング夫妻とぼくの親に連れられて、ジョーの見舞いに行ったよ」

「トレントも？」

「どうしても連れていけと駄々をこねたものだからね。例によってロクシーが根負けしたんだ。おふくろも連れていきたがったしね。あの二人がそばにいたら、トレントは甘やかされてわがままになってしまうんじゃないかと心配だよ」

ケリーの名前は出てこない。自分から持ちだすのはためらわれるが、彼女のいないいまが数々の疑問を解くいい機会だと思って、リンクは口火を切った。「ケリーはどうしてヘンドレン財団にかかわるようになったんだい？」

ジェニーもケージも驚きを隠そうとした。「彼女から聞いてないのかい？」ケージが尋ねる。

リンクはかぶりをふり、卵をフォークですくった。

「彼女のほうから接触してきたのよ」ジェニーが言った。「例の、お父さんの裁判という試練を経験して、それで――」

リンクのフォークが皿に当たってかちゃっと音をたてた。「ちょっと待った。裁判ってなんのことだい？　彼女のお父さんは何者なんだ？」

ケージとジェニーは素早く目を見かわした。「ウットン・ビショップだよ」ケージはそのひとことですべて説明がつくかのような言いかたをした。事実それでかなりのことが納得できた。

リンクはゆっくりと皿を脇《わき》にどけ、テーブルの上で腕を組んだ。「ウットン・ビショップ？　あのウットン・ビショップがケリーの父親なのかい？」

ケージとジェニーがうなずいた。

リンクは長々と息を吐きだした。「なんてこった」あきれたように首をふる。「その二つの名前が結びつくとは考えもしなかったよ。確かに彼には娘がいるという話だった。だが、その娘がいくつでどんな顔をしているのか、あまり関心を払わなかったんだ。あのニュースが流れたとき、ぼくはアフリカだったしね」

「彼はケリーをできるだけスキャンダルから守ろうとしたんだ。むろんそれでも彼女はかなりの打撃を受けたがね」

「だろうな」リンクはコーヒーカップの中をじっと見おろした。

ウットン・ビショップの一家がマスコミの追及と揶揄《やゆ》の的になったのはほんの二年ほど前だ。外交畑で輝かしいキャリアを積んできたビショップが、赴任先のモンテネグロの政治的トラブルをねたに私腹を肥やしていたとの嫌疑をかけられ、アメリカに呼び戻されたのだ。彼は外交官でなければ得られない情報を金儲《かねもう》けに利用していたらしい。

それが発覚すると、ビショップがやってきた不正な取引のすべてが全米に報じられた。そして真相を明らかにするためとはいえ、ビショップは執拗《しつよう》な議会の喚問を受け、ついに刑事裁判に発展した。だが判決が出た一カ月後、彼は獄中で心臓発作に倒れ、帰らぬ人となった。

「ケリーに子どものころのことを尋ねたら、楽しかったと言っていた」リンクはかすれ声で言った。

「実際、楽しかったのよ」ジェニーが悲しげに言った。「あんなことが起きるまではね。前にケリーが言っていたけど、彼女のお母さんが亡くなってからビショップ大使の中で何かが切れてしまったらしいわ」

「彼女は父親の不正を知っていたのかい？」

ケージが首をふった。「変だと感じることはあったらしいけど、まさかという気持ちのほうが強かったそうだ。だから、父親がただでさえ貧しい人々から平気で搾取していたなんて知って、心底打ちのめされてしまったんだ。一時は父親を憎みもしたらしい。やがてあわれみしか感じなくなったと言っていたが。彼女がモンテネグロまで行ってあれだけ献身的に働いたのも、父親の罪を償うためだったんだろう」

「なにもそこまでする必要はなかったんだ……死の危険をおかしてまで！」リンクは拳《こぶし》でテーブルをたたいた。

「そのとおりよ、リンク」ジェニーが彼の手に優しく手を重ねた。「彼女はモンテネグロで教師をやりたいと志願してきたの。わたしたちはわざわざ危険にとびこんでいかなくても、あの国を支援する方法はいくらでもあると説得したんだけど、こっちにいたのではだめなんだと言いはってね。彼女がどれほど犠牲を払ったか、ほんとうのところはわたしたちにもわからない。あのスキャンダルが広まるまで、彼女の一家は世界じゅうを旅していたのよ。世間の尊敬を集め、王族や国家元首に招待されることも多かったんだから」

「彼女、しっかりした教育を受けているんだろうな」リンクは暗い口調で言った。

「ソルボンヌを出ているわ」

リンクの頬がぴくりと痙攣《けいれん》した。

ケージが自分のカップにゆっくりコーヒーをついだ。「数年前にはイギリスのロイヤルファミリーのひとりとロマンスが芽生えつつあると噂《うわさ》されたこともある。ぼくがそのことでからかったら、あくまで噂にすぎなかったんだと否定されたけどね。無責任な噂だったんだと」

ジェニーが物思わしげに言った。「昨日飛行機から降りてきたときの彼女は、無責任とはほど遠かったわ。きっと彼女、いままで自分の言うことをまともにとりあってもらえた経験がなかったのよ。だから自分にもこれだけのことができると証明したかったんだわ。自分がきれいなだけのお嬢さんではないって世間に証明するために、モンテネグロに行ったのよ」

「だとしても、理解できないな」リンクは顔をしかめた。「それが理由になるとは思えない」

「理由？　なんのこと？」

「なぜケリーのように美人で頭がよくてすべてに恵まれた魅力的な若い女が、すべてを投げだして尼さんにならなければならないんだ？　だって、ちょっと極端すぎやしないか？

確かに父親は不正を働き、獄につながれた。本人もひどいスキャンダルに巻きこまれたんだろう。だが……ん？　どうかしたのかい？」

10

ケージとジェニーは揃《そろ》って驚きの声をあげた。

ケージのほうが先に立ち直った。「いったい全体どこからそんな考えが出てくるんだい?」

「ケリーは尼さんじゃないのか?」リンクは声をかすれさせた。

ジェニーが当惑顔でかぶりをふる。「違うわ」

「尼さんになることを考えているところなんじゃないのか? 尼僧の見習いとか、修道女として?」

「わたしの知るかぎり、そんな気配はまったくないわ」

リンクは椅子を蹴倒《けたお》さんばかりの勢いで立ちあがった。ヘンドレン夫妻はリンクの不可解な思いこみにあっけにとられ、キッチンをとびだしていく彼を茫然《ぼうぜん》と見送った。リンクは階段を一段おきに駆けあがった。客用寝室のドアは最高級の木材でできていたため、彼が力任せに押しても粉々にはならずにすんだが、それでも派手な音をたてて内側の壁にぶつかった。リンクはずかずかと入っていった。

　ベッドはきちんと整えられていた。ケリーの姿はない。この室内で動くものと言えば、開けた窓にかかっているカーテンだけだ。南部の朝の柔らかな風がカーテンを軽くそよがせている。

　リンクはくるりときびすを返し、急いでキッチンに戻った。もはや礼儀も何もあったものではなかった。

「彼女がもう起きているとは言わなかったじゃないか」非難がましくヘンドレン夫妻に言う。

　ジェニーはマタニティ服のボタンをいじりながら、気づかわしげにリンクを見つめかえした。

　ケージはのんびりとコーヒーを飲み、顔をあげると無邪気に言った。「そっちがきかなかったからね」

「彼女はどこだ？」

「馬に乗りに行ってるよ。早く起きたんだ。ジェニーより早かったぐらいだ」

　リンクはアイルランド人気質ともいうべき気の短さを、驚異の自制心でコントロールした。内心の怒りを表しているのは、こわばった口もとと体の両脇《りょうわき》で握ったり開いたりしている手だけだ。

「ぼくとコーヒーを飲んだあと、馬を借りたいと言うんで、鞍《くら》をつけてやったんだ。あっちのほうに走っていったよ」ケージが遠い地平線のほうに顎をまわしてみせる。

リンクはそちらに目をやった。窓の向こうにはどこまでも大草原が広がっていた。「彼女が出てからどのくらいたつ？」

ケージはリンクがじれるのを面白がって、その単純な質問に答えるのにわざと時間をかけた。「ええと、そうだな、一時間半ぐらいかな」

「トラックを借りていいかい？」リンクは前の晩、ガレージのトラックに気がついていた。ほかの車はぴかぴかに磨きあげられていたが、そのトラックは一キロごとに傷がついてしまったのではないかと思われるほどおんぼろだった。

「いいとも」ケージは愛想よく答え、立ちあがってぴっちりしたジーンズのポケットからキーホルダーをとりだすと、リンクに放《ほう》ってやった。

「ありがとう」リンクはすぐさま勝手口から出ていき、大股にガレージに向かった。

ジェニーが立ちあがり、窓辺に近づいた。リンクがトラックに乗ってばたんとドアを閉め、かかりにくいエンジンを強引にかけ、砂埃《すなぼこり》をあげて走り去るのを見送る。

「キーを渡さないほうがよかったんじゃない、ケージ？　彼、ずいぶん怒っていたわ」

「ケリーが自分を尼さんだと思わせていたなら、そりゃ怒りもするだろう。怒って当然だ」

「でも――」

「ジェニー」ケージはなだめるように言って妻を後ろから抱いた。重たくなった胸の下で両手を組みあわせる。「ぼくがきみの乗った長距離バスを追いかけた晩のことを覚えているかい？」

「忘れられるわけがないわ。あんなに恥ずかしかったことはないもの」

ケージは微笑をうかべてジェニーの耳に口を寄せた。「あのときのぼくも、いまのリンクと同じくらい頭に血がのぼっていた。どんな障害があろうと、必ずきみをつかまえようと意気ごんでいたものさ。リンクのことも、いまは誰にもとめられないんだ。ぼくがトラックを貸さなかったら、歩いてでもケリーを追いかけただろうよ」ジェニーの首筋にキスして続ける。「ぼくとしては、彼のやみくもな追跡がぼくのときと同様うまくいくよう祈るほかないね」

そのころ古いトラックを酷使してひた走るリンクの頭にあったのは、ロマンスではなく復讐《ふくしゅう》だった。ケリーの人格を誹謗《ひぼう》中傷するありとあらゆる言葉を吐きつづけ、それがつきてしまうと今度は自分のばかさ加減をののしりはじめた。

まったくなんというお人よしだったのだろう！　ケリーは陰で笑っていたに違いない。一度ならず、二度までぼくを欺いたのだ。最初は娼婦《しょうふ》のふりをして、次は尼僧のふりだ。その二つがあまりにかけ離れていたために、愚かにもあっさり信じてしまったのだ。

　ぼくはいったいどうなってしまったんだ？　脳を熱帯の風土病にやられてしまったのか？　ケリー・ビショップがぼくの水筒に麻薬でも混入したのか？　リンク・オニールともあろう者が、どうしてここまで間抜けになれたんだ？

　ぼくは世慣れた男だ。欲望に目がくらんで女のたくらみを見抜けない若造とは違う。なのに、なぜケリーが美しい顔の下に狡猾《こうかつ》な心を隠していることを見抜けなかったんだ？

彼女は献身的な尼僧ではなく、自分の目的のためなら男を意のままに操って恥じない、ずるい女だったのだ。

　目的を達したあとでさえ、彼女は尼僧のふりをやめなかった。「自分の身を守るために」リンクは運転しながら歯ぎしりせんばかりにつぶやいた。「そう、ひたすら自分自身のためにだ」

　あの魅惑的な顔と体がいつもの判断力や洞察力を奪ったのだ。ケリーに連れられてあのいまいましい居酒屋を出てからのぼくは、ふだんの冷徹で計算高く、用心深いぼくではなくなっていた。

　トラックは、あぜ道とさして変わらないでこぼこ道を、激しく揺れながら疾走している。自分がどこに向かっているのかはわからないが、とにかく早くたどり着きたかった。ケリーだってこの牧場を隅々まで知っているわけではあるまい。帰りに迷わないよう、道からそう離れはしないはずだ。

彼の勘は当たった。二十分ほど走りつづけた末に、リンクは小さな湖ほどの大きさの貯水池を見つけた。急斜面の土手はメスキートの木々のおかげで日陰になっている。春の草原はまだ灼熱《しゃくねつ》の太陽に茶色く焼かれることもなく、青々と茂っている。手入れの行き届いた馬が、穏やかな水面を見おろす土手の上でメスキートの木につながれていた。

木陰に馬具部屋から持ってきた毛布を敷いて寝ころがっていたケリーは、トラックの音が聞こえてくると肘をついて半身を起こした。片手を額にかざし、音のするほうを見る。最初はケージが運転しているのかと思ったが、こちらに歩いてくる脚の長い人影がリンクだと気づいた瞬間、がばりと起きあがった。

彼は急な斜面にも足どりをゆるめず、あっという間にケリーの前に仁王立ちになった。ブーツをはいた足が毛布の端をしっかり踏みしめている。ケリーは彼の脚から胴へと視線をあげ、最後に自分をにらみつけている金色の目でとめた。彼の機嫌は考えるまでもなかった。彼は怒っている。ケリーは内心たじろいだものの、顔をあげたまま威圧的な視線をひるむことなく受けとめた。

「よくもあんな嘘《うそ》を」

ケリーはとぼけようとはしなかった。尼僧でないことがばれてしまったのを直感し、気持ちがなえていくのを感じる。だが、かくなるうえは堂々と対決するしかない。

「ちょっと、リンク」素早く唇を湿らせ、彼を押しとどめるように両手をあげる。「急いで結論にとびつく前に――」

リンクは両膝をついてケリーの肩を乱暴につかんだ。「急いできみにとびかかる前に、だろう?」

ケリーの顔から血の気が引いた。彼は誘惑しようとしているのではない、脅しているのだ。「まさか……そんなことはしないでしょう?」

「いいや、するとも。ただしその前に、なぜあんなばかげた嘘をついたのか聞かせてもらいたいね」

「わたしが嘘をついたわけじゃないわ!」ケリーは彼の手をふりほどこうとしたが、もがいても無駄だった。もがけばもがくほど彼は力をこめてくる。

「自分から尼さんだと言った覚えはないもの」

「だが、ぼくがあんな嘘をひねりだしたわけではない」

「子どもたちがわたしをシスターと呼ぶのを聞いて、あなたが勝手に誤解しただけ――」

リンクは彼女の体を荒々しくぐいと引きよせた。「そしてその誤解をきみは解こうとしなかった。いったいなぜだ?」

「身を守るためよ」

「うぬぼれるんじゃない」

その侮蔑《ぶべつ》的な言葉にケリーの全身がかっと熱くなった。「あなたの考えていることなんてお見通しだった。わたしたちの脱出劇を遊びみたいに考えて、そのあいだわたしにセックスの相手をさせるつもりだったのよ」

「おれはターザン、きみはジェーン」

「笑いごとじゃなかったわ。あなたは無理やりわたしにキスをした。あなたの前で服を脱がせた」

「ぼくはきみがあの安っぽいドレスを着て見せびらかしたもの以外は何も見ていない！それに口ではどれほど否定しようと、きみはぼくとのキスを楽しんでいた」

「そんなことないわ！」

「へえ？」

ケリーは次の言葉を繰りだす前に、深呼吸して呼吸を整えなければならなかった。「どうやってあなたのしつこいアプローチをかわそうかと頭を悩ませていたら、子どもたちがたまたまその手段を提供してくれたのよ」

「あの子たちがシスター・ケリーと呼んでいたのはなぜなんだ？」

「わたしがあっちに着いた当初はマザーと呼ぼうとしていたのよ。でも、わたしはそれはまずいと思った。あの子たちを出国させてアメリカ人夫婦と養子縁組させるつもりだったから、わたしはお姉さん役に徹したほうがいいと考えたの。それをあなたが勝手に誤解したんだから、こっちを責めるのはお門違いだわ」

「ぼくがきみを責めるのは、ずっとぼくをだましつづけてきたからだ」

「悪気があったわけじゃないわ」

「ほんとうに？」

「ほんとうよ」

「ではきこう、ミス・ケリー・ビショップ、われらが時代きっての悪徳外交官のお嬢さん、きみはぼくを操り人形みたいに操るのが楽しくなかったと言いきれるかい？　きみのああいう手練手管は生まれつき身についていたものなんじゃないのかい？」

不正を働いた父親のことを言われてケリーは愕然《がくぜん》とした。リンクはわたしの素性も知ってしまったようだ。彼が軽蔑するのも無理はないけれど、自分がそんな策を弄《ろう》したと思われるのは、やはりたとえようもなくつらい。

「わたしはただ、子どもたちの安全を最優先したかっただけ」

「どうだか。きみが嘘をついたのは、忍びよる魔の手から自分の身を守りたかったからだろう？」

「ええ、確かにそれもあるわ！」

「それにぼくのいやらしい目つきからも身を守りたいと？」

「そのとおりよ」

「きみが不快だったと主張するキスからもね」

「そうよ！」

「ほらね。いま自分で認めたとおり、きみはぼくをだましつづけてきたんだ」

「打ちあけようとはしたのよ」ケリーの口調は弁解がましくなった。

「変だな、そんなことがあったなんて思い出せないが」

「最後の日にあなたにキスされたときよ。飛行機の音が聞こえる直前だったわ。あのときあなたに話したかった――話そうとしたの」

「だが、それほど一生懸命ではなかった」

「チャンスがなかったのよ。飛行機が来たと思ったら、急にあわただしくなってしまったから」

「だが、飛行機に乗ってからこっちに着くまでは長かった」

「報酬のことであなたと言い争ったから、打ちあける気をなくしてしまったのよ」

「それじゃこっちに着いてからは？　ケージとジェニーがそばにいれば、ぼくに襲われる心配もなかったはずだ。なのにどうして黙っていた？　チャンスはいくらでもあったのに」

「あなたがいまみたいな反応を示すのがわかっていたもの。きっと怒りでおかしくなってわたしを攻撃するだろうって」

彼は不気味なほど声を落としてささやいた。「ベイビー、怒りでおかしくなるという言葉でもいまのぼくの心境には遠く及ばないんだよ。それに、この程度で攻撃などと言うようでは、ぼくのことがまるでわかってないんだ」

屈辱的なことに、ケリーの下唇はわなわなと震えだした。「こんなに長く黙っているつもりはなかったの……ほんとうに。悪いと思ってるわ、リンク。ごめんなさい」

「いまさら謝っても遅い」

「だましたのは悪かったけど、仕方がなかったのよ。わたしにはあなたの協力がどうしても必要だった。でも、あなたの相手を務める余裕はなかったわ。子どもたちのことを一番に考えなければならなかったから」

「そんなきれいごとを言って、ぼくがいまさら信じると思うのかい?」リンクはひややかな笑い声をあげた。「だとしたら大間違いだよ、ダーリン。そのとりすました仮面をはがしてやろう。いままでのぼくと同じくらいプライドを捨てさせてやろう。そうしなければ、ぼくの気がすまない」

「何を……何をするつもり?」

「最初の朝にするつもりだったことをするのさ」リンクはよどみなく言った。「きみにぼくがほしいと哀願させる」

「そんな……」

そのかすれた叫び声がとぎれたのは、いきなり毛布の上に押し倒されたからだった。リンクがすかさずのしかかってきて、ケリーの両手を二人の体のあいだにはさみこむ。彼は片手でケリーの顎をとらえ、顔を近づけてきた。

ケリーは必死に身をひねったが、その動きは力の消耗を速めただけだった。どんなにがんばってもリンクを押しのけられない。両脚を彼の脚にはさまれて、蹴ることもままならない。膝がリンクの膝にぴたりと押さえこまれている。首をひねることさえできないのだ。

せめて口をきつく閉じていようとしたが、それも結局かなわなかった。リンクが舌を拷問の責め具のように使ってケリーの唇にそっと這《は》わせると、彼女の口から吐息がもれた。そしてついに、彼にこじ開けられるまでもなくゆったりと唇が開いた。

「その調子だよ。きみも楽しむんだ」

彼のキスは長くエロティックだった。唇を斜めに重ねあわせ、その角度を次々と変えながら、舌でケリーの口の中を巧みに探りつづける。その見えすいたテクニックを嫌悪したいのに、現実のケリーはとろけそうになっている。彼の舌の感触を、口だけでなく全身に感じたいと思ってしまう。彼のほかの部分もこんなに刺激的な感触なのかどうか、体じゅうで確かめたい。

だが、その欲望は払いのけ、彼への侮蔑だけを心にかきたてようとした。胸の奥に点じられた火が体の下のほうに広がっていくのを無視しようとした。腿や胸が狂おしくうずくのをとめようとした。完全にはとめられないにせよ、身もだえしたいのをこらえ、じっと横たわったままでいた。

「きみもそろそろ参加したほうがいい」身をかたくしているケリーに、リンクはかすれ声で言った。頬に唇をつけ、馬に乗って風や日に当たってきたせいでピンクになっている肌を軽くついばむ。だが、リンクにはいつまでもその程度でとどめておくつもりはなかった。プライドをとりもどすためには、優しさを示すことなど禁物なのだ。「さもないと、きみの頭がおかしくなるまで感じさせてやる。抵抗を続けていれば、それだけ時間がかかってしまうんだ」

「地獄に……落ちなさい」

リンクは舌を鳴らした。「それが尼さんの言うせりふかい？」

「やめて」彼が耳たぶに唇を這わせるとケリーは抗議したが、その声はまるで甘い吐息のように響いた。

リンクはそういう声を出させる理由がどんなものであるかを知っている。たとえ相手が英語をしゃべれなくても、こういった場面で女との意思の疎通を誤ったことはない。言葉の意味よりも、言いかたが問題なのだ。やめてという言葉よりも、そのかすれたような声のほうがよほど本音を露呈している。

「気持ちいいだろう？」ケリーの耳に軽く歯を立ててささやく。

「ちっとも」

リンクはくすりと笑った。「やっぱり嘘つきだ。こんなにうっとりしているくせに」

耳の下の柔らかな肌にキスをし、鼻先をこすりつけ、舌でくすぐる。ケリーの体がときおり動くのはリンクから逃れるためなのか、それともより密着するためなのか、もういまでは判別しがたくなっていた。

顔にかかる彼の息はあたたかく、かすかにコーヒーの芳香を漂わせている。だが、再び重ねられた唇にケリーがそれまで以上に従順になっていったのはそのせいばかりではない。彼につられて唇を開くと、舌がすべりこんできた。口の中に突きたてられた舌にこたえるように、ケリーの体の奥深くで欲望がうごめきだす。

リンクが頭をもたげ、じっと目をのぞきこんできたときには、知らず知らずのうちに声をあげてしまったのかと思った。

彼は言った。「感じるだろう？」

最初、ケリーは自分の体を震わせている甘いうずきのことを言われているのだと思った。が、やがてはっと気づいて目を見開いた。リンクは腿のあいだに押しつけている欲望の高まりのことを言っているのだ。ケリーは下唇をかみ、ぎゅっと目を閉じた。彼は低い声で意地悪く笑った。

「ぼくはずっとこんな調子だったんだよ、ベイビー。きみがぼくをだまして喜んでいるあいだ、いつもきみを求めてこんなふうになっていたんだ。きみとあのジャングルを旅するあいだ、暑さや疲れや空腹だけでなく、なだめようのない欲望にさいなまれてずっとみじめな思いをしていた。聖女を相手にこんな欲望を抱く自分が恥ずかしかったよ」声は高価なブランデーのようになめらかなのに、言葉は安物のウイスキーのようにきつい。「きみは聖女なんかじゃなかったのにな」そう言うと二人の体のあいだに手をねじこむ。

彼の意図に気づくと、ケリーは動揺した。「やめて！」声にならない悲鳴をあげた。

リンクはジーンズのボタンをはずし、ケリーの手をつかんでそっちに引っぱった。「やめて！」今度はキスで言葉を封じられてしまった。彼の舌がまた口の中に侵入してくる。

手を開かされ、彼自身に押しつけられた瞬間、ケリーの頭に千もの思いが乱れとんだ。その中でひとつだけ突出しているものがあった。もっと触れたい。握りしめたい。彼のかたさ、あたたかさ、なめらかさをこの手で確かめたい。

ケリーはその誘惑としゃにむに闘ったが、長くはもたなかった。押さえつけられまいとつっぱっていた手のひらから力が抜け、それ自身、意思を持ったもののようにおのずと彼を包みこんだ。

獣のように声をあげ、リンクがキスをやめてケリーの手を荒々しく引きはがした。呼吸が乱れて速くなっている。

「だめだ、ケリー」うめくように言う。「そうやって切り抜けようとしたって、そうはいかない。きみはずるい手を使わずにはいられないんだな。きっと血筋なんだろう。いつだって奥の手を隠しているんだ。だが、今回はその手は食わない」

ケリーの目に当惑の色が広がったが、リンクは気づかないようだ。彼女のシャツのボタンを見おろし、無造作にひとつめをはずす。

「この胸の手ざわりをうっすら覚えているよ。小さいけれど、すてきだった」世にもセクシーなその言葉がケリーの心に怒りを呼び覚ました。それを目から見てとると、リンクは傲然《ごうぜん》とほほえんだ。「それに敏感で、反応もよかった」

ケリーの顔はみるみる紅潮し、彼が最後までボタンをはずして前を開くといっそう赤さをました。彼女は妊娠していないときのジェニーと胸のサイズが同じだ。ジェニーから借りたブラジャーのカップに乳房がぴったりおさまっている。ケリーの体でリンクが想像するしかない場所は、これであとわずかとなった。

彼の目が暗くかげり、罪悪感にも似た何かで頬がかすかに引きつったが、次の瞬間には再び口もとが引きしめられた。「ホックをはずすんだ」

「いや」

「はずさないと、ジェニーになぜホックがこわれたのか説明しなければならなくなる」リンクはホックに指を触れながら言った。

「恥を知りなさい」

「はずすんだ」

ケリーは顎を高くあげたままホックをはずしたが、カップまではずしはしなかった。リンクはすましてありがとうとつぶやくと、カップをどけ、バストをむきだしにして見おろした。その目は空の太陽と同じく、焼けつくように熱い。

ケリーはもう虚勢を張ってはいられなくなった。恥ずかしさに目を閉じていたから、彼がはっとしたように目をみはったことには気づかなかった。彼の口もとが悔恨にゆがんだことも知らなかった。ただ彼の言葉だけが悪意に満ちたこぶしのように耳を打った。

「思ったとおりにすてきだ」

胸に触れてきた手を払いのけたかった。が、リンクは彼女の両手首をひとまとめにがっちりつかんで放さない。ケリーは胸のふくらみを手のひらに包みこまれ、身をすくめた。敏感な頂が親指に撫《な》でられて反応すると、彼は低く笑った。いたぶるようにゆっくりと、あるいはさっとひと刷毛《はけ》するように素早く、またあるいは爪で軽く引っかくように、親指は何度も何度も頂に触れた。

「すてきだ」リンクはしゃがれ声で言った。「少なくとも見たりさわったりする分にはね。味はどうかな?」

舌が触れた瞬間、ケリーは思わず背中をそらした。「やめて」首を左右にふりながらうめく。

「本気でいやがっているとは思えないよ、ケリー」リンクはケリーの乳首を口に含んだまま ささやいた。その唇の動きがケリーをいっそう官能の世界にかりたてる。声を出さないためには唇をかみしめなくてはならない。怒りや恐怖や嫌悪感からではなく、純然たる喜びから声をあげてしまいそうだ。あたたかく濡《ぬ》れた舌の感触がたまらない。

リンクは一方の胸を心ゆくまで味わうと、もう一方にも同じ甘美な拷問を加えようとした。「お願い、もうやめて」ケリーは哀願した。

「お願い、もっと、だろう?」

熱く柔らかな口の中に含まれると、ケリーは苦しげな声を放った。彼に吸われるたびに声が出てしまう。

「お願いだからやめて」もう息もたえだえだ。

リンクは気まぐれに舌を使いながら言った。「どうしてほしい?」

「やめてほしいわ」

「なぜ?」

「いやだからよ。あなたなんか大嫌い」

「ぼくのことは嫌いかもしれない。正直、大嫌いなんだろうよ。だが、こうされるのは嫌いじゃないはずだ。ほら、どうだ?　ほんとうにいやか?」リンクは執拗《しつよう》に舌で愛撫《あいぶ》を繰りかえす。

「いやよ」ケリーは体をぶるっと震わせた。

「ほんとうに？」

「ええ……だめ、だめ、だめ」すすり泣くような声がほとばしった。

「嘘だ」

リンクは頭をさげ、おなかにキスをしながら彼女のパンツの前を開けようとした。ケリーは息を切らしてあえいだ。彼の手が何をしているのかもわからない。意識は彼の唇の動きに集中している。彼がパンツをおろしにかかったときにも腰をうかせて協力したほどだ。彼は左右に突きでた腰骨に片方ずつキスをし、臍《へそ》を舌で撫で、ショーツの上からまるく盛りあがった部分に唇をつけた。

ケリーは悲鳴をあげ、手首をつかんでいるリンクの手をふりほどいた。だが、それは彼に抗《あらが》うためではない。無意識にリンクの頭をかかえ、髪に指をさし入れていた。

リンクはキスを続けながら、かすれ声でささやいた。「ジャングルできみを抱いて寝た晩には、こうすることばかり考えていたよ。きみの胸にキスしたり、脚を開かせたりすることばかりをね」

いつの間にショーツを脱がされたのか、ケリーは裸になった下半身を彼が飢えたような目で見つめていることに気がついた。その目つきには恐怖を感じていいはずなのに、不思議と怖くはなかった。いま頭にあるのは、彼の目に自分の体が魅力的に映ってほしいということだけだ。

リンクは柔らかな茂みをそっと指でかきわけた。ケリーは反射的に膝を閉じようとした。だが、それを押し開き、ケリーが最も彼を感じたいと思っている部分に顔を寄せてきた。唇が触れると、ケリーは思わず彼の名を叫んだ。リンクはたくましい手でヒップをささえ、ほかのところにしたときと同じ熱心さでケリーに快楽を与えつづけた。

絶頂にのぼりつめる直前でやめては、またぎりぎりのところまで追いつめる。リンクがおおいかぶさってきたときには、ケリーの顔は汗で濡れていた。

「ぼくがほしいと言え」

声に出してしゃべるのはもちろんのこと、そう要求することを思い出しただけでも、リンクにとっては奇跡に等しかった。もう強烈な欲望に全身が脈動している。早く彼女の中に入って情熱を解き放たなければ死んでしまいそうだった。全身にみなぎる欲望で体が破裂しそうなのだ。

復讐のために自分をほしいと言わせることが、突然むなしくなってくる。ぼくはケリーに勝ちたいわけではない。彼女を屈服させたいのではなく、自分と同じぐらい欲望を燃えあがらせてほしいのだ。彼女を征服したいのではなく、喜ぶ顔が見たい……。

だが、子どものころからの癖はなかなか抜けない。リンカン・オニールを出し抜いた人間には、目にもの見せてやらなければならないのだ。その尊厳をはぎとってやらなければ腹の虫がおさまらない。いまのリンクにとっては、要求することがすなわち頼むことだった。

「ぼくがほしいと言うんだ」リンクは歯を食いしばって言った。この無意味なゲームの完遂を待たずに欲望が暴発しそうになるのを懸命にこらえた。

「……あなたがほしいわ」ケリーはあえぐように言った。

「ぼくに入ってきてほしいと」

「あなたに入ってきてほしい」

その声でリンクの自制心がはじけとんだ。体を重ね、奥まで一気に突き進む。次の瞬間、彼は苦悩と悔恨に声をあげ、その声が果てしない空に響きわたった。リンクは引きさがりたかった。だが、もうコントロールがきかなくなっている。

いずれにせよ自分は罪人として地獄に落ちる。おのれの体の欲求の前には無力なのだ――そう自覚しながら、リンクは三度浅く突いてクライマックスに達した。倒れこむようにケリーの喉もとに顔をうずめ、この上ない快感に身を任せる。自分の体に備わった原始の力をもう制御しようとはせず、ずっとほしくてたまらなかった女の中に自分自身を満たしている。

それからしばらく、リンクはその姿勢のままぐったりと至福の快感に身をひたしていた。

ようやく体を起こしてからも、ケリーの目を見られなかった。毛布の端を彼女の下半身にぎこちなくかけてやり、自分も隣にあおむけになって、メスキートの枝のあいだからのぞく空を見つめる。ああ、ぼくのように見さげ果てた男はなんと呼ぶのがふさわしいのだろう？

ついさっきまで、ケリー・ビショップは尼僧と同じほど清らかだったのだ。バージンだった。

「なぜ言わなかった？」

「言ったら信じてくれた？」

「いや」リンクはため息をついた。確かに先刻までは、彼女が何を言おうが信じなかっただろう。

リンクは起きあがり、膝をかかえてうつむいた。ひとしきり自分自身をののしる。それからふっと黙りこんだ。が、とうとう思いきってケリーの顔に目をやる。頬には涙の跡が残っているものの、彼女は澄みきった目で見つめかえしてきた。

「その、痛くなかったか？」

ケリーはかぶりをふった。だが、痛くなかったわけはない。

「水を持ってきてるかい？」

「鞍に水筒をぶらさげてきたわ」

リンクは立ちあがり、ジーンズをあげてボタンをとめた。おとなしく草を食《は》んでいた馬のところに行くと、革のひもで鞍に水筒がくくりつけられていた。リンクは蓋《ふた》をとって、ポケットから出したハンカチを水で湿らせ、そのハンカチと水筒の両方をケリーのところに持っていった。ケリーに渡したあとはさりげなく背を向ける。

「ありがとう」

ふりむくと、彼女は身じまいを終えて静かにたたずんでいた。まるで指示を待っているかのように。リンクは彼女の体だけでなく、心をも傷つけてしまったのだ。ケリーの目はもう高価なサファイアのようにきらきら輝いてはいない。ただぼんやりとリンクを見つめるばかりだ。

「ぼくとトラックに乗って帰ろう」と彼は言った。「馬はトラックの後ろにつないでいけばいい」

馬をつなぐと、ケリーの肘に手を添え、こんな状況でなかったら滑稽《こっけい》に見えるほど気づかわしげな態度でトラックへとエスコートした。彼女が助手席に乗りこんだときに身をすくめたのも、本人ではなくリンクのほうだった。

帰り道は行きより長く感じられた。リンクは後ろにつながれてついてくる馬のため、そしてまだ痛みを感じているに違いないケリーのために、行きよりずっと遅いスピードで運転した。路面のでこぼこのせいで車が揺れるたび、自分自身を罵倒《ばとう》した。

家に着くと、彼はトラックをガレージに入れてエンジンを切った。二人とも薄暗がりの中で黙りこくって座っていた。

やがてリンクがケリーのほうを向いた。「大丈夫か?」

「ええ」

「何か……ぼくにできることは?」

ケリーは膝の上で握りあわせた手をちらりと見おろした。愛していると言ってくれればいいの。心の中で彼の問いにそう答える。だが、涙をこらえて口にしたのは「別に何もないわ」のひとことだった。

リンクがトラックから降りた。だが彼が助手席側にまわってくるより早く、ケリーはひとりで降り、馬をつないでいたロープをほどきはじめた。二人は無言で馬を厩《うまや》に連れていった。そしてやはり何も言わずに家に向かった。

みんなはテラスに集まっていた。ジェニーはトレントを膝であやしている。ケージはデッキチェアに腰かけ、プールで遊んでいる子どもたちを見ながら何事か考えこんでいる。ゲーリー・フレミングと夫人のロクシーは、ガーデンテーブルの前で憂鬱《ゆううつ》そうにコーヒーを飲んでいる。サラ・ヘンドレンはばらの花をはさみで切っては、夫が持っている籠《かご》に入れている。

プールではしゃいでいる子どもたちを別にすると、彼らの雰囲気は妙に暗かった。

ケージが顔をあげ、近づいてくるリンクとケリーを見た。彼はまずケリーに向かってこう言った。

「問題が持ちあがった」

11

ケリーはそれまでつかっていた失意の沼からなんとか這《は》いあがって尋ねた。「どんな問題？」リンクが引いてくれた椅子に腰かける。「まさかジョーが……」

「いいえ、ジョーは元気よ」ロクシー・フレミングが安心させるように言った。「着々と回復に向かっているわ。ただ精神的にはかなりまいってるってお医者さまが言ってらした。それで今日、この家に移ったほうがいいとすすめられたの。ほかの子がそばにいたほうが回復も早いだろうって」

「この家に？　ご迷惑じゃない、ジェニー？」

「全然」とジェニーは答えた。「トレントの部屋にもうひとつベッドを入れればすむことだわ」

「ぼくが出ていくよ」リンクがぶっきらぼうに言った。「そうすれば少しは広くなる」

ジェニーは厳しい目で彼を一瞥《いちべつ》した。「その件についてはゆうべ結論が出ているはずよ。あなたはここにいなければならないの。それに、ジョーだってあなたがいたほうがくつろげるわ」

それはそのとおりだから、リンクもケリーも反論できなかった。「それじゃお願いするわ、ジェニー。どうせ二、三日後にはジョーの引きとり手が迎えに来るでしょうし」

ゲーリーが大きな咳《せき》ばらいをし、ロクシーは腰かけたままもじもじした。ケージとジェニーは困ったように顔を見あわせる。

「問題って、そのことなの？」ケリーは勘を働かせて言った。「そうなのね？　いったいどうしたの？　ジョーを養子にするはずだったご夫婦が、彼が怪我《けが》したのを知って二の足を踏んでいるわけ？　でも、後遺症は残らないって医者が請けあってくれたのよ」

「実を言うとね……」ケージが言いにくそうに切りだした。「ジョーとは養子縁組を希望する夫婦がいなかったんだ」

ケリーは声もなくしばらく彼を見つめていた。やがて叫ぶように言う。「どうして？　子どもたち全員の受け入れ家庭を用意しておくことが、あの子たちを連れてくる条件だったはずよ」

「わかってるわ」ジェニーがいつもは穏やかな顔に心配そうな表情をたたえて言った。「だからあなたには言わなかったのよ。ケージと話しあった結果、あなたに子どもたちをひとりも残さず救出してもらおうということになったの」

「だが、一番可能性のあったご夫婦も、やはりジョーは養子にするにはもう大きすぎると言ってね」ケージが言った。

「そう」ケリーは大きく肩を落とした。時計を見るとまだ正午前だが、今朝起きてから千年も生きたような気がする。間違った相手に恋してしまったというだけで、もう気持ちは沈みきっていたのだ。だからひとりになりたくて馬に乗った。なのにリンクが現れ、幸福な経験であるはずのものが悪夢になってしまった。

そして今度はこれ。生まれて初めて苦労する甲斐《かい》のあることをやりとげたと思ったのに、ここまできて挫折《ざせつ》するなんて。ジョーもかわいそうだ。アメリカ行きが自分の未来を大きく切り開いてくれることを一番よくわかっていたのがジョーなのに。

「ジョーを送りかえすことなんかできないわ」

「もちろんそんなことはしない」ケージは言った。

ジェニーが夫の肩に手をかけて言った。「あなたは身をかためる以前のケージを知らないけれど、彼は目的のためならどんな手だって使う男なのよ、ケリー。最高裁まで争ってでもジョーのアメリカ永住を認めさせるわ」

ケリーはケージにほほえみかけた。「ありがとう。あなたの尽力にいまからお礼を言っておく」

「ぼくも協力する」リンクが言った。「手段を選ばないってことにかけては、ぼくのほうがはるかに上だろうから」

「そうか?」ケージがリンクの腕をつかんだ。それからにやりと笑った。「ありがとう。あてにしてるよ」

「まあ、それほどおおごとにはならないよう祈りましょう」ケリーは立ちあがった。「わたしはいまから着がえを――」

「実はジョーのことだけではないんだ」ケージがそう言って、ケリーにもう一度座れと手で促した。

ケリーにはこれ以上どんな悪い知らせがあるのか想像もつかなかった。覚悟を決めて再び腰かける。

「ライザの養親になるはずだった夫婦から今朝電話があってね」とケージは言った。

ケリーは足もとの床がくずれだしたような気がした。「それで?」

「それで、奥さんが妊娠したというんだ。一昨日《おととい》わかったばかりだそうだ」

そのあとの沈黙をジェニーが埋めた。「長いこと子どもをほしがっていたご夫婦なのよ。だからモンテネグロの孤児を養子にするって話にとびついたわけ」

ケリーの目に大粒の涙が宿った。ライザ。いずれ別れのときが来るとわかっていたから、ケリーは子どもたちに過度の愛情を持たないようつとめてきたが、最年少のライザにはすっかり情が移っていた。おそらくライザが子どもたちの中で一番ケリーに依存していたからだろう。

「でも、そもそも養子縁組を考えるぐらいのご夫婦なら、子どもが二人になっても困らないほど愛情豊かなはずだわ」

「そういう問題じゃないのよ」ジェニーは言った。「その奥さんは、過去に何度か流産しているの。だから今度こそ無事に元気な赤ちゃんを産みたいのよ。医者はこれから数カ月はベッドで安静にしていろと言ってるそうだわ。それで、子どもの面倒は見られなくなったということなの」

ジェニーがケージのボキャブラリーから駆逐しようとしている単語が、リンクの口からぽろりとこぼれ出た。

「同感だ」とケージもつぶやいた。

「そうなの」ケリーはうなだれた。「それじゃ仕方がないわね」

「彼らにとってもつらい決断だったのよ。ライザを引きとるのをそれは楽しみにしていたから」

「できるものならうちで引きとってあげたいんだけど」ロクシーがせつなげに言った。

「でも、わたしたちにはもうカーラとカーマンがいるわ。当分はたいした苦労でもないでしょうけど、先々の教育費とか、そういったことを考えると……」

ケリーはロクシーとゲーリーに笑いかけた。「あなたたちが心配なさることはないわ。ほかの子の将来にまで責任を感じる必要はないの。そんなふうに思ってくださるだけで十分よ」そう言って、ライザが楽しげに水遊びをしているほうを見やる。ライザはしぶきがかかるたびに嬉《うれ》しそうなはしゃぎ声をあげた。「あんなにかわいいんだもの、すぐにかわりの引きとり手が見つかるわ」

「ぼくたちもそう思ってる」ケージが言った。

「でも、明日にはほかの子たちの新しい家族が迎えに来るわ。ひとりだけ取り残されるなんて、あの子にはショックでしょうね」

「すでにヘンドレン財団の各支部を通して、新しい引きとり手を募集する手はずは整えてあるんだ。だが、決まるまではむろん――」

「ケージ」ジェニーが警告するようにさえぎった。

「決まるまではなんだい?」リンクが問いかける。

ケージは妻に、仕方がないだろうというように肩をすくめてみせた。「決まるまではライザの身柄を当局に預けなくてはならない」

「そんなばかな!」とリンクは叫んだ。

ケリーの心臓が胸の中で冷たい石と化した。ライザはきっと怖がるだろう。わたしが約束してあげたものは結局、恐怖と孤独でしかなかったのだと思うだろう。「そんなことはさせられない」

「ええ、そうなる前に新しい引きとり手が見つかるはず。心配いらないわよ」ジェニーがそう言ってトレントを膝からおろし、立ちあがった。「ケリー、ケージがトレントを見てくれるって言うから、わたしたちは町まで買い物に行きましょう。服を貸すのはいっこうにかまわないけど、あなた自身で買いたいものもあるでしょうから」

「子どもたちはどうするの？」

「わたしたちが見てるわ」ロクシーが言った。「今回のことでゲーリーが一週間休暇をとったのよ」

「わたしらもここにいるしね」妻にかわってボブ・ヘンドレンが言った。

「ジョーは？　ジョーがこの家に着いたときにはわたしも迎えてあげたいわ」

「その前に帰ってこられるわよ」とジェニーは笑った。

ロクシーはケリーの肩を励ますように軽く押した。「行ってらっしゃいよ。買い物ぐらいしたって罰は当たらないわ」

　それでもケリーはシャワーを浴びて着がえたあと、もう一度プールをひとまわりしてから出ることにした。プールではケージとリンクが水着姿になって子どもたちの相手をしていた。ケージはトレントの体を空中高く放《ほう》りあげては水面すれすれで受けとめている。リンクはライザと遊んでいた。

　彼とライザを見ているうちに、ケリーの目に新たな涙がこみあげてきた。リンクの顔は大きくほころんで、目にも笑いがあふれている。

ケリーの視線を感じたのか、リンクは顔をあげた。プールサイドに立つ彼女の全身を、探るように眺めまわす。ケリーの体は熱くほてりだした。この体を彼はもうよく知っているのだ。もう秘密はなくなってしまった。リンクの視線がさがり、彼の手と唇と彼自身が触れたあたりにさまよう。まるで、そこがまだかすかにうずいているのを知っているかのように。

ライザがケリーのほうに両手を伸ばして無言の要求をした。ケリーはプールサイドに膝をつき、リンクはライザを抱いて水の中を移動してきた。ケリーは身をかがめ、幼い少女の濡《ぬ》れた頬にキスした。「バイバイ、ダーリン」

「バイバイ」

返事をしたのはリンクだった。これにはケリーだけでなくリンクも驚いて、二人はじっと見つめあった。それからケリーはそそくさと立ちあがり、車のところで待っているジェニーのほうに駆けていった。だが、足はどきどきしている心臓ほどには速く動いてくれなかった。

女性二人は数軒の店に寄った。ケリーはケージが彼女の口座から引き落とせるように用意してくれたクレジットカードを使い、服や下着や靴を買った。

「ドラッグストアがあんなに楽しいところだったなんて」牧場に帰る車の中で、ケリーは買い物袋の中をごそごそかきまわしながら言った。「まるで金脈を掘りあてたような気分よ。ローションにコンディショナーにネイル。こんな贅沢品《ぜいたくひん》があることさえ忘れかけていたわ」

「一週間ほどスパリゾートでのんびりしたらいいわ。少しは骨休めしなくちゃ」

ケリーは首をふった。「そうもいかないわ。まだやることがたくさんあるんですもの」

ジェニーはびっくりしたようにケリーの顔を見た。「まさかまたモンテネグロに行こうなんて思っているんじゃないでしょうね？」

「ええ。あそこはもう危険すぎるわ。わたしもまだ死にたくはないし」ケリーは袋の中の化粧品を整頓《せいとん》した。「でも、こっちでもやるべきことは山ほどあるわ。食料品や医薬品を買って送るための資金集めとか……」そこで言葉を切り、窓外を流れる景色にぼんやりと目をやる。

ジェニーは静かに言った。「お父さんのしたことをあなたがいつまでも償いつづける必要はないのよ、ケリー。あなたはあなたで、自分自身の人生を歩みださなくちゃ」

ケリーは重いため息をついた。「わかってる」

「今朝、わたしとケージはうっかり秘密をもらしちゃったんじゃない？」

ケリーははっとしたが、表情はまったく変えなかった。「気にしないで。いずれリンクにもわかることだったんだから」

「ごめんなさい。彼があなたの素性を知らないなんて思わなかったのよ。彼はあなたのことをてっきり――」

「言わないで！」ケリーは片手をあげてさえぎった。「ただでさえ恥ずかしくてたまらないんだから、もうわたしのしたことを思い出させないで」

「失礼なのは承知のうえで、聞かせてほしいのよ。なぜ彼にシスターだと思わせておいたの？」

「あなたは失礼になろうと思ったってなれる人じゃないわ、ジェニー。わけを知りたがるのは当然よ」ケリーは慎重に言葉を選んだ。この友人に事情をわかってほしかった。「わたしがどうやって彼を居酒屋から連れだしたかはもう知ってるわよね」

「娼婦《しょうふ》のふりをしたんでしょう？」

「ええ。それでわたし、そのために娼婦みたいな態度をとったの」ケリーは目をそらした。

「リンクは男盛りだし、それでその……」

「目にうかぶようだわ。彼、あなたが事情を説明してからも迫るのをやめなかったのね？」

ケリーはうなずいた。「あなたがわたしだったら、そんなときどうする？」

「たぶんあなたほどには頭がまわらなかったでしょうね」とジェニーは微笑する。「今朝ほんとうのことを知ったときの彼は、ちょっと……腹を立てたようだったわ」

「ずいぶん控えめな言いかたね」

「あなたを見つけだしたときには落ち着いていた？」

「全然」

ジェニーはそれ以上追及するほど無神経ではなかった。外で何があったにせよ、その出来事はケリーとリンクの両方にとってひどく衝撃的だったはずだ。帰ってきた二人はともに暗い顔をしていたし、互いに目をあわせようとさえしなかった。ばかばかしいほどにお互いを避けていた。

「リンクはわたしを父と同じだとなじったわ」ケリーは無表情で言った。「実際そうなのかもしれない。わたしは言葉巧みに彼を操っていたんだもの」目に涙がたまり、ぽろりとこぼれ落ちる。

ジェニーはいたわるように手を握った。

「あなたとケージはあんなふうに愛しあえて、ほんとうに幸せだわ」

「ええ。でも、わたしたちだってこうなるまでにはいろいろあったのよ」

ジェニーはケージとの過去をこれまで誰にも、ロクシーにさえ打ちあけたことがなかった。だが、いまは打ちあけるべきだろう。ケリーの助けになるのなら。

「ケージの弟さんで、わたしの婚約者でもあったハルのことだけど……彼、モンテネグロに旅だつ晩に、わたしの部屋にやってきたの」と語りはじめる。「そしてわたしを抱いたわ。わたしにとっては初めての経験だった」そこで小さく声を震わせる。「ところが、実は相手はハルではなかったのよ。ケージだったの」ケリーが息をのむのもかまわず、ジェニーは勇気がうせないうちに続けた。「やがて妊娠に気づいたときにも、わたしは当然――」

「ハルの子だと思った」

ジェニーはうなずいた。「誰もがそう思ったわ。ただ、ケージだけがそうでないのを知っていたの。ハルはそのときにはモンテネグロで殺されていた。ケージはわたしに打ちあける勇気をふりしぼるのに何カ月もかかったわ」

「打ちあけたあとはどうなったの？」

「わたしは体が震えるほどの怒りと屈辱を感じた」

「わかるわ」

「あらゆる言葉で彼をののしった」そのときのことを思い出して身震いする。「そして断固、彼をはねつけたのよ。わたしたちが再び結ばれるには、そういう修羅場を乗りこえる必要があったわ」ジェニーはケリーの手をぎゅっと握った。「リンクは当時のケージを思い出させる。二人とも短気でかっとなりやすい。暴力と危険の匂《にお》いをふりまいている。ケージが同じ屋根の下にいるときには、わたし、いつも不安だったわ。できるだけ近づかないようにしていた。でも、そのうち気がついたの。わたしを不安がらせるその性格が、同時にわたしを引きつけてもいるんだって。ほんとうは彼の男っぽさが怖かったという以上に、彼に対する自分自身の反応が怖かったのよ」彼女はケリーを横目でちらりと見た。「ケージを避けていたのは、彼といるとつい神経過敏になってしまうからだったの。彼にかきたてられる気持ちを自分でどう処理すればいいのかわからなかったから、なるべく近よらないようにしていたのよ」もう一度ケリーに目をやる。「リンクに恋をしているの、ケリー？」

ケリーがうつむいて頬に流れた涙は、彼女の気持ちを雄弁に物語っていた。唇をかみしめ、かろうじて嗚咽《おえつ》をこらえている。

「ええ」低くうめくようにケリーは答えた。「でも、望みのない恋だわ」

「わたしもケージとの関係について、一時はそう思ったものよ。でも、成就させるのが難しければ難しいほど、かけがえのないものになっていく。それが愛というものなんだわ」

ヘンドレン夫妻とケリーは、子どもたちを早くアメリカの生活習慣に慣れさせるべきだと考えていた。だからその晩の夕食は、庭のグリルでホットドッグを作った。食事のあとにはケージがテレビを庭に持ちだし、ディズニー映画のＤＶＤを見せた。子どもたちの喜ぶ顔を見ると、ケリーもいままでの苦労が報われたような気がした。

映画のあいまに、子どもたちは冷凍庫三杯分もの自家製アイスクリームを食べた。ケージの母親が持ってきたカップケーキも配られた。善意の部外者や報道関係者はいまでも牧場内には立ち入れなかったが、食べ物や衣類やおもちゃはこっそり持ちこまれていた。

昼間のうちに退院してきてみんなの熱い歓迎を受けたジョーが、松葉杖《まつばづえ》をつきながらケリーのほうにやってきた。

「少しすくのを待ってるのよ」柄の長いスプーンでアイスクリームをわけているロクシーのまわりでは、子どもたちがひしめきあっていた。「脚の具合はどう？」

「ちょっと痛いけど大丈夫」

「いままで言うチャンスがなかったけれど、脱出のときのあなたは勇敢だった」

少年は、はにかんだしぐさを見せた。

「わたしも鼻が高いわ。あなたの協力がなかったら、リンクもわたしたち全員を救うことはできなかったでしょう」

ジョーは胸に感じるものがあったらしく、視線を地面に落とした。「リンクはぼくを助けに戻ってきてくれました」

ケリーはジョーがリンクを敵視していたのを思い出し、そっと言った。「そのことに関しては彼にお礼を言わなきゃね」

「もう言ってくれたよ」

背後の闇《やみ》からリンクの声がした。ケリーはたちまち膝の力が抜けていくのを感じた。ふりかえり、思わずはっと息をのむ。リンクもケージの車を借りて買い物に行き、いまは腰にぴったりフィットした新しいストーンウォッシュ加工のジーンズをはいていた。上は白いコットンのアーミーシャツだ。袖《そで》をまくりあげ、たくましい二の腕をむきだしにしている。初めてコロンをつけているが、雨と風を連想させる、実に好ましい香りだ。髪も切っていたけれど、襟足はまだカラーにかかるほど長い。

リンクは闇の中から出てきて、ジョーの肩に片手を置いた。「昼間彼はお礼を言ってくれたが、ぼくはそんな必要はないと言ったんだ。彼が後方で援護してくれたんだからね。もうそれだけで国のために闘う立派な闘士だよ」

ジョーは晴れやかな顔でリンクを見あげ、誇らしげに言った。「でも、これからはアメリカがぼくの国だ」

まだこの少年に、引きとり手がいないからモンテネグロに送りかえされるかもしれないということを言える人間はひとりもいなかった。

リンクはすかさず話を変えた。「ジョーが馬と不思議なくらい心を通わせられるって話、もうケージから聞いたかい？」

「ええ、百回もね」ケリーは答え、ジョーにからかうような笑顔を向けた。「あなたがそんなに馬に詳しいとは思わなかったわ」

「いや、馬のことなんか何も知らなかったんだけど」とジョーは黒い目をきらめかせた。

その日の午後、もうベッドで寝ているのはたくさんだと言うジョーを、ケージが牧場に案内したのだった。帰ってきたケージは、ジョーがいとも簡単に動物たちをてなずけたことにしきりに感心していた。〝まるで馬の言葉がわかるみたいなんだ〟にこにこしてジョーを見ながら言ったものだ。

ジョーはそれを嬉しそうに聞いていた。モンテネグロでは年よりずっとおとなびて見えたけれど、その年に似あわぬ老成した雰囲気は、リンクへの敵意とともにぬぐい去られていた。

「あなたが初めてぼくたちのところに来たときには、シスター・ケリーに危害を加えるつもりなんだと思っていた」いまジョーは生真面目《きまじめ》な顔でリンクに言っていたが、リンクの顔がわずかに引きつったことには気づかない。「誤解しててごめんなさい。あなたのおかげで自由になれた」

リンクがうまい返答を考えつく前に、トレント・ヘンドレンがジョーのところにとんできた。ジョーにぶつかる寸前で立ちどまったのは、ジョーの怪我のことを前もって注意されていたからだ。

「ジョー、ジョー」トレントはジョーが来てからというもの、彼にまとわりついてばかりいる。ジョーは少しもいやがっていないようだ。むしろ父親のような態度で接している。トレントは次の映画が始まろうとしているテレビ画面を興奮した動作で指さした。ジョーは照れ笑いをうかべ、トレントに引っぱられて子どもたちのほうに戻っていった。

「まだまだ子どもだとも言えるし、もうすっかりおとなだとも言えるわね」ケリーがジョーを見送ってつぶやいた。

「それに勘がいい」リンクが言った。

「馬のこと？」

「ぼくのことさ」ケリーは首をめぐらしてリンクを見た。「彼は、ぼくがきみを傷つけるんじゃないかと見抜いていた。ただ時期がずれていただけだ」

ケリーは刺すように見つめてくるまなざしを避けて目を伏せた。「その話はやめて。お願い」

「話さなければならないんだ」リンクは声を落として言ったが、ピーターパンとキャプテン・フックのかけあいのおかげで、話が誰かに聞かれてしまう恐れはなさそうだった。

「まだ痛むかい？」

「痛くはないと答えたでしょう？」

「なぜ言ってくれなかったんだ？」

「それももう話したわ。言ったって信じてもらえなかったからよ」

「今朝は信じなかったかもしれないが、しかし――」

「いつ？　いつなら信じたの、リンク？　わたしたちが友だちでいたあいだに言ったら信じてくれた？　そんな話をなにげなくできる機会がわたしたちにあったかしら？」ケリーは長々と吐息をついた。「だいいち、もし信じてもらえたとしても、結果は同じだったでしょう？　遅かれ早かれあなたはわたしを抱かずにいられなかったはず」

「しかし、そうと知っていたらあんなに……」

リンクの言葉がとぎれたので、ケリーは先を促した。「あんなに、何？」

「あんなに乱暴にはしなかった」

二人はしばしじっと見つめあった。先に目をそらしたのはケリーのほうだった。「ああ、もう……」

「ぼくはきみを傷つけてしまったのかい、ケリー？」

「いいえ」

体の苦痛は最小限だった。心の傷だけが決定的に深い。彼は怒りの感情からわたしを抱いた――愛情ではなく、快楽のためでもなく、もっぱら復讐《ふくしゅう》のために抱いたのだ。体には傷ひとつ負っていないが、心はもうずたずただ。だが、それを認めるくらいなら死んだほうがまし。

ケリーはなるべくふてぶてしく見えるように顔をあげた。「それがあなたの聞きたい返事なのよね？　わたしを傷つけたとなったら、勝利の快感に少しばかりかげりが生じてしまうんでしょう？」

「それはどういう意味だ？」リンクが不気味なほど声をひそめた。

「あなたの唯一の目的は、わたしにあなたがほしいと認めさせることだった。そう哀願させるために始めたのよね？　そしてわたしはお望みどおり哀願した。これで満足したでしよう？」

「満足なんかしていない」

リンクは顔を怒りでこわばらせ、距離をつめてきた。あまりの近さに体温が感じられるほどだ。今朝あのとき、すべての肌と肌が触れていなかったなんて、ケリーはなんとなくだまされたような気になった。男と女の最も親密な行為をともにしたのに、わたしはあのかたくなめらかな肌が自分の体にまとわりつく感触をいまだに知らないのだ。

しかも、いまだに知りたいと思っている！

「きみの鼻をちょっと折ってやりたいとは思っていたが、傷つけるつもりはなかったんだ。だって知らなかったんだよ、まさかきみが……。気がついた瞬間、すぐに……やめたくなった」彼の目がケリーの唇を見おろす。「だが、きみの中に入ったあとではやめられなかった」

二人はまた黙りこんで見つめあい、それぞれにあの瞬間のことを思いかえした。リンクはケリーを抱きしめたくなったが、それができないのはわかっていた。だからその欲求不満を彼女に八つ当たりすることで解消しようとした。

「きみの年で初体験だなんて、少々遅いってことは自分でも認めるだろう?」

「チャンスがなかったのよ。母が亡くなったとき、わたしは十六だった。以来わたしが父のパートナー役を務めるようになったわ。でも、外交官のスケジュールにあわせられる恋人なんてめったにいない。それに最後の数年は――」

「親父《おやじ》さんを刑務所から出す算段で忙しかった」

「違うわ」ケリーは声を荒らげた。「父を自殺させないようにするのに忙しかったのよ。だから男性とつきあう暇なんかなかったわ」

リンクは自分のせりふを深く悔やみつつも言いかえした。「だが、そんなことをぼくが知るわけはない」

「わたしについてあなたが知らないことをあげていったら百科事典ができるわ、ミスター・オニール。あなたは最初から間違った結論にとびつき、勝手に誤解を――」

「誰のせいだと思ってるんだ?」下半身を燃やしていた火に怒りが冷水を浴びせた。「ぼくにほんとうのことを言わず、芝居を続けたのは誰なんだ?」また一歩ケリーにつめよる。「間違った結論にとびついたとぼくを非難するなんて、きみはたいした神経の持ち主だよ。それにひとこと言っておくが、きみは尼さんのふりをしていたときより娼婦を演じていたときのほうが、よっぽどそれらしかった」

ケリーはかっとなった。「よくもそんな――」

「あの居酒屋できみはぼくにさわりまくった」

「腿に手を置いただけだわ。それも膝に近いあたりに」

「あのときの髪。唇。いらっしゃいと言わんばかりの目。男がむらむらするようなドレス」

「あのドレスのことは忘れて」

「ああいった罠《わな》のすべてがほんとうに必要だったのか？　なぜ最初から素性を打ちあけ、説明しなかった？」

「お忘れかもしれないけど、わたしはあなたを傭兵《ようへい》だと思っていたのよ。粗野で無節操で下品で――」

「罵詈雑言《ばりぞうごん》はそのくらいにして、ぼくの質問に答えろ。なぜぼくの酔いをさまさせて自己紹介しなかった？」

「あなたが父の敵か味方かわからなかったからよ。モンテネグロでは敵のほうが多かった。だから子どもたちとわたし自身のため、黙っていることにしたの。ウットン・ビショップの娘だと知られたら、わたしは反乱軍に殺されていたでしょう。だから隠していたのよ」

「そもそもきみはあの国で何をしていたんだ？　ソルボンヌ出にしてはあまり賢明とは言えないな」

　そのこばかにしたような発言は聞き流し、ケリーは言った。「誰かがあの子たちを救出しなければならなかった」

「確かに、誰かがね。きみでなくてもよかったんだ。ぼくに払う五万ドルがあるのなら、その金で本物の傭兵を雇うこともできたはずだ。それを素人《しろうと》のきみがのこのこ出ていくなんて、殺されても不思議はなかったんだぞ」

「でも、殺されなかったわ」

「殺されるまで満足できないんだろう」

「どういう意味？」ケリーは鋭く尋ねた。

「いつになったら親父さんの罪を償った気になれるんだ？　墓場に入るときか？」

ケリーは身をかたくした。「どうせあなたには道義的な責任なんて理解できないわ。自分のことしか考えず、好き勝手にあちこちを放浪してきたんでしょうからね」

「少なくともぼくは、不正な手段で私腹を肥やしたことはない」

「だけど、あなたは――」

「邪魔して悪いんだが……」

二人は同時にケージのほうを見た。ケージは面白そうににやにやしていた。「おとりこみ中、申し訳ないが、ちょっと大事な発表があるんでね」

ケリーは顔を赤らめた。暗いおかげでほかの人には見えないだろうけれど。「なんなの、ケージ？」

「とにかくこっちにおいでよ。うちの親父がみんなに話したいことがあるそうなんだ」

二人は照明の輪の中に入っていった。

ヘンドレン牧師が前に進み出た。「実は皆さんを驚かせることがある。今日一日サラと話しあった結果、ひとつの結論に達したんだ。わが家をより幸せな家庭にする案だ」そして彼は頭の向きをわずかに変えた。「ジョー、うちでわれわれと暮らさないかね？」

ボブ・ヘンドレンとサラが達した結論とは、無私の寛大なる心から出たものだった。一時間後、ケリーは客用寝室の窓から外を眺めながら、改めて胸を熱くした。

むろんボブ・ヘンドレンがあの驚くべき質問をしたときには大騒ぎになった。ジョーは最初質問の意味がわからないようだった。そしてわかったときにはこぼれんばかりの笑みをうかべ、大きくうなずきながらスペイン語に戻って言った。「はい《シ》、ぜひ《シ》」ケリーがほかの子たちに通訳してやると、みんなジョーのまわりに集まって祝福した。

子どもたちを仮住まいのトレーラーハウスで寝かしつけたあと、ケリーはヘンドレン夫妻をつかまえて言った。「ジョーを養子にしてくださるなんて、ほんとうに感謝しています。でも、わたしが昼間言ったことがプレッシャーになったのでなければいいんですけど」

ボブとサラはそれぞれにケリーを抱きしめた。「わたしたちはジョーを引きとるのがハルのいい供養になると思ったんだよ」ボブが言った。「ジョーがわが家にいられるのも大学にあがるまでのわずか数年だろうしね。それまでにあの子がアメリカの同級生に追いつけるよう、学力や社会性をつけさせてやるつもりだよ」

「ねえ、ケリー」とケージの母親は言った。「うちの子どもたちはあっという間にいなくなってしまったわ。まずケージが出ていき、次はハル。ジェニーもケージと結婚して新たに所帯を構えた。おかげでわが家は空き部屋だらけ。また若い人と暮らせるなんて、ほんとうに楽しみなの。トレントもすっかりジョーになついているし、きっとうまくやっていけるわ。それにうちはこの牧場とも近いから、ジョーの好きな馬にいつでも会えるしね」

これで問題のひとつは解決した、と胸につぶやきながら、ケリーはカーテンを窓におろした。明日にはライザのことも解決してほしい。さっき寝かしつけるとき、ケリーは思わずあの幼い少女をぎゅっと抱きしめてしまった。新しい水玉模様のネグリジェを着たライザはまるでお人形のようだった。ケリーの抱擁にこたえ、ちゅっと音をたてて頬にキスしてくれた。

ライザのことだけでなく、ほかにも心に重荷をかかえ、ケリーはベッドのほうに歩いていった。

罪の意識が今宵《こよい》の友だった。リンクに投げつけた言葉を思いかえすと気がめいってくる。自分のことしか考えないなどと彼を面罵したのは間違いだった。彼は命がけでわたしや子どもたちを助けてくれたのに。

なぜあんなことを言ってしまったのだろう？　なぜ彼の前に出ると自分らしくない言動に及んでしまうの？

ベッドに横たわり、上掛けを引っぱりあげようとしたとき、階段をあがってくる重い足音を聞いてケリーは手をとめた。ジェニーとケージは彼の両親が帰ったあと、寝室に引きとっている。近づいてくる足音はリンクのもの以外ではありえない。とっさにケリーは戸口に向かった。ドアを開けると、リンクがちょうど通りすぎようとしていた。

彼は驚いてケリーを見た。「どうかしたのか？」

ケリーはかぶりをふった。衝動的にドアを開いてしまったことをもう後悔している。リンクはシャツのボタンをはずしたまま、裾《すそ》も外に出していた。見えている胸毛に沿って、ケリーは下のほうに目線をさまよわせた。ジーンズの一番上のボタンがはずれていた。足は裸足《はだし》だ。髪はいらだたしげにかきむしったかのように乱れている。どきっとするほど魅力的な姿だ。

ケリーが棒立ちになったきり黙りこんでいるので、リンクは言った。「足音で起こしてしまったのならすまなかった。ちょっと階下《した》でたばこを吸ってきたんだが――」

「いえ、そうじゃないの」ケリーはひと息に言った。「ただ、さっき言ったことを謝りたいと思って」

リンクは物問いたげに眉をあげる。

「さっきはあなたを〝自分のことしか考えてない〟ってなじってしまったけれど、あれは言いがかりだったわ。あなたはわたしたちの命を救ってくれたのに……。ほんとうにごめんなさい」

ケリーが思いきって顔をあげると、リンクはゆっくりと彼女の体を見おろした。今は昼間町で買ったネグリジェに包まれている。背後のナイトスタンドの明かりが薄手の生地を透かし、体の輪郭をうかびあがらせている。

「呼びとめてくれてよかった」彼はしゃがれ声で言った。「ぼくも反省していることがあるんだ」

ケリーはその目にぼうっとなった。「今朝のことならもう謝らないで。すでに一度謝っているんだから」

「謝罪のほかに、きみに返さなくてはならないものがあるんだよ」

「返さなくてはならないもの？」

リンクは部屋の中に入って、彼女をあとずさりさせた。「喜びさ」

12

ドアがリンクの後ろでかちゃりと閉まった。

「喜び？」

「きみの初めての経験に欠けていたものだ。ぼくが奪うばかりで、きみにはほとんど与えなかったもの。これからその埋めあわせをしたいんだよ」

「それって……つまり……」

リンクはうなずき、ふらりと近づいた。「ああ、そういう意味だ」ケリーの肩を両手でつかんで引きよせる。

「だめよ」その口調は体で示した抵抗と同様、ひどく弱々しかった。

「なぜ？」

「わたしたちはお互いを好きですらないんだもの」

リンクは肩をすくめた。「ぼくはきみを嫌いじゃない」

「顔をあわせれば喧嘩《けんか》ばかりしているし」

「それも刺激があっていい」

「あなた、わたしにだまされたことをいつまでも根に持ってるわ」

「だが、きみの頭のよさに感心もしている」

「わたしにとってあなたはあくまで傭兵《ようへい》だわ。たとえ構えているのが銃でなくカメラだとしてもね。それに――」

「それに、なんだかんだ言ってもぼくたちは互いの体に惹《ひ》かれあっている。違うかい？」

ケリーは彼の日焼けした顔をじっと見つめた。ケリーのかたい意志も、もう体の要求に屈してしまいそうだった。太陽の光とともに夜が明けていくように、体はすでに目覚めはじめている。自然にほどけ、ぬくもりを求めて、花開こうとしている。

ケリーは彼との関係がうまくいくわけのない理由を思い出そうとした。だが、体には体の記憶がある。リンクとのセックスがあざやかによみがえり、その感覚を体がもう一度経験したがっていた。糸がほつれていくように、抵抗する気持ちは少しずつほぐれていく。

ケリーの両手が彼の胸に置かれた。「違わないわ」

「じゃ、今夜はいままでもめたことなんかすべて忘れて、そのことだけに集中しないか？」

「すべてを忘れて、何も考えずにベッドをともにするなんて、ちょっと無責任じゃないかしら」

「お互い少しぐらい無責任になってもいいんじゃないかな？」リンクは彼女の髪や顔を見ながら言った。「こっちに帰ってくるまであれだけ重い責任を負っていたんだから」

「そうね」シャツの前が開いているせいで、胸に当てた手のひらの一部が肌に直接触れている。ケリーは柔らかな胸毛に顔を、口を、押しつけたくなった。

「いけない理由なんて考えないでくれ、ケリー」彼女をぞくっとさせるような声でリンクは言った。「ただ、これだけに集中してくれ」ケリーの顎を片手でとらえ、頭をのけぞらさせて唇を重ねる。

ケリーの口の中に舌が入ってきた。その瞬間世界がぐらりと傾いた。ケリーは言われたとおり、唇に意識のすべてを集めた。彼の唇にこめられた情熱と欲望に。彼の唇はかたいけれど強引ではない。

やがてリンクが頭をもたげ、ケリーは彼の胸にぐったりと頬を預けた。耳の下で彼の心臓が激しく鼓動をきざんでいる。いまのキスに、リンクもケリーと同じほど胸をとどろかせていた。

「きみはすてきだ」リンクが彼女の頭に口をつけてささやく。

「しばらく女性から遠ざかっていたせいでそう感じるだけよ」

「違う。ほんとうにすてきだ」

「そう？」

「そうだとも。とてもすてきだ。めちゃくちゃにすてきだ」

そしてまた突然ケリーの頭を上向きにさせ、唇を貪《むさぼ》る。強く抱きすくめ、彼女の腿のあいだに欲望の高まりを押しつけた。ケリーは声をあげそうになったが、彼の唇がそれを封じこめている。リンクはどうしようもない欲望のうねりに突き動かされて唇を貪りつづけ、ケリーも自分の中で欲望が狂おしく高まっていくのを感じた。

体と体にはさまれていた両腕をリンクの首に巻きつけ、胸と胸をあわせると、二人の口から同時にため息があふれ出た。ケリーは彼の髪に指をからませ、爪先立《つまさきだ》ちになった。リンクは魂の底からうめき声を発し、ケリーのヒップを両手でかかえて持ちあげた。

このままでは二人ともそうそうに燃えつきてしまいそうだった。リンクは徐々にキスをやめていった。濡《ぬ》れた唇をケリーの唇にそっとこすりながら、両手を彼女のウエストに移動させ、その細さに驚嘆したように両手で軽くしめつける。ケリーの体がゆっくりとおろされ、床に足がついた。彼女はリンクの耳や顎に触れながら両手を肩に這《は》わせていった。アーミーシャツの肩章のボタンを指でもてあそぶ。

ためらいがちに目をあげると、リンクはめったにしないことをした。ほほえんだのだ。

ケリーは胸をしめつけられ、とてもすてきな笑顔だと言った。

彼はその無邪気なほめ言葉に低く笑い声をあげた。「そうかい？」

「ええ。あなたがほほえんだ顔って、あまり見たことがないもの。わたしの前ではたいてい仏頂面をしていた」

「きみを抱きたくて仕方なかったからさ」

実感のこもったその言葉が、ケリーの中にベルベットで包んだ拳《こぶし》のようにじわりとめりこんだ。自分を落ち着かせるため、彼女は他愛のないことを言った。「歯並びもいいわ。矯正したの？」

「まさか」

「わたしはしたのよ」

「する前もかわいかっただろうな」リンクは鼻の先にちょんとキスして、舌先でケリーの前歯をそっとなぞる。彼女は小さく身を震わせた。「寒い？」

「いいえ」その質問には思わず吹きだした。「寒いなんてとんでもない」と首をふる。

リンクの目が夜の森にともるカンテラの灯のように妖《あや》しくゆらめいた。ケリーにはもうその目しか見えない。それは、このひそやかな宇宙の中心にきらめく二つの星だった。

「熱い？」

ケリーはうなずく。

「どこが？」

「どこもかしこも」

リンクは片手を広げて彼女の腹部に当てた。目を見つめたまま、その手を下のほうにずらし、逆三角形にすぼまったところを包みこむ。「ここも？」

ケリーはせつなげな声をもらし、彼のほうに体をよろめかせた。「ええ」

「まだ痛む？」

「少し」

「ごめん」

「いいの」

「いい？」

「ええ。いいのよ、リンク」

二人はキスをした。そのキスに熱がこもってくると、リンクは彼女を抱きしめてあやすように体を揺すった。

「ぼくたち、急ぎすぎてるよ」リンクはかすれ声で言い、彼女の喉もとに唇をつける。「《きみのすべてにキスしたい》って歌を知ってるかい？」抱きすくめられたまま、ケリーはうなずく。「ぼくもそういう心境だ。きみのすべてにキスしたい。何度も何度も」

そして彼女の体をわずかに離した。ケリーがぼんやり目を開けると、彼は言った。

「あのいまいましいジャングルの中を進んでいけたのは、ただただきみがほしかったからだ。根は臆病《おくびょう》な男なんだよ」

「まさか」

リンクはにやりと笑った。「あのころは、たまたま勇敢な時期に当たっていただけさ。いつかは運命のいたずらでなんらかの奇跡が起こり、きみとベッドをともにする日が来る――そう信じたのがきみたちの脱出につきあったほんとうの動機なんだ」

「わたしはだまされないわよ、リンク。ほかの人ならあなたの非情さを額面どおりに受けとるかもしれないけれど、わたしにはわかるの。あなたは本心から子どもたちを救いたがっていた」

リンクは悔しそうな顔をした。「とにかくぼくがあの苦行に最後まで耐えられたのは、きみとこうすることを想像していたからなんだよ」

「ほんとうにそんな想像をしていたの？」

「いつだって想像していたさ。常に、絶え間なくね」

リンクは彼女の胸に両手をやった。指の腹がかろうじて触れる程度のさわりかただ。精巧なカメラを扱う繊細さを備えながらも、その指は男らしく節くれだっている。

それから彼は胸の両脇《りょうわき》を軽く押さえた。薄いコットンのネグリジェの上から、ばら色のつぼみがわずかに透けて見える。

「きみの胸にはいつも目を奪われた。動くたびに目を吸いよせられたよ。いま思うと、きみの服はいつでも濡れていたような気がする。小川で水浴びをしていた晩。川を渡ったとき。汗でもぴったり肌に張りついていた。それを見るとぼくは……」

リンクは親指で胸の頂をそっと撫《な》でた。が、そうされるまでもなく、彼の言葉だけでそこは痛いほどかたくなっていた。

「この胸を見るたびに、ぼくの頭は、さわってみたい、キスしたいという思いでいっぱいになってしまった」身をかがめ、薄手の生地の上からつぼみを口に含む。「すてきだ」

「あなた、わたしの胸を小さいと言ったわ」

「ああ、言った。だが、小さいのが好きでないとは言ってないよ」リンクはケリーがその場にへたりこみたくなるまでそこにキスしつづけた。

「あなたの体が見たい」ケリーは自分自身の言葉に驚いた。だが、恥ずかしがって目を伏せたりはしない。彼の目をまっすぐに見つめていた。「シャツを脱いで。お願い」

命令口調のあとにとってつけたように続けた〝お願い〟のひとことを面白がりながらも、リンクは黙ってシャツを脱ぎ、床に放《ほう》った。心ゆくまでケリーに鑑賞させてやろうと、じっと立ちつくす。

弾丸が残した赤い傷痕《きずあと》を見て、ケリーはいたわるように微笑した。だが、彼があやうく死ぬところだったのだということは考えたくない。考えると気分が悪くなってしまうのだ。だからその考えは頭から追いやり、さっき二人で決めたとおり、愛しあうことにだけ気持ちを集中させた。

胸の上のほうにそっと手を触れてみる。胸毛に指をさし入れ、その感触をいつくしむ。

胸毛は下に行くにつれて扇形にすぼまっていた。両手でその形をウエストのところまでなぞり、たくましい筋肉がついた上のほうにまた戻していく。親指が乳首に触れそうになると、慌てて引っこめた。

ケリーは問いかけるように彼を見あげた。

「さっきぼくがやったみたいにさわってくれ」とリンクは言った。その表情は引きつり、呼吸はせわしなくなっている。

指に触れたその場所の感触はエロティックで刺激的だった。リンクがかすかに身を震わせたのを感じ、今度は思いきってずっとしたかったことをしてみる。彼の乳首に唇をつけると、二人の口から甘い吐息がこぼれ落ちた。ケリーは日なたぼっこをしている怠惰な猫のような緩慢さで、ゆっくりと舌を使った。そこを優しく吸うだけで、リンクだけでなく自分自身も深い喜びが得られるのは驚きだった。リンクは反射的に腰をつきだし、彼女の腰にこすりつけた。

耐えられなくなると、リンクはケリーを押しやって自分のほうを向かせた。「さっきはもうきみのことなんか忘れてしまおうと思った」歯ぎしりするように言う。「だが、やっぱり忘れられそうにない。きみは強力な麻薬みたいだな、ケリー」

そして唇に熱っぽくキスをした。やがて唇を離したときには、一歩間違えたら凶暴とも受けとれかねない猛々《たけだけ》しさをみなぎらせていた。ケリーの手をつかみ、窓際の椅子のところに歩いていく。リンクはその椅子に腰かけた。ケリーは彼の前に立ったままだ。

「ネグリジェを脱いで」

ケリーは心の震えをぐっと抑えた。今朝服を脱がされたときには、彼の腕の中にいた。それに対し、いまは彼の前で、彼に見られながら、自ら脱がねばならない。胸の内で不安が小さく渦を巻いた。

だが、不安だけではない。快感としか名づけようのない奇妙な感覚も胸を騒がせている。世慣れた経験豊富なリンカン・オニールを翻弄《ほんろう》し、惑わしてやりたい。そんな思いが心の底からわきあがってくる。

ケリーの目に謎《なぞ》めいた光がまたたいた。アダムを誘惑したイブのごとく、すべてを心得たような挑発的なまなざしだ。

ケリーは彼に背を向けた。リンクが抗議しようとして思いとどまったのを感じながら、胸の前で腕を交差させてネグリジェの肩ひもに両の手をかける。肩ひもは細く、ちょっと手首を返しただけで肩から肘までずり落ちた。わざとゆっくり腕を体の脇に戻す。ネグリジェはするりと体から離れ、床に落ちた。

背中をリンクの視線が熱く焦がしている。わたしの後ろ姿に見入っているのだ。ウエストからヒップに続く曲線に。気に入ってくれたかしら？　背骨の下のくぼみに気がついた？　そのくぼみをかわいいと思ってる？　セクシーだと？　魅力的だと？　ヒップの形はどう？　脚はどんなふうに見えてる？

ケリーは床に落ちたネグリジェから片方ずつ足を抜き、おもむろに向きを変えてリンクと相対した。目は伏せたままだ。勇気をふりしぼって彼の目を見ると、とたんに胸がきゅんとなった。

「髪もほどいてくれ」

そんなことを言われるとは予想外だったが、その声の抑揚がケリーの知りたかったことを教えてくれた。彼はわたしの裸が気に入ったのだ。

ケリーは三つ編みにした髪を肩の前に持ってきた。カールした先端が胸の頂に触れるほどの長さだ。熱心な観客は唇をなめ、ケリーは先端のゴムをはずした。そして優雅な手つきでゆっくりと三つ編みをほどきはじめた。

リンクはその手の動きをじっと見つめている。高度な技術と才能を要する複雑な作業を見守っているようなまなざしだ。ようやくほどき終えると、ケリーは頭をひとふりして、まだ癖が残っている重い髪を肩の後ろへやった。

「髪を揺すってみてくれ」

ケリーは頭を左右にふった。髪がゆるゆるとほぐれて波立った。

「指ですいて」

片手で髪をささえ、もう片方の手でていねいにとかす。髪は肩や胸に広がり、胸の頂に触れた。

リンクは胸を上下させて荒く息をついた。もう爆発寸前までいっているのがわかったが、彼が動いたときには、ケリーはまだ心の準備ができていなかった。

リンクは両手でケリーのウエストを抱きよせた。椅子に座ったまま、ケリーの腹部にいきなりキスをして驚きの声をあげさせる。

熱く湿ったキスだった。場所を変え、何度も何度も繰りかえす。両手はケリーのヒップにまわされている。ケリーは彼の頭を両手にはさみ、その頭が右に左にと動いて火のようなキスをしるしていくのを見おろす。リンクの息が腿の付け根に触れたかと思うと、その部分に唇がおりてきた。

たちまち膝の力が抜け、ケリーはすすり泣くような声をあげた。その声でリンクははっとわれに返り、立ちあがって彼女を抱きしめた。賛美の言葉がケリーの頭の中でもつれあい、歌となっていっそう官能を高めていく。

腿のあいだに彼の手がすべりこんできたときには、ごく自然に脚が開いた。そこを優しく愛撫《あいぶ》してもらうのは自然ななりゆきのように思われた。ケリーは彼の名を小さく叫んだ。

「痛いかい？」

その言葉に、ケリーは無我夢中でかぶりをふる。

「もう二度と痛い思いはさせないよ、ケリー。約束する」

リンクは彼女にキスしながらジーンズと下着を脱ぎはじめた。すべて脱ぐのに少し手間どったが、最後まで熱烈なキスが中断されることはなかった。

彼のかたく張りつめた熱いものがケリーの体に押し当てられた。リンクは二人を燃やす狂おしい情熱にはそぐわないゆったりとした動きで彼女の腿の裏に手をすべらせ、そのまままそっと持ちあげた。

互いの最もひそやかなところが触れあうと、ケリーは思わずのけぞった。髪がウエストにつくほど体をしならせ、彼を迎え入れようとした。

「まだだよ、ケリー」とリンクはささやいた。

リンクの指はケリーに魔法をかけ、彼女を女にする秘密の扉の鍵《かぎ》を開いた。その瞬間、ケリーの全身を愛と喜びが駆けぬけた。彼の肩に爪を食いこませ、胸に歯を立てる。

リンクはそれを歓迎した。彼女をとらえる快感の波のひとつひとつが、いとおしかった。

ケリーは甘美な余韻にひたる間もなく抱きあげられ、ベッドに運ばれていった。ぐったりしてもう目を開けていられないほどだったが、おおいかぶさってきたリンクの裸体を見たとたん目をまるくした。

「美しい体……」ほとんど声にならなかったけれど、リンクは唇の動きからその言葉を読みとった。

「ぼくの体が？」いぶかしげにききかえしたが、やがて頬をゆるめ、目尻に皺《しわ》を寄せて笑みをうかべた。

ケリーもほほえんだ。「ええ。それに、あなたがわたしにしたことも。とても美しいことだと思うわ」

「ああ、それは同感だ」リンクは膝立ちになってケリーの脚をまたぎ、腿を両手で撫でた。「わたし、ばかみたいじゃなかった?」

リンクは熱くうるおった場所に指を触れた。「すてきだったよ。見た目も感触もね」

ケリーは喉の奥からこみあげてきたうめきをこらえようと、下唇をかみしめた。「わたし……あまり……」

「ん?」

「じょうずじゃないと思うけど……」

リンクは微笑した。「いいんだよ」

「でも、わたし……ああ、リンク……あなたに……」

「なんだい? ぼくにどうしたいんだい? 言ってごらん」

からかっているのではない。リンクの目には哀願するような切実な色があふれている。ずっとこらえてきた欲望に顔がこわばっている。

「やってみせてくれ、きみがどうしたいのかを」

ケリーはリンクの腿に両手を置いた。腰骨にかけて愛撫すると、彼は低くうめいた。腿の内側をまさぐると、がくりと上体を折った。

リンクは深く一気に彼女の中に入ってきた。ケリーの体の奥でまた火がくすぶりだす。風を送りこまれた熾火《おきび》のように、それはまたたく間に炎をあげはじめた。リンクが動きだすと、彼女も腰をうかせて反応した。

「そんなに急がないで、ゆっくりだ。今夜は急いじゃだめだ」

驚異的な自制心をもって、リンクはじっくりとケリーを味わった。完璧《かんぺき》なワインを前にしたぶどう農家のごとく丹念に。まるで全身が舌になったようにケリーの体に身をすりよせ、その感触を堪能《たんのう》する。

だが、リンクの自制心がそういつまでももつわけはなかった。じきに自分から動きを速め、頂点へとひた走りに走りだした。ケリーは再び快楽の渦に巻きこまれていったが、今度はリンクもいっしょだった。二人は燃えつきるか死ぬかするまで、くるくると炎のダンスを舞いつづけていった。

ジェニーが目を開け、もぞもぞと起きあがった。「ケージ、いま何か聞こえなかった?」

「ああ、聞こえた」ケージは枕《まくら》に顔をうずめたままくぐもった声で答えた。

「わたし、ちょっと見てくる――」

ジェニーのネグリジェをケージがつかんだ。「放っておけ」

「だって――」

「いまのはリンクがケリーの部屋に入った音だよ」

ジェニーの口が小さく開かれた。再び横たわり、もう身じろぎもしない。「ケリーがよんだのかしら?」

「さあね。ぼくたちには関係ないよ。寝なさい」

「彼、まだケリーに腹を立てていると思う?」

「ジ、ジ、ジェニー」ケージは警告するように言った。

「だって、もしかしたら――」

「ジェニー!」叱《しか》りつけるようなささやき声にジェニーは黙りこんだ。「これできみの望んだとおりになったんだろう? いま二人はいっしょなんだ。きみは彼らと顔をあわせたときから目に星をまたたかせていたんだからね。さあ、もうおなかのベビーとぼくを静かに眠らせてくれ」

「ベビーは眠ってはいなかったわ」ジェニーは不服そうに言った。「わたしのおなかを蹴《け》ってたのよ」

「ほら、こういうふうにまるくなって」

ケージは彼女の体をまるめさせて後ろから抱いた。ふくらんだおなかを優しくマッサージする。

「正直言って、ちょっとばかりリンクがうらやましいよ」手を動かしながら彼は言った。

「ひどいわ、臨月の妻に向かってそんなことを言うなんて！」

「ぼくがほかの女性を追いかけまわすのを心配しているのかい？」その言葉でジェニーに肘鉄を食らい、うっとうめく。「最後まで聞いてくれよ。ちょっとばかりって言っただろう？　つまり惚《ほ》れた女を振り向かせる楽しみがあってうらやましいってだけなんだ。いまのぼくたちの関係を彼らの関係と交換してほしいとは毛頭思わないよ」

「わたしも」

「きみとベッドをともにし、いっしょに暮らせるようにするのは楽ではなかったからね。むろん、ほんとうにほしいもののためなら苦労のしがいがある」

「わたしも今日同じようなことをケリーに言ったわ」

二人は愛と信頼で結ばれて満ちたりている。それでいて、まだ情熱も失ってはいない。だからケージが赤ん坊はもう眠ったかと尋ねたとき、ジェニーはこう答えた。

「ええ。でも、ママのほうはぱっちり目が覚めちゃったわ。キスして、ケージ」

「だめだよ、ジェニー。この時期にそんなことをするのは危険すぎる」

「キスだけでいいの。だからお願い、キスして、ケージ。それもとびっきりのキスをね」

「眠っているのかい？」

ケリーは深々と吐息をついた。「もう死んじゃったのよ」

リンクはいたずら心を出して胸に息を吹きかけ、その先端が真珠のようになったのを見て喜びをかみしめた。「死んじゃいないよ」

ケリーは薄目を開け、ものうげにリンクを見た。あおむけに横たわっているケリーの横で、リンクは腹這いになり、両肘で体をささえて彼女を見おろしていた。

「わたし、ひどい顔をしてない？」

「口紅やヘアブラシも持たずにジャングルを旅してきた女が、いまになって外見を気にするのかい？」

「いいから答えて。ひどい顔をしていない？」

「セクシーでけだるげな顔をしてる」リンクはケリーに軽くキスした。「女性の一番いい顔だ」

「いやらしい人」

「だいたいジャングルではちっとも気にしなかったくせに、なぜいまさら気にするんだい？」

「ジャングルではあなたと寝なかったわ」

「ぼくにその気がなかったからじゃない。それに、いっしょに眠りはしたじゃないか。二人でひと晩雨をしのいだこと、覚えている？」

「あのときはまだ他人同士だったわ」

「覚えているかい？」とリンクは繰りかえし、ケリーの顔を自分のほうに向かせた。

ケリーはうなずいた。

「もしも男が欲望のあまり死ぬことがあるとしたら、ぼくはあの晩死んでいただろうよ」

ケリーが笑い声をあげると、彼は顔をしかめてみせた。「笑いごとじゃない」

「わかってるわ。あのときはわたしだって苦しかったんだもの」

「ほんとうに？」

「ほんとうよ」

リンクは彼女を見つめたまま枕に頭を落とした。「きみはきれいだ」

「その言葉、いままで言ってくれたことがなかったわ」

「思ったことをそう気軽に口にするほうではないから」

ケリーはリンクの額から髪をかきあげた。「他人とは多少距離を置きたいタイプなのね」

「うん」ケリーの目に寂しげな影が落ちたのを見て、リンクは自己嫌悪に陥った。彼女の頬に手をやり、親指で唇をなぞってその影を散らそうとする。「だが、今夜はきみとの距離を縮めただろう？　お互い親密に接しあったんだ。だからあまり考えこんで、せっかくの晩を台なしにしないでくれ」

ケリーには言いたいことがたくさんあった。心はリンクへの愛でいっぱいだった。その愛が言葉となってあふれ出たがっている。だが、これ以上何か言ったら彼を遠ざけるだけだろう。

雰囲気を変えるため、ケリーは半身を起こして彼の額にキスした。彼女の髪がリンクの肩を撫でた。

「いい気持ちだ」

「何が？」

「きみの髪が肌に触れるのが」

ケリーは言葉にできない愛を示そうとして、彼の肩に唇をつけた。かたく引きしまった筋肉をそっとかむ。リンクは心地よさそうにため息をもらした。ケリーは完全に起きあがり、背中にも唇を這わせた。

背骨に沿ってウエストの下のくぼみまでついばんでいく。頭が動くあとを髪がたどり、リンクの背中に広がって、なめらかな肌の上を気まぐれに打ちよせる波のようにたゆたった。

片手を彼のヒップにすべらせ、弾力を楽しむように軽くつかんでみる。リンクは肩ごしにこっそりケリーをうかがい、それに気づいた彼女はくすりと笑った。リンクもすましてほほえんだが、そのくつろいだ表情は、腿から腰をケリーの髪に撫でられるとせつなげなものに変わった。

「ケリー？」

「なあに？」

　ケリーは体を起こした。リンクはあおむけになった。その瞬間ケリーの心臓がとびはねる。

　リンクは再びケリーの名を呼んだ。その声の底には哀願するような響きがあった。隠しようのない期待がひそんでいる。

「いやならいいんだ」

　ケリーは優しくほほえみ、頭をさげていった。膝にキスをし、髪を引きずって腿をたどっていく。次の場所にキスしたときには、彼の呼吸がぴたりととまった。リンクが目を閉じ、ため息まじりにケリーの名を呼んだときにも、彼女は唇と舌を使いつづけていた。なんのためらいもなく、愛をこめて。やがて唇が臍《へそ》に移った。髪はいま、最も男性的な部分にふわりとかかっている。美しくセクシーな、そしてあまりに刺激的な眺めだった。

　不意にリンクがケリーを体の上に引っぱりあげた。ケリーは驚いて彼を見つめたが、体は反射的に彼を受け入れていた。ヒップに彼の指が食いこんでいる。

「わたし――」

「いいんだ」リンクはうめくように言った。「きみのいいようにすればいい」

　ケリーはゆっくりと腰を動かしはじめた。リンクは彼女の胸を両手に包み、上体を起こして頂を口に含んだ。

ケリーは目を閉じ、自分自身の体が導くままに動きつづけた。そこを吸われるたびに、体が彼をしめつける。力強い彼のものをより深く、より奥へと引きこむことしか考えられない。やがて再び、あの目のくらむような感覚に天上高く押しあげられ、なだれを打って寄せてくる快感をとめられなくなった。

しばらくののち、二人はめくれあがってよじれたシーツの上で、じっと横たわっていた。リンクのほうが先に正気に返った。彼はこの部屋から出ていくこともできた。ケリーのそばから離れることもできた。だが、そうするかわりにケリーの体に両手をまわし、かたく抱きしめた。

「ケリー……ケリー」リンクの声にはさまざまな感情が入り乱れていた。慕わしさ。いとおしさ。喜び。そして悲しみ。

だが、ケリーにその声は聞こえなかった。彼女はただ、二人の心臓が鼓動をあわせてどきどきと高鳴っている音だけを聞いていた。

13

リンクはたばこが吸いたかった。

だが、ここで吸ったら煙の匂《にお》いでケリーが目を覚ましてしまうかもしれない。自分の部屋に戻るなりほかの場所に行くなりすればいいのだろうが、まだケリーのそばを離れられなかった。何をするより彼女の近くにいたかった。

ほんとうはもう立ち去らなければいけないのに。

ゆうべケリーがドアを開けたとき、立ちどまらずに通りすぎるべきだったのだ。彼女の謝罪だけ聞き――謝罪などほんとうは不要なのだが――和解のしるしに握手するとか、せいぜい友人として頬におやすみのキスをするぐらいで自分の部屋に戻り、鍵《かぎ》をかけて閉じこもるべきだったのだ。

そうすれば彼女を傷つけるはめには陥らずにすんだだろう。彼女の人生に登場したときと同じ軽やかさで、風のように去っていくことができただろう。

だが、もうだめだ。

おまけに、昨日の朝におかした罪もまだ消えてはいない。

リンクは低く悪態をついた。いまの状況はどう考えてもめちゃくちゃだ。ぼくがケリー・ビショップと関係を持ってしまうなんて。居酒屋で会った瞬間から始まったこの関係は、彼女に別れを告げるまで決して断ち切れないだろう。

別れを告げる。軽く手をふり〝幸せになれよ〟とでも言って、夕日の中に消えていく。そんなシーンが成立するのは映画の中だけだ。ほろ苦い別れを格好よく演出すればいい映画にはなるだろうが、現実の世界でそれをやったらきざったらしくなるだけだ。

リンクは冷たい窓枠に強く額を押しつけた。たとえケリーと別れても、問題は半分しか解決しない。別れたあとも彼女を忘れるには長い時間がかかるだろう。それは間違いない。彼女はぼくの心をわしづかみにしてしまったのだ。いまのぼくはもう彼女のことしか考えられない。

彼女の笑顔。彼女の声。彼女の目。彼女の髪。彼女の体。

リンクは再び悪態をつき、はちきれそうになってきたジーンズの前を押さえた。ゆうべのことを思い出しただけで、もうこのありさまだ。どうしてここまで過剰反応をしてしまうのか、自分でもわけがわからない。ゆうべひと晩ですべてあまさずしぼりだしたつもりなのに、ケリーへの欲望は決して満たされることがない。彼女とのセックスは情熱的でもあり、優しくもあり、激しくもあったが、最後まで満たされることはなかった。逆にますます彼女がほしくなるばかりだった。

国を問わず、年齢を問わず、あれほど敏感な女性にかつて出会ったことがあっただろうか？　ケリーとのセックスは単なる性欲の処理では終わらなかった。彼女はぼくの心の奥底に隠されていた何かを解き放った。だからこんなに動揺してしまうのだ。

リンクは我慢しきれなくなってついに首をひねり、ケリーの寝姿を見おろした。口もとはおのずとゆるみ、いつものシニカルな表情は消し去られた。

形のいい脚の片方が、上にかけたシーツの外に出ている。ゆうべはその内腿にキスマークをつけ、ケリーを恥ずかしがらせてやった。

〝これをぼく以外の誰が見るのかな？〟

ケリーは笑いながら彼の首に抱きついた。〝やける？〟

驚いたことに、実際リンクはやいていた。ケリーに手ほどきをしたのは自分なのだ。ぼくが彼女の体にあらんかぎりの喜びを教えた。男の喜ばせかたをも教え、官能の花を美しく開かせてやったのだ。その彼女にほかの男が触れるなんて、考えるだけで激しい怒りがわきあがってくる。

リンクは彼女の内腿の小さなあざを見ながら、そこに口をつけたときの自分がどれほどうっとりしていたかを思いかえした。内腿だけではない。彼女の体のあらゆるところが甘美な記憶をよみがえらせずにはおかなかった。ほっそりした足から三日月形の耳のへりに至るまで、彼は存分に愛撫《あいぶ》し、キスをし、味わったのだ。

いまケリーは、ゆうべあれほど乱れたにもかかわらず、子どものように無邪気な顔で眠っている。黒い髪を枕《まくら》に広げ、キスの名残をほの赤くとどめた唇をわずかに開いている。濃いまつげは黒い羽根、肌はクリームのようだ。

シーツの下からは乳房が片方のぞいている。呼吸にあわせ、その乳房がなまめかしく上下している。先端はばら色がかったピンクだ。その味も舌ざわりもリンクは知っている。ゆうべひと晩で、いったい何回あの乳首を口に含んだことだろう?

声にならないうめきをもらし、リンクは再び窓の外に目をやった。あたりの風景には朝日がさし始めていた。さっきはすべてが灰色だったのに、いまではさまざまな色が見わけられる。淡い無彩色だった空に、日の光が赤や金色の筋となって延びている。

夜明けの風景は美しいが、リンクの暗い心は明るくはならなかった。今日、この家を出なければならない。これ以上ここにいてはまずい。別れのときを遅らせたら事態が悪化するだけだ。なぜならケリーとひとつ屋根の下にいるかぎり、彼女を抱きたいという気持ちは一瞬たりとも消えないのだから。

彼女との関係は、それをなんと呼ぼうとも決して長続きはしないだろう。遅かれ早かれそれぞれの生活に戻らなければならないのだ。だったら早く戻ったほうがいい。

使命は果たした。もう終わったのだ。二人でやりはじめたことはきちんとなしとげられた。もうお互いに新たな目標に向かって歩きだすべきだ。孤児たちは無事にモンテネグロを脱出し、ライザ以外は皆、落ち着き先も決まった。ライザのことだって心配はあるまい。引きとり手は必ず見つかるはずだ。

リンクは写真でつづる彼らの脱出記録を、ある国際的な雑誌社に売ろうと決めている。そこが提示した金額は、当面の生活をささえるのに十分すぎるほどだった。やがてまたどこかで軍事クーデターなり飛行機事故なり大災害なりが起きるだろう。そういう惨事や騒乱のなまなましい写真を人は見たがるものだ。

だが奇妙なことに、それを思いうかべてもリンクの血は以前のようには騒がなかった。これまでの彼にはあくことのない放浪願望があった。何かことが起これば、待ってましたとばかりにカメラをかつぎ、飛行機にとびのった。なのに、今回こんなに腰が重くなっているのはなぜなのか？

答えは明白だ。すぐそこに、その原因がいる。

そう、ぼくはケリーと別れたくないのだ。だが別れるしかないだろう？　ぼくが彼女に何をさしだせるというのだ。一カ月おきぐらいに郵便物をとりに行くだけの、雑然としたマンハッタンのアパートメント。バスルームは暗室兼用だ。居間には現像用の薬品が積みあげられている。車は持ってない。朝食以外は外食だし、その朝食も抜くことが多い。したがってキッチンにある備品は空っぽの冷蔵庫だけで、それも氷を作ることにしか使っていない。

だが、たとえ家具の揃《そろ》ったパークアベニューの豪華なペントハウスを持っていたとしても、ケリーのような女性にいっしょに暮らしてくれと言えるわけがない。ぼくは世間の裏街道で育った三十五歳のやくざな男だ。高等教育など受けていない。表面だけがごつごつした原石ではなく、骨の髄までいかがわしいちんぴらなのだ。

それに比べてケリーは恵まれた家庭に生まれ、日の当たる道を歩いてきた。ぼくには及びもつかないほどたくさんの外国語を話せるのだろう。高い教育を受けて洗練された、社交界のエリート。それに本人は信じないかもしれないが、父親の違法行為についても世間は彼女まで責めてはいない。むしろ彼女は悲劇のヒロインとして同情されている。

ケリー・ビショップはリンカン・オニールがこれまでに出会ってきた中で最高の女性であり、彼にはこの出会いをどうしたらいいのかわからなかった。

ゆっくりと吐息をつき、ベッドに近づいていってケリーを見おろす。もしも事情が違っていたら……。いや、変えようのない現実を嘆いても仕方がない。彼女なしの人生は殺伐としたものになるだろう。ケリーはいつ発火しても不思議でない火花のようなもの、ぼくの荒涼としたうそ寒い人生にぬくもりと光を投げかけてくれたのだ。

リンクはベッドの向こうの壁に片手をつき、ケリーのほうに身をかがめた。最後にもう一度だけキスをしたかったが、彼女が目を覚ましてはいけない。だから親指でそっと唇に触れるだけにした。

ああ、彼女は美しい。彼女はセクシーだ。もう二度と会えないのかと思うと、胸がねじ切られたように痛む。

リンクにはいままで誰にも言ったことのない言葉があった。もしかしたら母親には言ったのかもしれないが、母は自分がまだ幼いうちに死んでしまったから記憶には残っていない。あの愛情薄く気難しい父親に言ったことがないのは絶対確かだ。

その言葉を、彼はケリーに向かってささやいた。「愛しているよ」

数秒後、ケリーのまぶたがかすかに動いた。いまの告白で目を覚ましたのかとリンクは不安になったが、それにしては目覚めかたが遅い。彼女は両手を頭の上にあげ、爪先《つまさき》をぴんと伸ばしてしなやかに伸びをした。その動きで胸を半分隠していたシーツがずれ、リンクの目の前に乳房があらわになった。

リンクはそこにむしゃぶりつきたいのを必死にこらえ、彼女が完全に目覚めるのを待った。顔をこわばらせ、超人的な自制心でもって頭の位置をそのまま保つ。

目を開けたケリーには、彼のわきの下がまともに見えた。いたずらっぽい表情で彼女はそこをくすぐった。

リンクは腕をおろし、つと顔をそむけた。「まだ時間が早い」彼女に背を向けて言う。「もう少し寝てなさい」

「あなたが起きてるなら、わたしも起きるわ。それともわたしが誘惑すれば、あなたもまたベッドに来るかしら？」

リンクはシャツを着ながらちらりとふりかえった。ケリーのダークブルーの目が誘いかけるように輝いている。下半身にはシーツがかかっているが、胸は隠さずに上体を起こしている。胸の頂はつんととがっている。その姿は南洋の異教の巫女《みこ》みたいだ。

ケリーに誘われるまでもなく、リンクは彼女がほしくてたまらなかった。ジーンズの前がはちきれそうなほどに。

「いや。ぼくはニコチンを補給しないと」

「たばこならここで吸えばいいわ」

リンクはかぶりをふった。ケリーの声に不安げな響きがまじったのを聞きとり、目をあわせずに言う。「コーヒーも飲みたいんだ。勝手にコーヒーをいれてもケージとジェニーは気を悪くしないかな？」

「もちろんよ」

一挙手一投足をじっと見守っているケリーの顔が、ドレッサーの鏡に映っていた。心配そうな表情だ。優しく愛情に満ちたやりとりを期待していたのに、ぼくがおはようのキスさえしないからだ。だがキスなんかできる自信はない。いまキスをしたら、永久に彼女を手放せなくなってしまう。

「それじゃ階下《した》に行ってるよ」胸の内で自分自身をののしりながら、リンクは戸口に向かった。

「リンク?」ケリーはシーツで胸を隠して言った。そのしぐさがよけいリンクの良心をうずかせた。いまの彼女はもはや恋人の前でのびのびとふるまう美しい女ではなく、自分の裸身を意識する臆病《おくびょう》な女に変わっていた。けなげにもなんとかリンクにほほえんでみせる。「何をそんなに急いでいるの?」

「今日はいろいろとすることがあるんだ。子どもたちと新しい家族の対面を撮影したら、すぐにここを出ていく」ケリーの愕然《がくぜん》とした表情に耐えきれず、顔をそむけてノブをつかむ。「それじゃまたキッチンで」

後ろ手にドアを閉めると、リンクは廊下にたたずんだ。自分の顔を見ることができたら、その苦悩に引きつった表情にわれながら驚いていただろう。歯を食いしばり、絶叫したいのをこらえる。それから人間をもてあそぶ運命のいたずらを呪《のろ》いながら、階下へと向かった。

ケリーは自分を罰するような勢いでシャワーに体を打たせた。

あれは夢ではなかったのだ。体に残るキスマークがその証拠だ。たとえ具体的な証拠がなかったとしても、心にはひとつひとつの記憶がくっきりときざみつけられている。ゆうベリンクはわたしを抱いた。抱いただけではなく、わたしを愛した。

リンクはたとえようもなく優しかった。わたしの欲求や望みをことごとくかなえてくれた。愛情こまやかで、とても官能的だった。わたしの最もひそやかな夢を、全部現実にしてくれた。

でも、今朝の彼は冷淡でとりつく島がなく、わたしに拉致《らち》されたと知ったときに劣らず邪険だった。いや、今朝のほうがもっとひどい。あのときの彼は怒っていたけれど、今朝の彼は無関心だ。否定的な感情でも、まったく感情がないよりはまし。

服を着て階下におりていきながら、ケリーはそれでも楽観的な考えで自分を励ました。さっきリンクがそっけなかったのは、ニコチンとカフェインが切れていたからだ。その二つを補給すれば、またわたしに手をさしのべ、ゆうべのように情熱のこもったキスをしてくれるはず。単に、朝に弱いだけなのかもしれないし。

それ以外の可能性については考えまいとした。リンクが自分をお手軽なセックスの相手としか見ておらず、好奇心を満たしてしまったからにはさっさと去っていくつもりなのだとは、思いたくなかった。

だが、キッチンに入った瞬間、そちらのほうが正解だったと思い知らされた。リンクはひややかに彼女を一瞥《いちべつ》した。ゆうべあのゴールデンブラウンの目にたたえられていた熱いきらめきは跡形もなく消えていた。軽く顎を引いて挨拶《あいさつ》しただけで、またコーヒーカップを口に持っていく。

「おはよう、ケリー」トレントにシリアルを食べさせていたジェニーが陽気に言った。

「ケージ、ケリーにジュースをついであげて」

「コーヒーだけで結構よ」

「朝食は何がいい？」ジェニーはトレントのグラスを子ども用椅子についたトレイからテーブルに移しながら、彼の口についたミルクをぬぐってやった。

「せっかくだけど、食べるものはいらないわ」ケリーはケージから渡されたカップを見おろしてつぶやいた。わたしったら、いったい何を期待していたの？　朝食の席で恋人宣言をしてもらえるとでも？　リンクはわたしに喜びを与えてくれると約束しただけだ。そしてその約束は守られた。

「今朝のあなた、なんだかとてもきれいだわ」ジェニーが言った。「新しい服かい？」

「ぼくもそう言おうと思ってたところだ」ケージが言った。

「ええ」ケリーはレモンイエローのカジュアルなツーピースを着ていた。アクセサリーはアゼリアピンクとブルーグリーンだ。「きたないサファリジャケットを着ていたあとだから、どんな服でもすてきに見えるはずね」つとめて明るい口調で言ったが、うまく言えたとは思えない。「子どもたちはどうしてる？　もう支度はすんだのかしら？」

「さっき見に行ったら、そこらじゅうを散らかしながら荷造りしていたよ」ケージが言った。

「ライザを引きとりたいという申し出は？」

「残念ながら、まだないわ」ジェニーが答えた。

リンクが椅子を後ろに引いた。彼はケリーが来てからひとことも口をきいていない。食事もしていなかった。「ジョーを階下まで運んでやると約束してあったんだ。着がえも手伝ったほうがいいだろう」そう言ってさっさと出ていった。

「手を洗ってらっしゃい、トレント」ジェニーが高い椅子から息子をおろして言った。そんな彼女をケージは怪しむように見つめた。「ケリー、コーヒーはまだたくさんあるから、おかわりしてちょうだいね。ケージ、ちょっと洗濯室で手伝ってくれない？」

キッチンの奥の洗濯室に入ると、ジェニーはケージに向き直った。

「ゆうべの物音が、リンクがケリーの部屋に入る音だったというのは確かなの？」

「間違いない」

「彼、いつケリーの部屋を出たのかしら」

「おいおい、きみは寮母か？」

「朝までいっしょだったと思う？」

「たぶんそうだろうが、ぼくたちが口出しすべきことではないよ」

「あの二人、どうしちゃったの？」

「誰だって、たまには調子の悪い晩もあるさ」

ジェニーはどぎまぎして彼を見た。「あなたにはいままで一度もなかったわ」

ケージはにっと笑ってジェニーの首にキスをした。「確かにね」それから、今日最初のちゃんとしたキスをする。「だが、それを言うならきみだって同じだ」

ジェニーは身をよじってケージの腕から逃れた。「わたしがいつまでもお行儀よくしていられないのは、あなたのせいなんだわ。ふつうの妊婦はセクシーな気分になったりしないものなのに」

「ふつうの妊婦は気の毒だな」ケージはまた彼女をつかまえようとする。

「やめて、ケージ。あなたの魂胆はわかってるのよ。リンクとケリーのことからわたしの気持ちをそらそうとしてるんでしょ」

「当たり」

「あの二人、なんとかしなくちゃいけないわ」

「放《ほう》っておけ」

「でも、何をどうしたらいいのかしら」ジェニーはケージの言葉を無視して言った。

「ジェニー」ケージはジェニーの肩をつかんだ。「こわれたレコードみたいに同じことばかり繰りかえすようだが、もう一度言う。二人のことにぼくたちが首をつっこむ筋合いはないんだよ」

「だって、あの二人は愛しあっているのよ。わたしにはわかるの。感じるのよ！」

ジェニーはいらだっているときが一番かわいい。ケージは笑顔になって眉をあげた。

「何かを感じたいって？　だったらぼくが感じさせてあげるよ」

「もう、あなたってどうしようもない人ね！」

「だから惚《ほ》れたんだろう？　さあ、洗濯室に悪い男の子と閉じこめられたくないのなら、まずは当面の問題に目を向けることだ。今日は忙しくなるぞ」


ヘンドレン夫妻とケリーとリンクがへとへとになってガーデンテーブルの前に腰かけたのは、そろそろ宵闇《よいやみ》がおりようかというころだった。今日はケージが予告した以上に慌ただしい一日になった。

養父母との対面にかたくなっていた子どもたちをリラックスさせるため、昼食は近くの店にバーベキューセットの宅配を頼んだ。

子どもたちの引きとり手は皆、ケリーが期待したとおりの人々だった。ケリーは子どもたちが愛情豊かな家庭で育てられることを確信し、涙ながらに別れを告げた。

これまで功労者として前面に出ることを拒み、マスコミを避けつづけてきたケリーだが、今日はついに記者たちが牧場への立ち入りを認められ、インタビューしようと彼女のもとに殺到した。ケリーはもっぱら心豊かな一年を過ごさせてくれた子どもたちの話をし、自分の手柄話にはならないようにした。

ロクシーとゲーリー・フレミングは養女となった二人の少女とすでに帰宅していた。ボブ・ヘンドレンとサラも、ついさっきジョーとともに帰っていった。ジョーとリンクの別れの場面は見ているのがつらくなるほどせつなかった。ジョーは懸命に涙をこらえていた。リンクも口もとを引きしめ、ジョーと握手をかわした。お互いこれからも連絡をとろう、と言って。

いま庭ではトレントとライザが二人で遊んでいる。ライザは疎外感を感じているようなそぶりはまったく見せない。ひとりだけ取り残されたわけをききもしなかった。

「キッチンにお肉の残りがあるわ」ジェニーが家のほうを指して疲れたように言った。「夕食はご自分でご自由にどうぞ」

「もう食べるものはいいよ」ケージが代表して答えた。「だが、ビールなら飲めそうだな。どうだい、リンク？」

「ぼくはもう空港に行かないと」

すでに出発の準備は整っていた。ラ・ボータで買った衣類は新品のダッフルバッグにつめ、新しいカメラも特別注文のカメラバッグに入れて玄関ポーチに出してある。あとはそれを車に積みこむだけだ。今夜遅くに発《た》つ飛行機でダラスまで行き、ニューヨーク行きの便に乗りかえる予定だった。

ケリーはそれをジェニーから聞き、失意のどん底に突き落とされていた。だが、表向きはリンクと同様、超然とした態度を保っていた。リンクのカメラの中のフィルムには自分の姿が焼きつけられているが、もう彼にとってわたしは見知らぬ他人も同然なのだとあきらめかけている。数週間もたったら、完全に忘れられてしまうかもしれない。きっと彼に抱かれた女のひとりにすぎなくなるのだろう。

ケリー・ビショップもリンカン・オニールが征服した国際色豊かな女たちの仲間入りをするだけなのだ。

今夜すべてが終わり、ベッドでひとりきりになったら、リンクとめくるめくひとときをわかちあったベッドで彼にもらったハンカチに顔をうずめ、存分に泣こう。それまではリンクと同じようにさりげなくふるまうのだ。メスキートの木の下で彼に指摘されたとおり、わたしは演技が得意なのだから。

「ビールを飲む時間くらいあるだろう?」ケージが言った。

「そうだな」リンクが答えた。「じゃあ一杯だけ」

「わたしがとってくるわ」ジェニーが立ちあがった。「どうせ中に戻る用があるから」そして家のほうに向かったが、わずか数歩でおなかを押さえ、鋭く叫んだ。「ああっ!」

ケージが勢いよく立ちあがった。「どうした? また例の収縮ってやつか?」

「違うわ」

「消化不良じゃないのか？　だからバーベキューは食べるなと言ったんだ。唐辛子がたっぷり使われていたから——」

「いいえ、消化不良でもない」ジェニーは顔をほころばせた。「赤ちゃんよ」

「赤ちゃん？」ケージがばかみたいにききかえした。

「ええ。赤ちゃんが生まれるのよ」

「それはたいへんだ。どうしよう」ケージは妻の腕をつかんだ。「痛むのかい？　いつごろ生まれそう……」不意に言葉を切り、ジェニーの顔をじろじろと見る。そのうえもっとよく見えるように、彼女を玄関の明かりのほうに向かせた。その目は怪しむように細められている。「ほんとうに生まれそうなのかい？」

ジェニーはまたひと芝居打っているのだと思われていることに気づいて、笑い声をあげた。「ほんとうよ。間違いないわ」

「だが、予定日は三週間も先だぞ」

「予定日はね。当の赤ちゃんはもう生まれてきたがっているのよ。さあ、この場で産み落としてほしくないのなら、二階からわたしのスーツケースをとってきて。場所は——」

「場所はわかっている。ああ、しかしほんとうに生まれるなんて。ジェニー、頼むから座ってくれ！」玄関のほうに歩きだそうとしたジェニーをケージはどなりつけた。「病院に電話しようか？　陣痛の間隔はどのくらいなんだ？　ぼくはどうしたらいい？」

「まずは落ち着いてちょうだい。それからいま言ったように、スーツケースをとってきて。電話はケリーにかけてもらうわ。番号は電話のそばのコルクボードにメモがはりつけてあるから」ケリーに向かって穏やかに言うと、ジェニーはリンクのほうを見た。「リンク、悪いけど、トレントの口の中を見てやってくれない？　いまライザがコガネムシを食べさせちゃったみたいだから」

そうしてまた椅子に腰かけ、ジェニーはみんなが右往左往するのを面白そうに眺めはじめた。

ケージは日ごろのマナーも忘れ、油井《ゆせい》で荒くれ者の作業員たちから学んだ言葉を吐き散らしていた。トレントはコガネムシの歯ごたえがいたくお気に召したらしく、青ざめたリンクが大きな手を持てあましながら口の中から虫をとろうとすると抗議の声をあげた。

三人の中で一番冷静なのはケリーだった。病院に着いて車から降りたとき、ジェニーが手を握りしめた相手もケリーだった。

「きっと何もかもがうまくいくわ。わたしにはわかるの」車椅子に乗せられながら、ジェニーは意味ありげにケリーにほほえみかけた。

ケージはジェニーの夫ということで分娩室《ぶんべんしつ》の中にまでつきあい、ケリーとリンクはトレントとライザのお守りをしながらケージの両親やフレミング夫妻に連絡した。彼らには、いま来てもらってもすることがないから、追って連絡するまで家にいるようにと告げた。

ケージは定期的に待合室に現れ、そのたびにまだ生まれないと報告した。

「ジェニーのようすはどう？」ケリーが尋ねた。

「最高だよ」ケージは熱っぽい口調で言った。「ジェニーは美しい。とてもきれいだ」

またケージが出ていったときには、ケリーもリンクも、妻に対する彼の手放しの賛辞に微笑をうかべていた。だが顔を見あわせたとたん、二人の微笑は引っこんだ。ケリーはリンクへの報われぬ愛が顔に出ているのを自覚し、慌てて子どもたちのほうを向いた。待合室に備えつけられた童話や絵本はもう全部読みつくされ、トレントもライザもソファーで眠っていた。ケリーとリンクはそれぞれ別のときに子どもたちを連れて帰ろうかと申し出たが、ケージは首をたてにふらなかった。

〝生まれるときにトレントもここにいてほしいとジェニーが言ってるんだ。そうすれば自分も参加している気になれるだろうからって〟とケージは言った。

「おかしいわね、こんなざわざわした病院でこれほどぐっすり眠れるなんて」ケリーはライザの髪を撫《な》でてつぶやいた。

「まったくだ」リンクが腰かけている椅子はケリーが座っているソファーから数十センチしか離れていないが、その距離が彼女には何百キロにも感じられた。「ライザとの養子縁組を希望する人はまだ出てこないのかい？」

「ええ。いま財団で募集しているけど」

「入国管理局がうるさいことを言ってこなければいいが」

ケリーは急に寒気を覚えたように腕を両手でこすった。「まさか送りかえせとは言わないはず」ライザの寝顔を見つめ、それからリンクに視線を移す。「あなたとお別れする前に、いままでのこと、もう一度お礼を言いたいの」

リンクはいらだたしげに肩をすくめた。

「お願い、言わせて。ほんとうにありがとう。あなたがいなかったら、とても脱出できなかったわ。それと、忘れないうちに……」ケリーは前もって用意しておいた小切手をバッグからとってさしだした。

リンクはその小切手に目をやった。そして、ぎょっとするほど唐突な動きでケリーの手からとりあげた。改めて小切手を眺め、それがケリー個人の口座からふりだされたものだということや、ケリーのサインの文字がきれいだということを確かめたうえで、いきなり二つに引き裂いた。

「何をするの！」ケリーは払うものを払ってしまわなければふんぎりがつけられないと思っていた。借りを作ったままではけじめがつかない、と。彼と完全に決別しなくては、彼なしの人生に乗りだせるわけはないのだ。「それは汚れたお金じゃないわ。父のお金にはいっさい手をつけてないのよ。わたしには母の遺産があるから」

「金の出所なんか問題じゃない」

「だったら、どうして小切手を引き裂いたの？」

「ぼくたちは対等なんだ。貸し借りなし。わかったな？」リンクは厳しい口調で言った。

ケリーはわずかに口を開き、胸を襲った痛みに耐えた。「ああ、そういうこと。もう報酬は受けとったというわけね」震えがちな吐息をついて続ける。「で、どうだったの、リンク？　ゆうべの出来事には五万ドルの価値があった？」

リンクは恐ろしい形相で立ちあがった。

「女の子だ！」

ケージの突然の登場に、二人ははっとしてふりかえった。ケージは顔をくしゃくしゃにして笑っていた。

「二千九百四十グラムだ。かわいい子だよ。ジェニーも元気だ。万事順調だった。足形をとったらすぐに会えるぞ」

ケリーとリンクは心からお祝いを言った。

ケージはソファーの前にひざまずいてトレントにささやきかけた。「おいトレント、今日からお兄ちゃんだ。妹ができたんだぞ」そして、まずはきみがジェニーと赤ん坊に会ってこいと、遠慮するケリーを廊下に押しだした。

ケリーは廊下の端で看護師のチェックを受け、産科病棟に入っていった。ジェニーはふわふわしたピンクの毛布に包まれた娘を抱いていた。

「忘れかけていた感動を思い出したわ。初めてわが子を抱いたときのすばらしい感動をね」皺《しわ》くちゃの赤ん坊をさも美しいもののように見おろしながら、ジェニーは静かに言った。

ケリーはジェニーの表情の穏やかさにじんとした。ジェニーの口からは、ケージやトレントや生まれたばかりの娘エイミーの名が何度も出た。

ケリーは凝縮された愛の形を見た思いで部屋をあとにした。ヘンドレン夫妻は愛に満たされている。愛が二人を輝かせている。ケリーは二人の幸福を祝福しながらも、強い羨望《せんぼう》に胸を焼かれた。ジェニーの満ちたりた人生は、自分の人生のむなしさを痛感させるばかりだ。

早くに母を失い、父も汚辱にまみれて獄死した。ケリーは父の過ちをいくらかでも償いたくて、アメリカという国全体に対し責任をとろうとしてきた。そして確かに自分の決めた使命を果たすことはできた。でも、わたし個人としては何を証明したかったのだろう？

ある意味で、わたしも父と同じくらい利己的だったのだ。不正を働きはしなくても、わたしの行動は欺瞞《ぎまん》に満ちたものだった。世間はわたしが多大な犠牲を払って孤児たちに尽くしたと思っているけれど、これが自己犠牲なんかではないことは心の底で自覚している。モンテネグロの子どもたちを救出したのは子どもたちのためではなく、わたし自身のためだ。

子どもたちを利用して、家名にしみついた泥をこそげ落とそうとしたのだ。九人の子どもの命を危険にさらしてまで、自分自身を罪悪感から解放しようとしたのだ。要するにわたしはこう言いたかっただけ。〝わたしを見て。父と同じ姓を名乗ってはいても、わたしは父とは違うのよ〟

それを誰に向かって証明しようとしていたのだろう？　ほんとうはそんなことを歯牙《しが》にもかけない世間に向かって？　それとも自分自身？

ケリーは待合室に戻った。ケージが眠っている息子を膝に抱きながら、スペイン語で赤ん坊のことをライザに説明していた。ライザはリンクの腕に抱かれている。片方の手をリンクの腿に置いた姿勢が、彼に寄せる信頼の大きさを物語っている。

それを見た瞬間、ケリーは自分がこれから何をするつもりなのかを知った。

14

「まったく予想もしなかったよな?」ケージの言葉に返事は不要だった。彼が運転する旧式のリンカーンの助手席で、リンクは無言のまま前方を見すえていた。「ケリーがライザを養女にすると言いだしたときには、ほんとうに仰天してしまったよ」

ケージはリンクを横目でうかがった。空港へと走りだしてから、リンクはむっつり黙りこんでいる。その精悍《せいかん》な横顔はかたく無表情だ。例によってリンクはスピードを出しすぎており、外の風景はぼうっとかすんで流れるばかりだった。だから景色に見とれて押し黙っているわけではない。そう、リンクが無口になっている理由はほかにあるのだ。それがなんなのか、ケージにはおおかた見当がついていた。

ケージは気さくな口調で続けた。「自分であの子を引きとろうだなんて、いったいどういう風の吹きまわしなんだい?」

「ぼくが知るわけはないだろう?」リンクは吐きすてるように言った。「なぜ彼女はなんでもかんでも自分でしょいこもうとするんだ? 頭がどうかしているんじゃないか?」

ケージはくすりと笑った。「ぼくもそう思わないでもない」目の隅でリンクを見る。「だが、だからこそケリーって女性は興味深いんじゃないかな。あの予測のつかないところがね」

リンクは鼻を鳴らし、腕組みするとシートに深く座りなおした。「予測がつかないってことは、言いかえればむちゃくちゃだってことだ。要するに行きあたりばったりなんだよ。娼婦《しょうふ》にばけたかと思うと、尼僧のふりをしたり。まともな人間があんなばかげた芝居をするもんか。彼女はまず行動を起こし、それから考えるんだ」ケージのほうを向き、人さし指をふりたてる。「あのむこうみずな性格が、いつか彼女をとんでもないトラブルに巻きこむだろうよ」

ケージは微笑を隠し、胸につぶやいた。ケリーはもうとんでもないトラブルに巻きこまれているよ、と。そのトラブルとは、リンク・オニールだ。こんな厄介な男は見たことがない。だからよけい親近感を覚える。ケージ自身も問題児だったたし、そう噂《うわさ》されるのを喜んでもいた。

ゆうべは実に慌ただしかった。ケージもリンクも顔にその名残をとどめている。二人ともひげもそっていないし、目は少々充血している。服装も昨日とまったく同じだ。

ダラス行きの飛行機に間にあわせるため、今朝は家で息つく暇もなく空港に向かっているのだ。リンクはどうしてもその飛行機に乗ると言ってきかなかった。空港までヒッチハイクをするか、あるいは町に一台しかないタクシーを呼ぶから、ケージには病院を離れずにジェニーについててやれ、とも言った。だが、ケージもリンクに劣らぬ頑固さで〝自分が送っていく〟と言いはった。どのみち医者の回診のあいだはジェニーにも赤ん坊にも会えないのだから、と。そしてケリーとトレントとライザを家の前で降ろしたあと、そのままリンクと空港に向かったのだ。

ケージはリンクとケリーの別れの挨拶《あいさつ》は他人行儀で短かった。お互い目もろくにあわせなかった。ケージはリンクがニューヨークに帰ってしまうことを、ジェニーには言っていない。縁結びがうまくいかなかったのを知ったら、ジェニーはさぞがっかりするだろう。

ケージとしては、ケリーもリンクも頭を一発がつんとやられて正気に返る必要があると思っているが、ジェニーに干渉するなと説教してきた手前、自分から首をつっこむわけにはいかなかった。でも、あくまで動じないふりを続けるこのリンク・オニールに、ちょっと揺さぶりをかけてやるぐらいはいいだろう。

「ケリーの行く手には、すでにトラブルが待ち構えているよ。それもすぐそこにね」

無関心を装っていたリンクの仮面がはがれ落ちた。「どういう意味だ?」

「養子縁組の件さ。彼女は独身だ。入管の連中はあの孤児たちがアメリカの納税者によけいな負担をかけないよう、きちんとした家庭に引きとらせろと言っている。独身女性がきちんとした家庭を営んでいるとはたぶん認めてくれないだろう」

「最近では単身者が養子をとるのも珍しくはなくなっているぞ」

「確かにね。だが、その場合にはどうしても時間がかかる。それなのに知ってのとおり、今回は期限が切られているんだ」

「まさか、四歳の孤児をモンテネグロに強制送還することはないだろう」

「たぶんね」ケージはわざとのんきに笑ってみせた。「それに万一そうなっても、ケリーのことだ、ライザを手放すくらいなら自分もいっしょに戻るだろうよ」

「戻るって、モンテネグロに？　そんなばかな！」

「彼女ならやりかねないよ。一度決めたことは決して変えないんだから。見かけは蝶《ちょう》のようにはかなげでも、性格はラバみたいに強情なんだ。ジェニーもぼくも、身にしみてそれを知っている」

リンクは震える手でたばこに火をつけた。それは反射的な動きにすぎず、その暗い顔つきからするとたばこの味などわかっていないようだった。

「その点ではジェニーもケリーとよく似ているな」とケージは言葉を継いだ。

「ジェニーはそんなに強情そうには見えないが」リンクは心ここにあらずといった調子で応じた。

ケージは笑い声をあげた。「人は見かけによらぬものさ。彼女に結婚を承諾させるのは永久に不可能なんじゃないかと何度も思ったものだよ。当時彼女は身重のまま自活していたのにね。ぼくが結婚してくれと哀願しても、彼女はかたくなに拒みつづけたんだ」

リンクは驚いてケージを見た。「ジェニーは結婚前にトレントを身ごもっていたのかい?」

「あの子はぼくの子だ」ケージはぶっきらぼうに言った。

リンクは両手をあげた。「誰もそうでないとは言ってないよ。ただ、なんというか、ジェニーらしくないような気がしただけさ」

「事実、ジェニーらしくはなかったんだ。責任はもっぱらぼくにある。いつか時間のあるときに、詳しい話を聞かせるよ。聞くもおぞましい話をね」

リンクは物思わしげな表情になった。「何があったにせよ、結果的にはよかったわけだ。肝心なのはそこだよ」

「そのとおりだ。だが、一時はほんとうにあやうかったんだ」スピードメーターが百四十五キロを示したが、ケージは片手をハンドルにかけ、もう片方の腕は助手席のシートの上に伸ばしている。「ジェニーを抱くまで二十年近く、ぼくは誰かれかまわず女を追いかけまわしていた。そして避妊は絶対に忘れなかった。わかるだろう?　どこに行くにも必ずポケットにコンドームを忍ばせていたんだ」ケージは共犯者同士のような笑顔を向けた。

リンクも笑いかえしたが、胸の中がざわつきはじめていた。

「おかげで、不本意な出来事は一度も起きなかった」ケージは苦笑まじりに続けた。「ところが一度だけ避妊しなかったのが、前からずっとほしかった女を抱いたときだったんだ。ジェニーのときには避妊のことなんかまったく考えつかなかったんだよ。ひょっとしたら、ぼくの子を妊娠すれば、彼女はぼくのものになるという無意識の計算が働いたのかもしれないな」と肩をすくめる。

リンクは再び前方に目をやったが、もう落ちこんではいなかった。まるでいまにも座席からはじきとばされるのを警戒しているかのように、全身を硬直させている。彼は両手で腿をさすり、歯を食いしばった。

「Uターンしてくれ」リンクはやぶからぼうに言った。

「え？」

「Uターンして、来た道を戻ってもらいたいんだ」

「しかし飛行機の時間が――」

「飛行機なんてどうでもいい！　牧場に戻ってくれ」

ケージは砂利をはねとばして車体の長いリンカーンを路肩に乗りあげた。完璧《かんぺき》なUターンをやってのけ、アクセルをいっぱいに踏みこむ。すれ違うハイウェイパトロールの警官には手をふった。相手も手をあげてこたえる。急いでいるときのケージをつかまえるのは至難のわざなのだ。

帰りは行きの三分の一の時間しかかからなかった。それでも奥歯をかみしめ体を前後に揺すっているリンクには、途方もなく長く感じられた。

妊娠の可能性を考えもしなかったなんて！

リンクとて、誘いかけてきた〝娼婦〟と酒場を出た時点では予防措置を講じるつもりだった。だが、そのための必需品は、ジャングルを移動する途中でほかの荷物とともに置いてきてしまった。だいいちケージのトラックでケリーを追いかけたあの朝には、怒りで頭に血がのぼっていたから、避妊のことなど思いうかびもしなかった。

ああ、あれから何度ケリーを抱いただろう？　エロティックな夢が実現したあの一夜で、いったい何回……。たしか、少なくとも……。いや、とても数えきれない！

ケージは家の前で車をとめた。「ぼくはまた病院に戻ろうかと思うんだが、かまわないかな？」

「もちろん」リンクは後部座席からバッグをとり、外に出るとばたんとドアを閉めた。

「今日はずっと病院にいるかもしれない。そっちはそっちでゆっくりくつろいでくれ。トレントが邪魔だったら、ぼくの親に電話して迎えに来させればいい」

リンクはもう玄関に向かって歩きだしていて、ケージの言葉に上の空でうなずいた。

ケージは含み笑いをもらし、再び車を出した。

玄関ホールでリンクは床に荷物を置いた。日ざしがまばゆかったから、中の薄闇《うすやみ》に目を慣らすのに少し時間がかかったが、せかせかと奥に進み、ところどころで家具にぶつかりながら一階の部屋を見てまわった。一階が無人とわかると、一段おきに階段をのぼっていった。

ノックもせずに客用寝室のドアを開けたが、ケリーの姿はない。トレントの部屋に向かったときには、リンクは頭の中でぶつぶつつぶやいていた。いったい全体どこにいるんだ？

ドアを押すと、勢いあまって中の壁にドアがぶつかった。ケリーはゆうべのツーピースを、ジーンズとコットンのキャミソールに着がえていた。足は裸足《はだし》で、髪は背中にたらしている。彼女が腰かけているベッドではライザが眠っていた。トレントはもうひとつのベッドで軽く寝息をたてている。

一瞬、二人は無言で見つめあった。

それからケリーがはじかれたように立ちあがった。「びっくりさせないで！」子どもたちが目を覚まさないよう声は抑えたが、泣いているところを見られたせいで逆毛を立てた猫のように猛《たけ》りくるっていた。「どうしてこんなふうにいきなり入ってくるの？　泥棒かと思ったわ」

リンクは三歩で近づいていき、ケリーの腕をつかんだ。ベッドから立ちあがらせ、引きずるようにしてドアに向かう。廊下に出ると横柄な態度で彼女を見おろした。「大丈夫さ。泥棒だったら空手の有段者のふりをすればいい」

「面白い冗談ね。手を離してよ」ケリーはリンクの手をふりほどいた。「子どもたちをやっと寝かしつけたところなのよ。二人とも疲れきっているはずなのに、興奮してなかなか寝つけなかったんだから。それがあなたときたら、まるで獰猛《どうもう》な野獣みたいに乱暴に……。ちょっと待って。あなた、いまごろはダラスに向かっているはずでしょう？　いったいなんのために戻ってきたの？」

「きみに申しこむためさ」

ケリーはまじまじと彼を見た。「申しこむ？　何を？」

「結婚に決まってるだろう？　男が女に向かって、ほかに何を申しこむって言うんだ？」

「いろいろあるわよ。その中でも結婚はふつう、最後の手段だわ」

リンクはいらだちに顔をゆがめた。「その最後の手段として申しこんでいるんだ。結婚をね」

「なぜ？」

「なぜなら、自分の責任を果たしたいからだよ。空港に行く途中で、ケージがあることを思い出させてくれたんだ」

「あることって？」

「ぼくたちがいっさい避妊しなかったってことさ」自分が落とした爆弾の衝撃の大きさを確かめるように、ひとつ大きくうなずく。「きみもそこまでは考えていなかっただろう？」

ケリーの逡巡《しゅんじゅん》はほんの一瞬だったから、リンクは気づきもしなかった。つかの間ケリーの頭に、互いに不注意だったと彼に思わせておこうかという考えがよぎったのだ。だが、ケリーはもう自分の思いどおりにするために他人を操るようなまねはしないと決心したばかりだった。もう彼を欺いてはいけない。そんな恥知らずなことはできない。

それに、プロポーズの理由が責任を感じているからというだけだなんて、これほど情けないことはなかった。

「いいえ、考えていたわ」

その言葉にリンクはぐっとつまった。鼻息荒く乗りこんできた彼の意気ごみがナイフを入れたスフレのようにみるみるしぼんでいくのを見て、ケリーはわずかに溜飲《りゅういん》をさげた。

「もう一年も前から考えていたのよ」勝ち誇ったように言う。「モンテネグロに行く前に、ゲリラ兵にレイプされる可能性を考えてピルをのみはじめたの。だからあなたが心配することは何もないってわけ。〝責任〟を感じる必要なんかまるでないのよ。さあ、わたしは疲れているから失礼するわ」

そして部屋に戻ろうとしたが、何歩も行かないうちにジーンズの腰の部分をつかまれて引きとめられた。

「今度は何?」詰問口調で言う。

「ほかにもきみが忘れていることがある」

「何かしら?」ケリーは腕組みして、いらだたしげに足先を床にとんとん打ちつけた。

その首を絞めあげてやりたい衝動を抑えこみ、リンクは言った。「ライザのことだよ。きみはほんとうにライザとの養子縁組が当局に認められると思っているのか?」

「もちろん」

即座にそう答えたが、ケリーの自信に小さな亀裂《きれつ》が入ったのをリンクは見てとった。そして絶壁に足がかりを探す登山家のように、その亀裂をそっとつついた。「ぼくにはそうは思えないね。ケージやジェニーもぼくと同じ考えだ。さっき車の中でそう聞いた」

「あらゆる手を尽くすわ」

「それでも無理かもしれない」

「そのときにはメキシコでもどこでも国外にライザを連れていって、いっしょに暮らすもの」

「なるほど、そいつはすばらしい。幼い子どもにきちんとした国籍も安心感も与えず、不安定な生活を押しつけようってわけだ」

「わたしはあきらめないわ」ケリーは低い声で言った。「あの子を愛しているのよ」

「ぼくだって!」

リンクの言葉は広い廊下に響きわたった。残響が消えたあとはしんと静まりかえり、二人の息づかいだけが静寂を満たした。

「あなた、あの子を愛しているの？」ケリーはそっとききかえした。

リンクはうなずいた。「今朝あの子と別れるときには胸を引き裂かれる思いがしたよ。あの子がぼくを行かせまいと首にしがみついてきたのを見ただろう？」

「車が走り去ると泣きだしたわ。泣かないって約束だったのに」

リンクはその言葉に感動したようだ。「ほらね。あの子もぼくを愛しているんだ」

ケリーの胸は早鐘を打ちはじめた。だが、あまり楽観してはいけない。これまで何度も裏切られてきたのだ。彼女は床に目を落として言った。「あなたもライザとの養子縁組を申請すればいいわ」

「ぼくにもきみと同じ問題点がある。いや、ぼくは男だからきみ以上かもしれない。夫婦として申請したほうが、認められる確率はずっと高くなる。ライザにとってもそれが一番なんだ」

ケリーの胸に彼へのいとおしさがあふれだした。リンクが他人を容易に寄せつけないのは、父親の愛を知らずに育ったからだ。

ケリーは彼に抱きつき、無精ひげの伸びた顎にキスの雨を降らせたくなった。だが、もちろんそんなことはできない。

「それだけの理由ではやっぱり結婚できないわ」あら探しをするように言う。「そんな理由で結婚したら、わたしたち二人を幸せな夫婦にするという、不当に重い責任をライザに負わせることになってしまうもの」

「ぼくたちが幸せな夫婦になるのに、あの子をあてにする必要はない」

「そうかしら？」

リンクはケリーに背を向け、何歩か歩いていった。ジーンズの尻ポケットに、手のひらを外に向けて両手をつっこむ。ケリーの前に戻ってきたときには、いままで見たこともないくらい心細げな表情になっていた。

「きみと結婚したいのはライザのためだけではないんだ」

「そうなの？」

「ああ。その、きみと別れるのも実はあまり気が進まなかったんだ。きみはほんとうに癪《しゃく》にさわる女だが、それでもきみがほしいんだよ」

「ベッドで？」

「そうだ」

「なるほどね」ケリーの心は鉛のように重くなった。

「それに……」

「それに？」さっと目をあげ、先を促す。

「その……ぼくは……」

「なんなの？」

リンクは片手で髪をかきあげて吐息をついた。ずいぶんいらいらしているようだ。

「ケージがきみのことをとても強情だと言っていたが、どうしても最後まで言わせたいのかい？」

ケリーは無邪気な顔で見つめかえすばかりだ。リンクは小声で悪態をついた。それから手をポケットから出し、ケリーのほうにさしだした。

「きみを愛しているんだよ。これでいいかい？」

「いいわ！」

ケリーはリンクの胸にとびこんだ。その体をリンクがしっかり抱きしめる。唇が唇を求めあい、重なりあった。燃えるようなキスが続き、唇を離したときには二人とも息を切らしていた。

「一生言ってくれないかと思ったわ」

「自分でも一生言わないと思っていたよ。少なくともきみが起きているときにはね」

「起きているとき？」

「いや、いいんだ」リンクは笑い声をあげた。「愛してるよ、ケリー。神に誓って愛してる」

「わたしもよ。愛してる、愛してる、愛してるわ」

「ぼくはきっと、ろくでもない亭主になるぞ。野蛮で粗野で無節操な」

「そして、魅力的で才能豊かで勇敢な」リンクはもう一度キスしながらケリーの体を持ちあげた。ケリーは両脚を彼の腰に巻きつけ、彼が熱っぽく愛の言葉をささやくあいだ、顎や首をついばんだ。

リンクは顎を引き、射抜くような目でケリーを見た。「ぼくは世の妻が喜びそうなものはあまり提供できないよ。財産だって――」

ケリーは彼の口を指先で押さえた。「やっぱりあの五万ドルをとっておくべきだったのよ。そうすればお金持ちになれたのに」

「面白い」リンクは唇で彼女の指を押しのけた。「だが、これは真面目《まじめ》な話なんだ。金ならぼくも持っている。口座にずいぶんたまってるんだ。だが、ぼくにはまともな家がない」

「わたしにはあるわ。ノースカロライナのシャーロットにすてきな家を持ってるの」

「そんなこと、初めて聞くよ」

「尋ねられなかったもの。とてもいいところよ。ライザもあなたも気に入るわ」

「きみは学位も持っている」

「あなたはピューリッツァー賞を二つ持ってるわ。わたしは一度ももらってない」

「ぼくのライフスタイルは知ってるだろう？　年じゅう家をあけている」

「だめだめ」ケリーは首をふってみせた。「美女があふれかえっている世の中に、わたしが夫を放すと思うの？」

「まさか、ぼくの取材についてくるっていうんじゃないだろう？」

「もちろんついていくつもりよ」

「ライザといっしょに？」リンクは驚いたように言う。

「ええ。考えてもみて、わたしたちがいればなにかと便利よ」

「たとえばどういう点で？」

「あなたは何カ国語を話せる？」

「英語はほぼ完璧に話せるよ」

「わたしは四カ国語がしゃべれて、さらに三カ国の実用的知識を持ってるわ。ライザだって、わたしたちが育てればすぐにバイリンガルになる。これってかなり役立つはずよ」

「確かに。だが、ライザはあと二、三年で学校に行くように――」

「わたしは教師よ、忘れたの？　勉強はわたしが教えるわ」

「しかし、個人教授を受けるのと学校に行くのとでは話が違う。ライザにはやはり――」

「リンク、あなた、もう逃げ腰になってるの？」

「まさか。ただ、きみにどれほど苦労するはめになるかをわからせたいだけだ」

「苦労するのはわかっているわ」リンクの怪しむような目を見て言葉を継ぐ。「ねえ、わたしたちはともに地獄にとびこみ、出てきたときには愛しあうようになっていたのよ。もうこれから先はよくなる一方だわ」

リンクは頬をゆるめ、それから愉快そうに大声で笑いだした。「ごもっとも」

「きっと何もかもうまくいくわ。わたしたちがうまくいかせるのよ。一日ごと、ゆっくりとね。わかった？」

「ベイビー、きみをこうやって抱きしめていると、どんなことにもうなずいてしまうよ」

リンクはケリーの体をさらに高く揺すりあげた。「もしぼくたちがもう少し薄着だったら、いまごろは、もう――」

「そのことならわたしだって気づいていたわ」

ケリーが彼にしがみついたまま身をくねらせると、その挑発的な動きにリンクは苦しげな表情をうかべ、彼女を客用寝室に運んだ。ケリーの足が床につくが早いか、二人とも急いで服を脱ぎすてた。

まずはシャワーを浴びようという暗黙の了解のもと、二人は続き部屋になっている浴室に向かった。リンクはシャワールームに入ってお湯を出すと、ケリーの手を引っぱった。

降りそそぐお湯の下で二人は体と体、唇と唇をぴったりあわせた。互いの手が石鹸《せっけん》をとるあいだも惜しむように忙しく動く。だが石鹸を塗りつけあうと、喜びは百倍にもふくらんだ。交尾の儀式をする海の生き物のように、お互いしなやかに体をこすりあわせる。

リンクがケリーの向きを変えさせ、後ろから抱きしめた。両手で乳房をもみしだき、泡まみれの指で愛撫《あいぶ》する。力強く屹立《きつりつ》した彼の欲望が腿のあいだにするりと入りこむ。その感触は息をのむほどすばらしかった。

二人でベッドに横たわったときには、まだ体が濡《ぬ》れていた。リンクはケリーにおおいかぶさって言った。「ぼくたち、また喧嘩《けんか》するだろうね」

「いつまでたってもね」

「それでもかまわないかい？」

ケリーはリンクの顔に手を触れた。「リンク、もうそろそろあなたにもわかっていいころじゃない？　地獄をくぐり抜けてこそ――」

リンクは彼自身をケリーに与えながらその先をしめくくった。「天国に行ける」

＊本書は、1999年4月にMIRA文庫より刊行された
『星をなくした夜』の新装版です。

mira™

星《ほし》をなくした夜《よる》

2024年9月15日発行　第1刷

著　者　サンドラ・ブラウン

訳　者　霜月《しもつき》 桂《けい》

発行人　鈴木幸辰

発行所　株式会社ハーパーコリンズ・ジャパン
東京都千代田区大手町1-5-1
04-2951-2000（注文）
0570-008091（読者サービス係）

印刷・製本　中央精版印刷株式会社

ISBN978-4-596-71411-4

mirabooks

ワイルド・フォレスト
サンドラ・ブラウン
松村和紀子 訳
飛行機の墜落事故で生き残った令嬢ラスティと粗野な元軍人クーパー。晩秋の森から脱出するために、共に行動し心を通わせるようになる二人だったが…。

不滅の愛に守られて
ジュリー・ガーウッド
鈴木美朋 訳
偶然遭遇した銃撃事件をきっかけに、命を狙われることになったイザベル。24時間、彼女の盾になるのは、弁護士であり最強のSEALs隊員という変わり者で…。

名もなき花の挽歌
イヴ&ローク54
J・D・ロブ
新井ひろみ 訳
ニューヨークの再開発地区の工事現場から変わり果てた女性たちの遺体が次々と発見された。彼女たちの無念を晴らすべく、イヴは怒りの捜査を開始する…。

幼き者の殺人
イヴ&ローク55
J・D・ロブ
青木悦子 訳
夜明けの公園に遺棄されていた女性。時代遅れの派手な格好をした彼女の手には〝だめなママ〟と書かれたカードがあった。イヴは事件を追うが捜査は難航し…。

232番目の少女
イヴ&ローク56
J・D・ロブ
小林浩子 訳
未成年の少女たちを選別、教育し、性産業に送りこむ邪悪な〝アカデミー〟。搾取される少女たちにかつての自分の姿を重ね、イヴは怒りの捜査を開始する——!

死者のカーテンコール
イヴ&ローク57
J・D・ロブ
青木悦子 訳
NYの豪華なペントハウスのパーティーで、人気映画俳優が毒殺された。捜査線上に浮かびあがったのは、かつて闇に葬られたブロードウェイの悲劇で——

mirabooks

永遠が終わる頃に

シャノン・マッケナ
新井ひろみ 訳

祖母から、35歳までに結婚しなければ会社の経営権を剥奪すると命じられたケイレブ。契約婚の相手として連れてこられたのは9年前に別れた元恋人ティルダで…。

唇が嘘をつけなくて

シャノン・マッケナ
新井ひろみ 訳

祖母からの一方的な結婚命令に反発するマディ。一族の宿敵ジャックとの偽装婚約で、命令を撤回させようとするが、二人の演技はしだいに熱を帯びていって…。

真夜中が満ちるまで

シャノン・マッケナ
新井ひろみ 訳

ネット上の嫌がらせに悩む、美貌の会社経営者エヴァ。かつて苦い夜をともにした相手に渋々相談すると、彼は24時間ボディガードをすると言いだし…。

この恋が偽りでも

シャノン・マッケナ
新井ひろみ 訳

天才建築家で世界的セレブのフィアンセ役を務めることになった科学者ジェンナ。生きる世界が違う彼に惹かれてはいけないのに、かつての恋心がよみがえり——

口づけは扉に隠れて

シャノン・マッケナ
新井ひろみ 訳

建築事務所で働くソフィーは突然の抜擢で、上司のヴァンとともに出張することに。滞在先のホテルで男の顔を見せられ心ざわめくが、彼にはある思惑が…。

この手はあなたに届かない

J・R・ウォード
琴葉かいら 訳

夏の間だけ湖畔の町にやってくる富豪グレイに、ジョイは長年片想いしている。ひょんなことから彼とNYに行くことになり、夢のようなひとときを過ごすが…。

mirabooks

明けない夜を逃れて

シャロン・サラ
岡本　香 訳

余命宣告から生きのびた美女と、過去に囚われた私立探偵。喪失を抱えたふたりが出会ったとき、運命は大きく動き始め…。叙情派ロマンティック・サスペンス！

翼をなくした日から

シャロン・サラ
岡本　香 訳

元陸軍の私立探偵とともに、さまざまな事件を解決してきたジェイド。カルト組織に囚われた少女を追うなかで、自らの過去の傷と向き合うことになり…。

すべて風に消えても

シャロン・サラ
岡本　香 訳

最高のパートナーとして事件を解決してきた私立探偵チャーリーと助手のジェイド。最大の危機と悲しい別れが、二人にこれまで守ってきた一線をこえさせ…。

明日の欠片をあつめて

シャロン・サラ
岡本　香 訳

特別な力が世に知られメディアや悪質な団体に追い回されるジェイド。相棒の探偵チャーリーを守るため彼女が選んだ道は――シリーズ堂々の完結編！

あたたかな雪

シャロン・サラ
富永佐知子 訳

不思議な力を持つせいで周囲に疎まれ、孤独に生きてきたデボラ。飛行機事故の生存者を救うために向かった雪山で、元軍人のマイクと宿命の出会いを果たし…。

哀しみの絆

シャロン・サラ
皆川孝子 訳

25年前に誘拐されたことがある令嬢オリヴィア。同時期に殺された少女の白骨遺体が発見され、オリヴィアの出自を揺るがすなか、捜査に現れた刑事は高校時代の恋人で…。

mirabooks

いまはただ瞳を閉じて
ローリー・フォスター
兒嶋みなこ 訳

12年前の辛い過去から立ち直り、長距離ドライバーとして身を立てるスター。彼女が行きつけの店の主はセクシーで魅力的だが、ただならぬ秘密を抱えていて….。

午後三時のシュガータイム
ローリー・フォスター
兒嶋みなこ 訳

小さな牧場で動物たちと賑やかに暮らすオータム。恋はすっかりご無沙汰だったのに、学生時代の憧れの人が、シングルファーザーとして町に戻ってきて….。

午前零時のサンセット
ローリー・フォスター
兒嶋みなこ 訳

不毛な恋を精算し、この夏は〝いい子〟の自分を卒業しようと決めたアイヴィー。しかし出会ったのは、〝ひと夏の恋〟にはふさわしくないシングルファーザーで….。

胸さわぎのバケーション
ローリー・フォスター
兒嶋みなこ 訳

新たな人生を始めるため、美しい湖にたたずむリゾートの求人に応募したフェニックス。面接相手のセクシーなオーナーは、もっとも苦手とするタイプで….。

ためらいのウィークエンド
ローリー・フォスター
兒嶋みなこ 訳

息子をひとりで育てるため、湖畔のリゾートで懸命に働いてきたジョイ。ある日引っ越してきたセクシーな男性に、封印したはずの恋心が目覚めてしまい….。

ファーストラブにつづく道
ローリー・フォスター
岡本 香 訳

過保護に育てられ、25歳の今も恋を知らないシャーロット。ある日街角で出会ったワケアリの男性ミッチに、生まれて初めて心ときめいてしまい….。